Lisa Kleypas

Elle est née en 1964 aux États-Unis. Après des études de sciences politiques, elle publie son premier roman à 21 ans. Elle a reçu les plus hautes récompenses, et notamment le prix de la meilleure romance historique pour *L'amant de lady Sophia*. Le ton, la légèreté de son style, ses héros, souvent issus d'un milieu social défavorisé, caractérisent son œuvre.
Ses livres sont traduits en quatorze langues.

Matin de noces

LISA
KLEYPAS

LES HATHAWAY - 4

Matin de noces

Traduit de l'américain
Par Edwige Hennebelle

Titre original
MARRIED BY MORNING

Éditeur original
St. Martin's Paperbacks, published
by St. Martin's Press, New York

© Lisa Kleypas, 2010

Pour la traduction française
© Éditions J'ai lu, 2011

À ma chère Connie,
parce qu'une véritable amie coûte moins
cher qu'une thérapie.
Avec tout mon amour,
L. K.

1

Hampshire, Angleterre, août 1852

Quiconque a lu un roman dans sa vie sait que les demoiselles de compagnie sont censées être douces et effacées. Elles sont aussi censées être calmes, obéissantes, voire obséquieuses, et bien sûr, pleines de déférence envers le maître de maison.

Pourquoi diable n'en avaient-ils pas une de ce genre ? se demandait Leo, lord Ramsay, non sans exaspération. Il avait fallu que la famille Hathaway recrute Catherine Marks qui, selon lui, jetait une ombre peu flatteuse sur la profession tout entière.

Certes, il ne trouvait rien à redire à ses capacités, qui étaient réelles. Chargée d'inculquer à ses deux jeunes sœurs, Poppy et Beatrix, les règles du savoir-vivre en société, elle s'était acquittée à merveille de cette tâche *a priori* difficile. Car aucun des Hathaway ne s'attendait à devoir un jour évoluer dans la haute société. Ils avaient grandi dans un village situé à l'ouest de Londres. Bien que fort respectable, leur père, spécialiste de l'histoire médiévale, n'avait rien d'un aristocrate.

Cependant, après une succession d'événements improbables, Leo avait hérité du titre de lord Ramsay. Alors qu'il se destinait à l'architecture, il s'était retrouvé vicomte et propriétaire terrien. Après s'être installée à Ramsay House, dans le Hampshire, la famille Hathaway s'était efforcée de se plier aux exigences de leur nouveau statut.

L'un des plus grands défis rencontrés par les sœurs Hathaway avait été d'assimiler la multitude de règles absurdes qui régissent l'existence des demoiselles de bonne famille. Sans les conseils avisés de Catherine Marks, elles auraient fait leur entrée dans la haute société londonienne avec la délicatesse d'un troupeau d'éléphants. Marks avait particulièrement bien réussi avec Beatrix, incontestablement le membre le plus excentrique d'une famille déjà excentrique. Même si elle préférait, et de loin, vagabonder dans la nature telle une créature sauvage, elle avait fini par comprendre qu'un comportement différent était requis dans une salle de bal. Marks était allée jusqu'à transcrire sous forme de poèmes certaines règles de savoir-vivre, ce qui donnait des bijoux littéraires du genre :

Nous, demoiselles, devons faire preuve
de discrétion
Quand nous nous entretenons avec un étranger.
Flirter, pouffer ou récriminer
C'est mettre en danger notre réputation.

Naturellement, Leo n'avait pu s'empêcher de se moquer des talents poétiques de Marks, tout en reconnaissant intérieurement l'efficacité de sa méthode. Poppy et Beatrix avaient enfin réussi à participer avec succès à une saison londonienne. Et Poppy s'était récemment mariée avec Harry Rutledge, le propriétaire d'un hôtel réputé.

Ne restait plus que l'impétueuse Beatrix, âgée de dix-neuf ans, auprès de laquelle Catherine Marks jouait le rôle de demoiselle de compagnie et de chaperon. Les Hathaway la considéraient pratiquement comme un membre de la famille… à l'exception de Leo, qui ne pouvait la souffrir.

Elle ne se gênait pas pour le remettre à sa place et osait lui donner des ordres. Lorsque, à de rares occasions, Leo essayait de se montrer amical, elle le rembarrait ou se détournait avec dédain. Quand il exposait une opinion parfaitement argumentée, il n'avait pas achevé sa phrase que Marks alignait déjà les preuves qu'il se trompait.

Face à son hostilité permanente, Leo n'avait d'autre alternative que de répliquer. Durant l'année qui venait de s'écouler, il avait tenté de se convaincre que son mépris lui était indifférent. Londres comptait de nombreuses femmes infiniment plus belles, plus aimables et plus séduisantes que Catherine Marks…

Si seulement elle ne le fascinait pas autant !

Peut-être était-ce dû aux secrets qu'elle protégeait si jalousement. Marks ne parlait jamais de son enfance ou de sa famille, pas plus que des raisons qui l'avaient incitée à prendre ce poste de demoiselle de compagnie chez les Hathaway. Elle avait travaillé dans une école de filles durant une courte période, mais elle refusait de révéler les matières qu'elle y enseignait ou d'expliquer pourquoi elle était partie. Selon certaines rumeurs, propagées par d'anciennes élèves, elle s'entendait mal avec la directrice, ou bien elle avait été compromise, et contrainte de prendre un emploi rémunéré.

Marks était si indépendante et si opiniâtre qu'il était souvent facile d'oublier qu'elle n'avait qu'un peu plus de vingt ans. Quand Leo l'avait vue pour la première fois, avec ses lunettes, ses sourcils froncés et sa bouche pincée, elle incarnait la vieille fille desséchée. Elle se tenait aussi raide que si elle avait avalé un manche à balai, et tirait impitoyablement ses cheveux d'un châtain terne en un chignon trop serré. Leo l'avait surnommée « La Faucheuse » malgré les objections de la famille.

Mais un changement remarquable était intervenu au cours des derniers mois. Marks s'était étoffée, et si elle demeurait mince, sa silhouette n'avait plus la sécheresse d'une allumette. Ses joues avaient pris des couleurs, et, quelques jours plus tôt, à son retour de Londres, Leo avait découvert, ébahi, une Marks avec des boucles d'or pâle. Apparemment, elle se teignait les cheveux depuis des années, mais suite à une erreur de l'apothicaire, elle avait été contrainte de renoncer à cet artifice. Alors que la couleur foncée était trop sévère pour ses traits délicats et sa peau claire, sa blondeur naturelle lui seyait d'une manière stupéfiante.

Au point que Leo dut se débattre avec la révélation que Catherine Marks, son ennemie mortelle, était une beauté. Mais si elle lui apparaissait différente, c'était moins à cause de cette nouvelle couleur de cheveux que parce que celle-ci semblait la mettre très mal à l'aise. Elle se sentait vulnérable, et cela se voyait. En conséquence, Leo avait envie de lui arracher des couches supplémentaires, au sens propre comme au figuré. Il voulait la connaître.

La réaction de sa famille – un simple haussement d'épaules – le laissa confondu. Aucun d'eux n'éprouvait donc la moindre curiosité au sujet de Marks ? Pourquoi s'enlaidissait-elle délibérément depuis tant d'années ? Se cachait-elle ? Le cas échéant, de quoi ou de qui ?

Par un après-midi ensoleillé, après s'être assuré que le reste de la famille était occupé, Leo partit à la recherche de Marks. En tête à tête, peut-être obtiendrait-il quelques réponses à ses questions. Quand il l'aperçut dans le jardin, elle était assise sur un banc, à l'endroit où un ensemble de haies délimitait des parterres fleuris.

Elle n'était pas seule.

Leo s'arrêta à une vingtaine de pas et s'enfonça dans l'ombre d'un buis épais.

Le mari de Poppy, Harry Rutledge, était à côté d'elle, et tous deux paraissaient plongés dans une conversation intime.

Si la situation n'était pas précisément compromettante, elle n'était pas non plus convenable.

De quoi diable pouvaient-ils bien parler ? Malgré l'éloignement, Leo comprenait qu'il s'agissait de choses importantes. Harry Rutledge inclinait sa tête brune vers la jeune femme d'une manière protectrice. Comme un ami proche. Comme un amant...

Quand il vit Marks glisser sa main fine sous ses lunettes, comme pour essuyer une larme, Leo en resta bouche bée.

Marks pleurait ! En compagnie de Harry Rutledge !

Puis celui-ci l'embrassa sur le front.

Leo cessa de respirer. Pétrifié, il essaya de démêler l'écheveau d'émotions qui l'agitaient : étonnement, inquiétude, soupçon, colère.

Tous deux cachaient quelque chose. Ils complotaient ensemble.

Avait-elle été la maîtresse de Rutledge ? La faisait-il chanter ? Tentait-elle de lui extorquer de l'argent ? Une promesse ? Non. Même à cette distance, la tendresse entre eux était perceptible.

Leo se frotta le menton. Que devait-il faire ? Le bonheur de Poppy comptait plus que n'importe quelle autre considération. Avant de se jeter sur son tout nouveau mari pour le réduire en chair à pâté, il allait faire sa petite enquête. Ce n'est qu'ensuite, si les circonstances l'exigeaient, qu'il transformerait Rutledge en chair à pâté.

S'appliquant à respirer avec calme, Leo continua d'observer le couple. Quand Rutledge se leva pour retourner vers la maison, Marks demeura assise sur le banc.

Sans que ce fût une décision consciente de sa part, Leo s'approcha lentement d'elle. Il ignorait comment il allait l'aborder. Cela dépendrait de l'impulsion qui le saisirait à l'instant où il la rejoindrait. Il était tout à fait possible qu'il l'étrangle. Ou qu'il la renverse sur l'herbe tiède. Un sentiment désagréable – et pas du tout familier – le taraudait. Était-ce de la jalousie ? Bon sang, oui ! Il était jaloux d'une harpie maigrichonne qui ne laissait jamais passer une occasion de l'insulter ou de le contredire.

Était-il encore descendu d'un cran dans la dépravation ? Avait-il développé un goût pervers pour les vieilles filles ?

Peut-être était-ce la réserve de Marks qu'il trouvait si érotique… Comment en triompher ? C'était là une question qui le fascinait depuis toujours. Imaginer Catherine Marks, sa diabolique petite adversaire, nue et gémissante sous lui… Il n'avait jamais rien désiré aussi ardemment. Quoi d'étonnant, en vérité ? Quand une femme se montrait facile et consentante, il n'y avait aucun défi. Mettre Marks dans son lit, en revanche, l'y retenir un long moment, la tourmenter jusqu'à ce qu'elle supplie, voilà qui serait divertissant.

Leo s'avança vers elle d'un pas nonchalant. À sa vue, elle se raidit. Son visage se ferma et elle serra les lèvres avec un déplaisir manifeste. Leo s'imagina en train de l'embrasser lascivement jusqu'à ce qu'elle s'amollisse entre ses bras.

Mais il se contenta de la fixer, les poings enfoncés dans les poches.

— Peut-être daignerez-vous expliquer de quoi il s'agit ?

En se reflétant sur les verres de ses lunettes, le soleil dissimula momentanément les yeux de la jeune femme.

— Vous m'espionniez, milord ?

— Pas vraiment. Ce que font les vieilles filles pendant leurs heures de repos ne m'intéresse pas le moins du monde. Mais il m'est difficile de ne pas m'interroger quand mon beau-frère embrasse la demoiselle de compagnie dans le jardin.

Il fallait reconnaître que Marks ne manquait pas de sang-froid. Sa seule réaction fut de croiser les mains sur ses genoux.

— Un unique baiser, dit-elle. Sur le front.

— Peu importe le nombre de baisers ou l'endroit où ils ont été déposés. Vous allez m'expliquer pourquoi il a fait cela, et pourquoi vous l'avez laissé faire. Efforcez-vous d'être crédible, parce que je suis à deux doigts de vous traîner *manu militari* jusqu'à la route et de vous renvoyer à Londres par la prochaine chaise de poste.

— Allez au diable, articula-t-elle à voix basse en sautant sur ses pieds.

Elle n'avait pas fait deux pas qu'il l'attrapa par-derrière.

— Ne me touchez pas !

Leo la fit pivoter face à lui sans difficulté, avant de refermer les mains sur ses bras minces. Il perçut la chaleur de sa peau à travers la fine mousseline de sa robe. Un frais parfum de lavande vint lui chatouiller les narines, lui rappelant l'odeur des draps repassés dans un lit fraîchement refait. Oh, comme il aurait aimé s'y glisser avec elle !

— Vous avez trop de secrets, Marks. Voilà plus d'un an que je supporte votre langue acérée et vos mystères. À présent, je veux des réponses. De quoi parliez-vous avec Harry Rutledge ?

Elle fronça ses fins sourcils, de quelques tons plus foncés que sa chevelure.

— Pourquoi ne pas le lui demander ?

— C'est à *vous* que je le demande.

Comme elle gardait un silence obstiné, Leo n'hésita pas à la provoquer.

— Vous seriez une femme d'un genre différent, je vous soupçonnerais de lui faire du charme. Mais nous savons tous deux que vous n'en possédez aucun, n'est-ce pas ?

— En aurais-je, ce n'est certainement pas sur vous que je l'exercerais !

— Allons, Marks, essayons d'avoir une conversation polie. Juste pour cette fois.

— Pas tant que vous ne m'aurez pas lâchée.

— Vous vous sauveriez. Et il fait trop chaud pour que je me lance à vos trousses.

Furieuse, Catherine posa les paumes à plat sur son torse pour le repousser. À la pensée de ce qui se trouvait sous les épaisseurs de mousseline, caraco et autre corset… la peau crémeuse, les courbes douces, les boucles intimes… Leo fut saisi d'un désir brutal.

Un frémissement la parcourut, comme si elle avait lu en lui. Leo l'étudia avec attention.

— Auriez-vous peur de moi, Marks ? demanda-t-il d'une voix radoucie. Vous qui me rabrouez et me remettez à ma place à la moindre occasion ?

— Il faut vraiment posséder votre arrogance pour le croire ! répliqua-t-elle. Je déplore simplement que vous soyez incapable de vous conduire comme un homme de votre condition.

— Vous voulez dire comme un noble ? Mais c'est ainsi que les nobles se conduisent, assura-t-il, moqueur. Je suis surpris que vous ne l'ayez pas encore remarqué.

— Oh, je l'ai remarqué ! Un homme ayant la chance d'hériter d'un titre devrait s'efforcer de s'en montrer digne. Être pair du royaume implique des obligations, des responsabilités... Alors que vous semblez, au contraire, considérer cela comme une autorisation de vous conduire de la manière la plus répugnante et la plus dépravée qui soit. De plus...

— Marks, l'interrompit Leo d'un ton suave, cette tentative pour détourner la conversation est admirable. Mais cela ne marchera pas. Vous ne partirez pas avant de m'avoir dit ce que je veux savoir.

Elle déglutit avec peine tout en cherchant un endroit où poser les yeux pour éviter de le regarder.

— La raison pour laquelle je m'entretenais avec M. Rutledge... La scène dont vous avez été témoin...

— Oui ?

— C'est parce que... Harry Rutledge est mon frère. Mon demi-frère.

Interloqué, Leo regarda fixement sa tête baissée. Le sentiment d'avoir été dupé, trahi, fit courir un feu rageur dans ses veines. Bon sang ! Marks et Harry Rutledge étaient frère et sœur ?

— Je ne vois aucune raison valable d'avoir gardé cette information secrète, lâcha-t-il.

— La situation est compliquée.

— Pourquoi aucun de vous deux n'en a jamais parlé ?

— Vous n'aviez pas besoin de le savoir.

— Vous auriez dû me le dire avant qu'il n'épouse Poppy. Vous y étiez obligée.

— Par quoi ?

— Par la loyauté, que diable ! Que savez-vous d'autre qui pourrait affecter ma famille ? Quels autres secrets cachez-vous ?

— Cela ne vous regarde pas, rétorqua Catherine en essayant de se libérer. Laissez-moi partir !

— Pas avant que j'aie découvert ce que vous complotez. Catherine Marks est-il seulement votre vrai nom ? Qui êtes-vous, sapristi ?

Il jura quand elle commença à se débattre sérieusement.

— Restez tranquille, espèce de diablesse ! Je veux simplement... Aïe !

Elle venait de pivoter et de lui planter son coude pointu dans les côtes.

Marks se retrouva libre, mais ses lunettes furent projetées à terre.

— Mes lunettes ! s'écria-t-elle.

Laissant échapper un soupir exaspéré, elle se mit à quatre pattes et commença à les chercher à tâtons.

La colère de Leo céda aussitôt le pas à un vif sentiment de culpabilité. Apparemment, elle était presque aveugle sans ses lunettes. Une brute, voilà ce qu'il était ! Il se laissa tomber à genoux et entreprit de les chercher à son tour.

— Avez-vous vu dans quelle direction elles ont volé ? s'enquit-il.

— Si je l'avais vu, je n'aurais pas besoin de lunettes, non ?

Une courte pause, puis :

— Je vais vous aider à les retrouver.

— Comme c'est aimable à vous, riposta-t-elle d'un ton acerbe.

Durant quelques minutes, tous deux fouillèrent le parterre de jonquilles. Ce fut Leo qui finit par rompre le silence pesant.

— Ainsi, vous avez vraiment besoin de lunettes.

— Évidemment ! Pourquoi en porterais-je si je n'en avais pas besoin ?

— Je pensais que cela pouvait faire partie de votre déguisement.

— Mon déguisement ?

— Oui, Marks, «déguisement». Terme qui désigne un moyen de dissimuler son identité. Souvent utilisé par les clowns ou les espions. Et maintenant par les demoiselles de compagnie, apparemment. Sapristi, rien ne peut donc jamais être normal, dans cette famille?

Marks cligna des yeux avant de jeter un coup d'œil furieux dans sa direction. Mais comme son regard restait vague, elle ressembla, l'espace d'un instant, à un enfant anxieux qui ne retrouve plus sa couverture favorite. Leo ressentit un pincement bizarre, douloureux, dans la région du cœur.

— Je retrouverai vos lunettes, déclara-t-il d'un ton brusque. Je vous en donne ma parole. Si vous le voulez, vous pouvez rentrer à la maison pendant que je continue de chercher.

— Non, merci. Si j'essayais de retrouver la maison toute seule, je finirais probablement dans la grange.

Apercevant un reflet métallique dans l'herbe, Leo tendit la main et la referma sur les lunettes.

— Les voilà!

Après avoir rejoint Marks, il se dressa sur ses genoux, face à elle, et essuya les verres avec le bord de sa manche.

— Ne bougez pas.

— Donnez-les-moi.

— Laissez-moi faire, tête de pioche. Vous opposer vous est aussi naturel que de respirer, n'est-ce pas?

— Non, pas du tout, se défendit-elle aussitôt, avant de rougir quand il s'esclaffa.

— Ce n'est pas drôle quand vous mordez aussi vite à l'hameçon, Marks.

Il glissa les lunettes sur son nez avec précaution, fit courir les doigts sur l'armature, puis étudia la manière dont elles se plaçaient.

— Elles ne sont pas bien adaptées, fit-il remarquer en effleurant l'ourlet de son oreille.

À cet instant, Catherine Marks était ravissante. Au soleil, ses yeux gris, pailletés de bleu et de vert, ressemblaient à deux opales.

— Quelles petites oreilles… continua Leo tandis que ses doigts s'attardaient sur les côtés de son visage à l'ossature délicate. Pas étonnant que vos lunettes tombent si facilement. Il n'y a pratiquement rien pour les retenir.

Marks fixa sur lui un regard perplexe.

Comme elle paraissait fragile. Elle avait une volonté si farouche, un tempérament si ombrageux, qu'il avait tendance à oublier qu'elle devait peser la moitié de son poids.

Il s'attendait qu'elle repousse brutalement ses mains d'un instant à l'autre – elle détestait être touchée, surtout par lui. Mais elle n'esquissa pas un geste. Leo laissa son pouce glisser le long de son cou et perçut une infime ondulation quand elle déglutit. L'instant avait quelque chose d'irréel, comme un rêve éveillé. Il ne voulait pas qu'il finisse.

— Est-ce que vous vous appelez bien Catherine ? demanda-t-il. Pouvez-vous au moins répondre à cette question ?

Elle hésita, manifestement réticente à livrer ne fût-ce que cette bribe d'information à son sujet. Mais la caresse des doigts de Leo sur son cou sembla la désarmer. Une légère rougeur couvrit sa gorge.

— Oui, dit-elle d'une voix étranglée, je m'appelle Catherine.

Ses jupes étaient étalées en corolle autour d'elle, et l'un des genoux de Leo écrasait le flot de mousseline fleurie. Il avait une conscience aiguë de sa proximité. Son corps aussi, dont les muscles s'étaient durcis. Des ondes de chaleur circulaient sous sa peau avant de se concentrer dans des endroits inopportuns. Il lui fallait mettre un terme à cette situation, ou il risquait de faire quelque chose que tous deux regrette-raient.

— Je vais vous aider à vous relever, dit-il abrupte-ment en joignant le geste à la parole. Nous allons rentrer. Je vous préviens néanmoins que je n'en ai pas fini avec vous. Il y a...

Il s'interrompit. Marks ayant essayé de se remettre seule debout, son corps avait frôlé le sien. Tous deux s'immobilisèrent, le souffle court.

L'impression de rêve s'intensifia. Ils étaient agenouillés dans un jardin estival, environnés d'effluves d'herbes et de fleurs... et Catherine Marks était dans ses bras. Sa peau avait le velouté d'un pétale, le soleil allumait des reflets d'or dans ses cheveux, et ses lèvres délicatement ourlées semblaient aussi pulpeuses qu'un fruit mûr. Quand Leo fixa les yeux sur sa bouche, un frisson d'excitation le parcourut.

Il y avait des tentations auxquelles on ne devrait pas résister, songea-t-il, comme étourdi. Parce qu'elles étaient si tenaces qu'elles ne cessaient de revenir à l'assaut. En conséquence, il était impé-ratif d'y céder... C'est le seul moyen de s'en débarrasser.

— Bon sang! murmura-t-il d'une voix entrecou-pée. Je vais le faire. Quitte à être anéanti ensuite.

— Vous allez faire quoi? demanda Marks en ouvrant de grands yeux.

— Ceci.

Et il posa sa bouche sur la sienne.

Enfin! sembla soupirer son corps tout entier. Leo éprouva tant de plaisir que, pendant quelques instants, il se contenta de savourer la douceur de ses lèvres sous les siennes. Après quoi, privé de toute capacité de penser, il se laissa guider par son désir. Il taquina sa lèvre supérieure, puis sa lèvre inférieure, s'empara de sa bouche, chercha sa langue, joua avec elle. Un baiser naissait avant la fin d'un autre en une succession de caresses sensuelles dont l'écho délicieux se propageait à travers tout son corps.

Sapristi, il en voulait encore davantage ! Il mourait d'envie de glisser les mains sous ses vêtements, de sentir sa peau nue. Il voulait dessiner de la bouche des chemins intimes sur son corps, l'embrasser et en goûter chaque centimètre carré. Nouant les bras autour de son cou, Marks se mit à onduler contre lui, comme en proie à des sensations incoercibles. Agités d'un même rythme incertain, leurs corps luttaient pour se rapprocher, pour se fondre l'un dans l'autre. S'ils n'avaient été séparés par tant d'épaisseurs de vêtements, ils auraient bel et bien été en train de faire l'amour.

Leo continua de l'embrasser longtemps après qu'il aurait dû cesser. Pas seulement pour le plaisir indicible que cela lui procurait, mais aussi parce qu'il répugnait à faire face à ce qui s'ensuivrait. Il leur était désormais impossible de reprendre leurs relations habituelles. Elles avaient emprunté un chemin nouveau, inconnu, vers une destination dont Leo était certain qu'ils ne l'aimeraient ni l'un ni l'autre.

Comme il ne parvenait pas à rompre leur étreinte d'un seul coup, il le fit par degrés. Sa bouche dériva de la joue de Catherine au creux sensible derrière son oreille. Il sentit son pouls rapide palpiter sous ses lèvres.

— Marks, dit-il d'une voix rauque, je craignais cela. Pour une raison ou pour une autre, je savais…

Il s'interrompit et releva la tête.

Elle plissa les yeux derrière ses verres embués.

— Mes lunettes… Je les ai de nouveau perdues.

— Non. Elles sont pleines de buée.

Dès que celle-ci eut disparu, Marks s'écarta de lui. Elle se remit sur ses pieds avec peine, repoussant avec énergie la main secourable qu'il lui tendait.

Quand ils se regardèrent, il aurait été difficile de dire lequel des deux était le plus atterré. À en juger par son expression, c'était sans doute Marks.

— Il ne s'est rien passé! lança-t-elle d'une voix vibrante. Si vous avez l'audace d'y faire allusion, je nierai jusqu'à mon dernier souffle.

Après avoir secoué ses jupes d'une main nerveuse pour en ôter quelques brindilles, elle jeta à Leo un regard féroce.

— Je rentre à la maison. Et ne vous avisez pas de me suivre!

2

Leurs chemins ne se croisèrent plus jusqu'au dîner, qui réunit la famille au grand complet, à savoir, les sœurs de Leo, Amelia, Winnifred et Poppy, et leurs maris respectifs, Cam Rohan, Kev Merripen et Harry Rutledge. Catherine Marks était assise avec Beatrix à l'extrémité de la table.

Jusqu'à présent, aucune des sœurs de Leo n'avait épousé un homme conventionnel. Rohan et Merripen étaient bohémiens tous les deux, ce qui expliquait en partie la facilité avec laquelle ils s'accommodaient de la singularité des Hathaway. Quant au mari de Poppy, Harry Rutledge, c'était un hôtelier excentrique, un homme puissant dont on disait que ses ennemis l'aimaient davantage que ses amis.

Se pouvait-il vraiment que Catherine Marks fût sa sœur ?

Durant le repas, Leo les observa tour à tour, à la recherche d'une ressemblance éventuelle. Il fut obligé d'admettre qu'ils avaient les mêmes pommettes hautes, les mêmes sourcils bien dessinés, et que leurs yeux s'étiraient d'une manière identique vers les tempes, comme ceux des chats.

— Il faut que je te parle, dit-il à Amelia aussitôt le dîner terminé. En privé.

— Bien sûr, répondit sa sœur, son regard bleu brillant de curiosité. Veux-tu aller marcher ? Il fait encore jour.

Leo accepta d'un hochement de tête.

En tant qu'aînés des Hathaway, Leo et Amelia avaient eu leur lot de disputes. Ce qui n'empêchait pas Amelia d'être la personne qu'il appréciait le plus au monde, et sa confidente privilégiée. Amelia possédait une grande réserve de bon sens et n'hésitait jamais à dire ce qu'elle pensait.

Personne ne s'attendait qu'une femme aussi pragmatique tombe éperdument amoureuse de Cam Rohan, un fringant bohémien. Mais Cam avait réussi à séduire et à épouser Amelia avant qu'elle ait compris ce qui lui arrivait. Et il se révéla capable d'apporter à la famille Hathaway l'équilibre dont celle-ci avait besoin. Avec ses cheveux noirs un peu trop longs et son diamant à l'oreille, il n'offrait pas vraiment l'image classique du patriarche. Mais c'était son manque de conformisme qui lui avait permis de diriger la famille avec succès. Amelia et Cam avaient un fils de neuf mois, Rye, qui possédait les cheveux de son père et les yeux de sa mère.

Tout en remontant lentement l'allée en compagnie de sa sœur, Leo jeta un regard de propriétaire sur les environs. En été, le soleil s'attardait jusqu'à 21 heures, illuminant une mosaïque de forêts, de landes et de prés. De nombreuses rivières alimentaient des marais et des prairies humides où proliférait une faune sauvage. Même si le domaine Ramsay n'était pas le plus vaste du Hampshire, c'était l'un des plus beaux et des plus riches.

L'année précédente, Leo s'était familiarisé avec le travail des métayers, avait perfectionné les systèmes d'irrigation et de drainage, réparé des clôtures et des bâtiments… Sous l'impitoyable férule de Kev Merripen, il en avait appris sur l'agriculture bien plus qu'il ne l'aurait souhaité.

Merripen, qui vivait avec les Hathaway depuis l'enfance, avait entrepris de maîtriser parfaitement tout ce qui touchait à la gestion d'un domaine. Il était à présent déterminé à faire profiter Leo de ses connaissances.

— Ces terres ne seront pas vraiment à toi tant que tu n'auras pas versé pour elles un peu de ton sang et de ta sueur, lui avait-il déclaré.

— C'est tout ? avait répliqué Leo, sarcastique. Juste du sang et de la sueur ? Je suis persuadé que je peux trouver une ou deux autres sécrétions corporelles à donner, si c'est tellement important.

En lui-même, il reconnaissait toutefois que Merripen avait raison. Il n'existait pas d'autre moyen d'acquérir ce sentiment de possession et d'attachement.

Leo enfonça les mains dans ses poches avec un soupir. Le dîner l'avait laissé énervé et irritable.

— Tu as dû te quereller avec Mlle Marks, fit remarquer Amelia. D'ordinaire, vous ne cessez de vous décocher des flèches par-dessus la table. Mais ce soir, vous étiez tous les deux silencieux. Je ne crois pas qu'elle ait levé les yeux de son assiette une seule fois.

— Ce n'était pas une querelle, répliqua Leo d'un ton sec.

— Alors quoi ?

— Elle m'a dit, sous la contrainte, que Rutledge était son frère.

Amelia lui adressa un regard soupçonneux.

— Quel genre de contrainte ?

— Peu importe. Tu as entendu ce que je viens de dire ? Harry Rutledge est…

— Mlle Marks en a supporté suffisamment sans que tu en rajoutes. J'espère que tu ne t'es pas montré cruel avec elle, Leo. Sinon…

— Moi ? Cruel avec Marks ? C'est à mon sujet que tu devrais t'inquiéter. Figure-toi qu'après une conversation avec elle, je repars en général avec mes entrailles traînant derrière moi.

Son indignation redoubla quand il s'aperçut que sa sœur s'efforçait de réprimer un sourire.

— Je déduis de ta réaction que tu savais déjà que Rutledge et Marks étaient liés ?

— Depuis quelques jours, admit Amelia.

— Pourquoi n'en as-tu rien dit ?

— Elle me l'a demandé, et j'ai accepté par respect pour sa vie privée.

— Dieu seul sait pourquoi Marks devrait avoir une vie privée quand personne ici n'en a !

Leo s'arrêta net, obligeant sa sœur à l'imiter.

— Pourquoi le fait qu'elle soit la sœur de Rutledge est-il un secret ?

— Je ne sais pas trop, convint Amelia, l'air troublé. Tout ce qu'elle a bien voulu dire, c'est que c'était pour se protéger.

— Se protéger contre qui ? De quoi ?

Amelia eut un geste d'impuissance.

— Peut-être que Harry pourrait te le dire. Mais j'en doute.

— Bon sang, il faudra bien que quelqu'un me l'explique, ou je jetterai Marks dehors avant qu'elle ait eu le temps de dire ouf !

— Leo, tu ne ferais pas cela !

— Si, avec plaisir.

— Mais pense à Beatrix, et au chagrin qu'elle…

— Justement, je pense à Beatrix. Il est hors de question que je laisse une femme ayant un secret peut-être dangereux s'occuper de ma plus jeune sœur. Si un homme comme Harry Rutledge, qui est en relation avec quelques-uns des personnages les moins recommandables de Londres, ne peut reconnaître sa propre sœur… Il se peut que ce soit une criminelle. Y as-tu songé ?

— Non, répliqua Amelia, qui se remit en marche. Sincèrement, Leo, c'est un peu exagéré, même pour toi. Catherine Marks n'est pas une criminelle.

— Ne sois pas naïve, répliqua-t-il en lui emboîtant le pas. Personne n'est exactement ce qu'il prétend être.

Après un bref silence, Amelia s'enquit d'un ton circonspect :

— Que vas-tu faire ?

— Je pars pour Londres demain matin.

Elle écarquilla les yeux.

— Mais Merripen compte sur toi pour le semis des navets, la fertilisation et...

— Je connais les projets de Merripen. Et je suis vraiment contrarié de manquer ses fascinantes leçons sur le fumier et ses merveilles. Il n'empêche que je m'en vais. Je veux passer un peu de temps avec Rutledge pour lui extorquer quelques réponses.

— Pourquoi ne pas lui parler ici ? demanda Amelia, les sourcils froncés.

— Parce que c'est sa lune de miel, et qu'il ne sera pas très désireux de passer sa dernière nuit dans le Hampshire à s'entretenir avec moi. En outre, j'ai décidé d'accepter de dessiner une serre pour une maison de Mayfair.

— En fait, tu veux t'éloigner de Catherine. Il s'est passé quelque chose entre vous.

Leo contempla les derniers vestiges du jour, un mélange éclatant d'orange et de pourpre.

— La lumière décline, fit-il remarquer d'un ton détaché. Nous devrions rentrer.

— Tu n'échapperas pas à tes problèmes en fuyant, tu sais ?

Il eut une moue agacée.

— Pourquoi les gens disent-ils toujours cela ? Évidemment, que l'on peut échapper à ses problèmes en fuyant ! C'est ce que je fais tout le temps, avec succès.

— Tu es obsédé par Catherine, insista Amelia. Ça saute aux yeux.

— Qui exagère, maintenant ? répliqua-t-il en pivotant sur ses talons pour regagner Ramsay House à grandes enjambées.

Mais Amelia ne se laissa pas distancer.

— Tu la surveilles en permanence. Dès qu'on mentionne son prénom, tu es tout ouïe. Et ces derniers temps, chaque fois que tu discutais ou que tu te chamaillais avec elle, tu semblais redevenu aussi vivant qu'avant...

Elle s'interrompit, jugeant visiblement préférable de s'en tenir là.

— Qu'avant quoi ? demanda Leo, la mettant au défi de continuer.

— Qu'avant la scarlatine.

C'était un sujet qu'ils n'évoquaient jamais.

L'année précédant l'obtention du titre de Leo, une terrible épidémie de scarlatine avait touché le village où vivaient les Hathaway.

La première victime avait été Laura Dillard, la fiancée de Leo. La famille de celle-ci lui avait permis de rester à son chevet. Pendant trois jours, il l'avait regardée décliner entre ses bras, jusqu'à l'issue fatale.

De retour chez lui, Leo s'était effondré, frappé par la maladie, de même que Winnifred. Par miracle, ils avaient survécu. Mais Winnifred était restée invalide, et Leo, marqué jusqu'au plus profond de lui-même, n'avait plus jamais été le même homme. Il s'était retrouvé dans un cauchemar dont il ne pouvait se réveiller. Vivre ou mourir lui indifférait totalement. Et, ce qu'il ne se pardonnait toujours pas, il avait causé d'innombrables soucis à sa famille. Au pire moment, alors qu'il semblait s'acharner à se détruire, on avait décidé qu'il accompagnerait Winnifred en France, où elle devait faire un séjour dans une clinique réputée.

Pendant que les poumons de Winnifred guérissaient, Leo avait passé des heures à arpenter les petits villages provençaux assoupis de chaleur et les sentiers parfumés de la garrigue. Le soleil, le ciel bleu, le rythme lent de la vie avaient apaisé son âme. Il avait cessé de boire, se contentant d'un verre de vin au dîner. Il avait dessiné, peint et, finalement, surmonté son deuil.

À leur retour en Angleterre, Winnifred n'avait pas perdu de temps pour combler le désir de son cœur, qui était d'épouser Merripen.

Leo, quant à lui, essayait de réparer les torts causés à sa famille. Et surtout, il était déterminé à ne plus jamais retomber amoureux. Ayant à présent conscience de la fatale profondeur de sentiments dont il était capable, il se refusait à offrir un tel pouvoir sur lui à un autre être humain.

— Petite sœur, reprit-il doucement, si tu t'es mis en tête que je pourrais porter à Marks un intérêt quelconque, oublie cela tout de suite. Je ne souhaite qu'une chose : découvrir quel squelette elle dissimule dans son placard. Cela dit, la connaissant, ce pourrait bien être au sens propre...

3

— Je n'ai rien su de l'existence de Catherine avant mes vingt ans, déclara Harry Rutledge en étirant ses longues jambes.

Leo et lui avaient pris place dans le salon réservé de l'hôtel Rutledge, un endroit calme et luxueux, très prisé par les aristocrates, les voyageurs fortunés et les hommes politiques.

Leo observa son beau-frère avec un scepticisme à peine voilé. De tous les hommes susceptibles d'épouser l'une de ses sœurs, ce n'était certaine-ment pas lui qu'il aurait placé en tête. Il ne lui faisait pas confiance. D'un autre côté, Harry avait ses bons côtés, parmi lesquels sa dévotion manifeste à Poppy.

Harry but une gorgée de cognac, comme pour se donner le temps de choisir ses mots avec soin avant de poursuivre. C'était un homme séduisant, doté d'un charme évident, mais il était aussi impitoyable et manipulateur. On n'en attendait pas moins d'un homme à la réussite aussi éclatante, propriétaire du plus grand et du plus luxueux hôtel de Londres.

— Je répugne à parler de Catherine pour plusieurs raisons, reprit-il. Parmi celles-ci, le fait que je n'ai jamais été très gentil avec elle, et que j'ai échoué à la protéger lorsqu'il le fallait. Ce que je regrette profondément.

— Nous avons tous des regrets, observa Leo. C'est pourquoi je m'accroche à mes mauvaises habitudes. On ne peut commencer à regretter quelque chose que lorsqu'on a cessé de le faire.

Harry sourit brièvement avant de fixer les yeux sur la flamme de la petite lampe placée sur la table.

— Avant de vous dire quoi que ce soit, j'aimerais connaître la nature de l'intérêt que vous portez à ma sœur.

— Je suis son employeur. Je m'inquiète de l'influence qu'elle pourrait avoir sur Beatrix.

— Vous ne vous en êtes jamais inquiété jusqu'à présent, répliqua Harry. Et j'ai cru comprendre qu'elle avait fait un excellent travail avec Beatrix.

— En effet. Cependant, la révélation de ce lien mystérieux avec vous me préoccupe. Pour ce que j'en sais, vous avez tous les deux mis sur pied une espèce de complot.

— Non, lâcha Harry en le regardant droit dans les yeux. Il n'y a pas de complot.

— Dans ce cas, pourquoi tous ces secrets ?

— Je ne peux pas l'expliquer sans vous parler un peu de mon propre passé…

Il s'interrompit avant d'ajouter d'un air sombre :

— Ce que je déteste faire.

— Désolé, vraiment, fit Leo sans la moindre sincérité. Continuez.

Harry hésita de nouveau, comme s'il réfléchissait à ce qu'il entendait révéler.

— Catherine et moi avons la même mère. Elle s'appelait Nicolette Wigens. Elle était anglaise de naissance. Ses parents avaient quitté l'Angleterre pour s'installer à Buffalo, dans l'État de New York, quand elle était encore enfant. Nicolette étant leur unique enfant – les Wigens l'avaient eue tardivement –, ils souhaitaient la voir mariée à un homme qui prendrait soin d'elle. Mon père, Arthur, était riche, et il avait plus du double de son âge. Je suppose que les Wigens ont favorisé cette union, qui n'était certainement pas un mariage d'amour. Toujours est-il que Nicolette a épousé Arthur, et que je suis né peu de temps après. Trop peu de temps après, en fait. Certains ont avancé qu'Arthur n'était pas mon père.

— L'était-il ? ne put s'empêcher de demander Leo.

Harry eut un sourire cynique.

— Qui peut en avoir la certitude ? Quoi qu'il en soit, enchaîna-t-il avec un haussement d'épaules, ma mère a fini par s'enfuir en Angleterre avec l'un de ses amants. Je crois qu'ils ont été nombreux à se succéder par la suite. Ma mère n'était pas du genre à se limiter. C'était une garce, capricieuse et égoïste, mais très belle. Catherine lui ressemble beaucoup.

Il observa un silence songeur.

— En plus douce, plus raffinée. Et, à la différence de notre mère, Catherine est foncièrement gentille et aimante.

— Vraiment ! s'exclama Leo avec aigreur. Elle ne se montre jamais gentille avec moi.

— C'est parce que vous lui faites peur.

Leo lui adressa un regard incrédule.

— En quoi pourrais-je effrayer cette jeune virago ? Et n'allez pas prétendre que les hommes la rendent nerveuse, parce qu'elle est parfaitement aimable avec Cam et Merripen.

— Elle se sent en sécurité avec eux.

— Et pourquoi pas avec moi ? s'offusqua Leo.

— Je crois que c'est parce qu'elle a conscience de vous en tant qu'homme.

Cette révélation fit tressaillir le cœur de Leo. Il examina le contenu de son verre avec une indifférence étudiée.

— C'est elle qui vous l'a dit ?

— Non, je l'ai constaté par moi-même, dans le Hampshire. Avec Catherine, il faut se montrer particulièrement observateur, ajouta Harry avec ironie. Elle ne parle pas d'elle.

Il termina son cognac, reposa le verre avec précaution sur la table, puis se carra dans son fauteuil, les mains croisées.

— Je n'ai plus entendu parler de ma mère après son départ de Buffalo. Mais à l'âge de vingt ans, j'ai reçu une lettre me demandant de me rendre à son chevet. Elle était gravement malade. Une forme de cancer. Je suppose qu'elle voulait voir ce que j'étais devenu avant de mourir. Je me suis aussitôt rendu en Angleterre, mais elle est décédée juste avant mon arrivée.

— C'est alors que vous avez rencontré Marks.

— Non, elle n'était pas là. Malgré son souhait de rester auprès de sa mère, on l'avait envoyée vivre avec une tante et une grand-mère du côté paternel. Et le père, apparemment peu désireux de veiller la malade, avait carrément quitté Londres.

— Un noble individu, commenta Leo.

— Une voisine s'était occupée de Nicolette durant la dernière semaine de sa vie. C'est elle qui m'a parlé de Catherine. Après avoir vaguement envisagé de lui rendre visite, je me suis ravisé. Il n'y avait pas de place dans ma vie pour une demi-sœur illégitime. Elle avait presque la moitié de mon âge et avait besoin d'une présence féminine. J'ai supposé qu'elle serait mieux avec sa tante.

— Cette supposition était-elle correcte ?

Harry lui adressa un regard impénétrable.

— Non.

Une histoire entière tenait dans cette unique syllabe. Leo était très désireux de l'entendre.

— Que s'est-il passé ?

— J'ai décidé de rester en Angleterre et de me lancer dans l'hôtellerie. Alors j'ai envoyé une lettre à Catherine en lui donnant mon adresse afin qu'elle me prévienne si elle avait besoin de quoi que ce soit. Quelques années plus tard, à quinze ans, elle m'a écrit pour me demander de l'aide. Je l'ai trouvée dans une situation… difficile. J'ai regretté de ne pas être arrivé un peu plus tôt.

Saisi d'une inquiétude inexplicable, Leo ne parvint pas à conserver sa désinvolture coutumière.

— Qu'entendez-vous par « situation difficile » ?

Harry secoua la tête.

— Je crains de ne pouvoir vous en dire plus. Le reste appartient à Catherine.

— Bon sang, Rutledge, vous n'allez pas vous en tirer comme ça ! Je veux savoir comment les Hathaway se sont retrouvés impliqués dans cette histoire, et pourquoi j'ai eu la malchance de devenir l'employeur de la préceptrice la plus grincheuse et la plus agaçante de toute l'Angleterre.

— Catherine n'a pas besoin de travailler pour vivre. Elle a ses propres revenus. Je lui ai constitué une rente qui lui donne la liberté de faire ce qu'elle veut. Elle a étudié comme pensionnaire pendant quatre ans, puis a enseigné deux ans dans le même établissement. Un jour, elle m'a annoncé qu'elle avait accepté un poste de demoiselle de compagnie dans la famille Hathaway. Je crois que vous étiez en France avec Winnifred, à ce moment-là. Lors de l'entretien préliminaire, elle a plu à Cam et à Amelia. Beatrix et Poppy avaient de toute évidence besoin d'elle, et personne n'a semblé désireux d'évoquer son manque d'expérience.

— Évidemment, riposta Leo d'un ton acide. Comme si ma famille allait se préoccuper d'une chose aussi insignifiante qu'une expérience professionnelle ! Je suis à peu près sûr qu'ils ont commencé l'entretien en lui demandant sa couleur préférée.

Harry essaya sans succès de dissimuler un sourire.

— Vous avez sans doute raison.

— Pourquoi a-t-elle pris un emploi, si elle n'a pas besoin d'argent ?

Harry haussa les épaules.

— Elle voulait faire l'expérience d'une vie de famille, même en tant qu'étrangère. Catherine pense qu'elle n'aura jamais de famille à elle.

— Rien ne l'en empêche, fit remarquer Leo, perplexe.

Une étincelle narquoise brilla dans les yeux verts de Harry.

— Vous croyez ? Quand on est un Hathaway, on ne peut pas comprendre ce que cela signifie de grandir complètement isolée, parmi des gens qui se moquent éperdument de vous. Vous en venez à considérer que c'est votre faute, que vous n'êtes pas digne d'affection. Et ce sentiment vous enveloppe jusqu'à devenir une prison, dont vous barricadez ensuite les portes pour empêcher quiconque d'entrer.

Leo l'écoutait avec attention, devinant que Harry parlait de lui-même tout autant que de Catherine. Il admit en son for intérieur que ce dernier avait raison : même lorsqu'il avait touché le fond du désespoir, Leo avait toujours su que sa famille l'aimait.

Pour la première fois, il prit conscience de ce que Poppy avait fait pour Harry. Elle avait réussi à s'introduire dans la prison invisible qu'il venait de décrire.

— Je vous remercie, dit-il. Je sais que ce n'était pas facile pour vous de parler de tout cela.

— Ça ne l'était pas, en effet. Qu'une chose soit bien claire, Ramsay, ajouta-t-il à voix basse. Si jamais vous faisiez du mal à Catherine, je serais obligé de vous tuer.

Poppy était assise dans son lit en chemise de nuit, un livre posé sur ses genoux pliés. Quand son mari entra dans la chambre, elle leva les yeux et sourit tandis que son pouls s'emballait délicieusement. Harry était un homme énigmatique, dangereux, même, aux yeux de ceux qui prétendaient bien le connaître. Mais avec Poppy, il baissait la garde et montrait son côté sensible.

— T'es-tu entretenu avec Leo ? s'enquit-elle.

— Oui, mon cœur.

Après s'être débarrassé de sa veste, qu'il drapa sur le dossier d'un fauteuil, il s'approcha du lit.

— Il voulait parler de Catherine, comme je le pressentais. Je lui en ai dit sur son passé – et sur le mien – autant que je le pouvais.

— Quel est ton avis sur la situation ?

Poppy savait combien son mari était perspicace lorsqu'il s'agissait de deviner les pensées et les motivations de ses interlocuteurs.

— Ramsay est plus préoccupé par Catherine qu'il ne le souhaiterait, c'est évident, répondit-il en dénouant sa cravate. Et cela ne me plaît pas. Mais je ne m'en mêlerai pas, à moins que Catherine ne me demande de l'aide.

Il promena le dos des doigts sur la gorge de Poppy avec une légèreté qui fit s'accélérer son souffle. Puis il caressa doucement l'endroit délicat où palpitait son pouls. Remarquant la rougeur qui montait au visage de sa femme, il dit à voix basse :

— Pose ce livre.

Les orteils de Poppy se recroquevillèrent.

— Mais j'en suis à un passage très intéressant, prétendit-elle pour le taquiner.

— Certainement pas aussi intéressant que ce qui va bientôt t'arriver.

Il rabattit les couvertures d'un geste si délibéré qu'elle laissa échapper un petit cri, puis il couvrit son corps du sien.

Le livre tomba sur le sol, oublié...

4

Catherine espérait que Leo, lord Ramsay, demeurerait loin du Hampshire un long moment. Si un laps de temps suffisant s'écoulait, ils parviendraient peut-être à prétendre que le baiser dans le jardin n'avait jamais existé.

En attendant, elle ne pouvait s'empêcher de se demander pourquoi il avait fait cela.

Selon toute probabilité, il avait simplement voulu s'amuser avec elle, essayé de trouver une nouvelle manière de la désarçonner.

La vie était vraiment injuste! Sinon, Leo aurait été grassouillet, marqué par la petite vérole et chauve. Mais c'était un grand et bel homme aux cheveux bruns, aux yeux bleus, et dont le sourire était rien de moins qu'éblouissant. Pire que tout, il n'avait absolument pas l'apparence du vaurien qu'il était. Il semblait sain, ouvert et honnête. Un gentleman à qui on aurait donné le bon Dieu sans confession!

L'illusion se dissipait dès qu'il ouvrait la bouche. Leo était un être foncièrement mauvais, doté d'une langue acérée. Son irrévérence n'épargnait personne, surtout pas lui-même. Depuis un an qu'elle le connaissait, il avait montré à peu près tous les défauts possibles, et toute tentative pour le corriger ne réussissait qu'à l'encourager dans ses travers. Surtout si la tentative venait de Catherine.

Son passé, Leo n'avait même pas la décence d'essayer de le cacher. Il évoquait en toute franchise son existence dissolue, ses beuveries, ses bagarres, ses aventures amoureuses, son comportement destructeur qui avait failli plus d'une fois mener la famille à la catastrophe. On ne pouvait que conclure de tout cela qu'être un gredin – ou, du moins en avoir la réputation – lui plaisait. Il jouait le rôle de l'aristocrate blasé à la perfection, avec, dans le regard, cette étincelle cynique de l'homme qui, à trente ans, a réussi à se survivre à lui-même.

Catherine ne voulait rien avoir à faire avec les hommes. Encore moins avec un homme qui irradiait un charme aussi dangereux. Comment se fier à un tel individu ? Les jours les plus sombres de lord Ramsay pouvaient fort bien se trouver encore devant lui. Dans le cas contraire... il était tout à fait possible que ce soient les siens à elle.

Une semaine environ après le départ de Leo, Catherine passa un après-midi dehors avec Beatrix. Malheureusement, ces sorties ne ressemblaient jamais aux marches tranquilles qui avaient sa préférence. Beatrix ne se promenait pas, elle explorait. Elle aimait s'enfoncer profondément dans la forêt pour observer la flore, les champignons, les nids, les toiles d'araignée et les trous dans le sol. Rien ne ravissait plus la benjamine des Hathaway que la découverte d'un triton, d'un nid de lézard, de traces laissées par un blaireau ou d'un terrier de lapin de garenne.

Elle capturait les animaux blessés, les soignait et les remettait en liberté. Et s'ils ne pouvaient se défendre seuls, ils devenaient membres de la maisonnée. La famille s'était si bien habituée aux bestioles de Beatrix que personne ne cillait quand un hérisson trottinait dans le salon ou qu'un couple de lapins passait en bondissant devant la table du dîner.

Agréablement fatiguée après sa longue excursion, Catherine s'assit devant sa coiffeuse et entreprit de libérer ses cheveux. Elle massa son crâne légèrement douloureux aux endroits où les épingles avaient retenu son chignon.

Entendant un joyeux babillage, elle se retourna et découvrit le furet apprivoisé de Beatrix, Dodger, qui s'extirpait de dessous la commode. Son long corps sinueux s'arqua avec grâce quand il courut vers elle, un gant blanc entre les dents. L'espiègle voleur adorait chiper des petites choses dans les tiroirs, les boîtes et les placards pour les dissimuler ensuite. Au grand dam de Catherine, Dodger aimait particulièrement ses effets à *elle*. Régulièrement, elle connaissait l'humiliation de devoir fouiller Ramsay House à la recherche de ses jarretières.

— Espèce de gros rat, lui dit-elle quand il se dressa pour poser ses pattes minuscules sur le rebord de la chaise.

Elle se pencha pour caresser sa fourrure lisse, lui grattouilla le sommet de la tête puis, avec précaution, lui fit lâcher le gant.

— Maintenant que tu as volé toutes mes jarretières, tu t'attaques à mes gants, c'est ça?

Il fixa sur elle ses petits yeux brillants.

— Où caches-tu mes affaires? continua-t-elle en posant le gant sur la coiffeuse. Si je ne retrouve pas bientôt mes jarretières, je vais devoir attacher mes bas avec de la ficelle.

Les moustaches de Dodger frémirent et il découvrit ses petites dents pointues comme dans un sourire. Quand il se tortilla d'une manière engageante, Catherine sourit malgré elle et, saisissant sa brosse à cheveux, commença à la passer dans ses boucles.

— Non, je n'ai pas le temps de jouer avec toi. Il faut que je me prépare pour le dîner.

Vif comme l'éclair, le furet sauta sur ses genoux, s'empara du gant et s'enfuit de la chambre.

— Dodger ! s'écria Catherine en s'élançant à sa poursuite, donne-moi ça tout de suite !

Elle fit irruption dans le couloir, où des femmes de chambre allaient et venaient avec un empressement inhabituel. Le furet tourna à un coin et disparut.

— Virgie, que se passe-t-il ? demanda-t-elle à l'une des domestiques.

— Lord Ramsay vient d'arriver de Londres, mademoiselle, et la gouvernante nous a demandé de préparer sa chambre, d'ajouter un couvert pour le dîner et de défaire ses bagages dès que les valets de pied les auront montés.

— Déjà ? s'exclama Catherine, qui sentit le sang se retirer de son visage. Mais il n'a pas fait prévenir. Personne ne l'attendait.

« Je ne l'attendais pas », corrigea-t-elle en son for intérieur.

Virgie haussa les épaules et s'éloigna en hâte avec son chargement de draps.

Catherine battit en retraite dans sa chambre, la main posée sur son estomac, qui tressaillait nerveusement. Elle n'était pas prête à faire face à Leo. Ce n'était pas juste qu'il soit revenu si vite.

Bien sûr, il était ici chez lui. Il n'empêche…

Elle se mit à arpenter la pièce, s'efforçant de rassembler ses pensées chaotiques. Une seule solution : elle allait l'éviter. Elle prétexterait une migraine et resterait dans sa chambre.

Alors qu'elle était en pleine confusion, on frappa à la porte. Quelqu'un entra sans attendre de réponse.

Quand elle reconnut la haute silhouette de Leo, son cœur exécuta une telle cabriole qu'elle faillit s'étrangler.

— Comment osez-vous entrer dans ma chambre sans...

Elle n'acheva pas sa phrase. Leo avait refermé la porte. Il pivota pour lui faire face et la parcourut du regard. Ses vêtements étaient froissés et un peu poussiéreux, et ses cheveux en désordre lui retombaient sur le front. Il avait l'air sûr de lui mais circonspect. L'habituelle lueur moqueuse dans ses prunelles avait été remplacée par quel-que chose que Catherine ne put identifier. Quelque chose de nouveau.

La main qu'elle tenait toujours posée sur son estomac se crispa, et elle lutta pour reprendre son souffle. En proie à un étourdissant mélange de crainte et d'excitation qui faisait battre son cœur à tout rompre, elle recula quand Leo s'approcha. Et se cogna contre sa coiffeuse.

— Pourquoi êtes-vous revenu ? demanda-t-elle d'une voix faible.

— Vous savez très bien pourquoi.

Il posa les mains sur le rebord de la coiffeuse, de chaque côté de son corps. Elle fut submergée par l'énergie masculine qu'il dégageait. Il était trop près... si près qu'elle sentait son odeur de grand air, de poussière et de cheval. Quand il s'inclina vers elle, l'un de ses genoux pressa doucement contre ses jupes volumineuses.

Avant de pouvoir s'en empêcher, Catherine avait posé les yeux sur ses lèvres au dessin ferme.

— Catherine... nous devons parler de ce qui s'est passé.

— Je ne vois pas à quoi vous faites allusion.

— Voulez-vous que je vous le rappelle ? proposa-t-il en penchant légèrement la tête.

— Non, non... Non !

— Un seul « non » suffit, mon cœur.

Mon cœur ?

— Je croyais avoir été claire, dit-elle, luttant pour empêcher sa voix de trembler. Je veux ignorer ce qui s'est passé.

— Et vous espérez que cela le fera disparaître ?

— Oui, c'est ainsi qu'on traite les erreurs, articula-t-elle avec difficulté. On les écarte et la vie reprend son cours.

— Vraiment ? fit Leo d'un air innocent. Mes erreurs me procurent en général tellement de plaisir que j'ai tendance à les répéter.

Catherine fut tentée de sourire. Quelle mouche la piquait donc ?

— Celle-là ne se répétera pas, assura-t-elle.

— Ah, voilà bien le ton de la préceptrice, sévère et désapprobateur ! Il me donne l'impression d'être un écolier désobéissant.

Il lui frôla la joue avec douceur. En proie à des impulsions contradictoires – sa peau implorait ses caresses alors que son instinct la sommait de s'écarter –, Catherine demeura figée sur place, comme pétrifiée.

— Si vous ne quittez pas ma chambre immédiatement, s'entendit-elle déclarer, je fais un scandale.

— Marks, rien ne me ravirait plus que de vous voir faire un scandale. À vrai dire, j'aimerais vous aider. Par où commençons-nous ?

Il parut se divertir grandement de son embarras, qu'une rougeur incontrôlable rendait d'autant plus évident.

Quand il lui effleura le cou du pouce, elle rejeta malgré elle la tête en arrière.

— Je n'ai jamais vu des yeux pareils, murmura-t-il d'un air presque absent. Ils me rappellent la première fois que j'ai vu la mer du Nord. Quand le vent chasse les vagues, l'eau prend cette même couleur gris-vert… et ensuite, elle devient bleue à l'horizon.

Persuadée qu'il se moquait à nouveau d'elle, Catherine se renfrogna.

— Que voulez-vous de moi ?

Leo prit tout son temps pour répondre. Du bout des doigts, il suivit lentement le contour de son oreille.

— Je veux vos secrets. Et je vous les extorquerai d'une manière ou d'une autre.

C'en était trop! Catherine repoussa sa main d'un geste brusque.

— Arrêtez! Vous vous amusez à mes dépens, comme d'habitude. Vous n'êtes qu'un gredin qui mène une existence dissolue, un mufle sans principes et…

— N'oubliez pas « débauché libidineux », c'est l'un de mes préférés.

— Sortez!

Il s'écarta nonchalamment de la coiffeuse.

— D'accord. Je m'en vais. De toute évidence, vous craignez de ne pouvoir dominer le désir que je vous inspire si je reste.

— Le seul désir que j'aie en ce qui vous concerne serait de vous voir mutilé et démembré.

Leo sourit et se dirigea vers la porte. Là, il fit une pause, lui jeta un coup d'œil par-dessus son épaule.

— Vos lunettes sont de nouveau embuées, lui fit-il remarquer.

Puis il sortit avant qu'elle ait eu le temps de trouver de quoi lui jeter à la tête.

5

— Leo, il faut que tu te maries, déclara Amelia dès qu'il pénétra dans la salle du petit déjeuner, le lendemain matin.

Il lui adressa un regard d'avertissement. Elle savait pourtant qu'il n'était pas conseillé d'amorcer une conversation avec lui à une heure aussi matinale. Il aimait prendre pied peu à peu dans la journée qui s'annonçait, alors qu'Amelia l'attaquait d'emblée avec énergie. De plus, il avait mal dormi pour cause de rêves érotiques impliquant Catherine Marks.

— Tu sais bien que je ne me marierai jamais.

La voix de Marks s'éleva d'une encoignure de fenêtre. Elle était perchée sur une petite chaise, et de minuscules grains de poussière dansaient dans le rai de soleil qui illuminait ses cheveux.

— Tant mieux vu qu'aucune femme raisonnable ne voudrait de vous.

Leo releva le défi sans hésiter.

— Une femme raisonnable… répéta-t-il, songeur. Je ne crois pas en avoir jamais rencontré.

— Comment le sauriez-vous, le cas échéant ? répliqua-t-elle. Vous ne prêteriez pas attention à son caractère. Vous seriez bien trop occupé à examiner ses… ses…

— Ses quoi ?

— Ses mensurations, lâcha-t-elle finalement, ce qui provoqua le rire de Leo.

— Vous est-il vraiment impossible de nommer d'anodines parties du corps, Marks ? Les seins, les hanches, les jambes… Pourquoi serait-il indécent de parler sans détour de l'anatomie humaine ?

Elle plissa les yeux.

— Parce que cela mène à des pensées inconvenantes.

— Les miennes le sont déjà…

— Eh bien, pas les miennes. Et je préfère qu'elles demeurent ainsi.

Leo haussa les sourcils.

— Vous n'avez pas de pensées inconvenantes ?

— Pratiquement jamais.

— Mais quand vous en avez, quelles sont-elles ?

Elle lui jeta un regard indigné en guise de réponse.

— Est-ce que j'ai déjà figuré dans vos pensées inconvenantes ? insista-t-il, ce qui la fit rougir jusqu'à la racine des cheveux.

— Je vous ai dit que je n'en avais pas, protesta-t-elle.

— Non, vous avez dit « pratiquement jamais ». Ce qui signifie qu'il peut y en avoir une ou deux qui traînent.

— Leo, cesse de la tourmenter, intervint Amelia.

Son attention étant fixée sur Catherine, Leo l'entendit à peine.

— Je n'aurais pas une mauvaise opinion de vous, le cas échéant, assura-t-il. En fait, je ne vous en apprécierais que plus.

— Je n'en doute pas, riposta Catherine. Vous préférez probablement les femmes sans aucune vertu.

— La vertu chez une femme est comme le poivre dans la soupe. Un peu la relève agréablement, mais exagérez, et personne ne voudra de vous.

Pinçant les lèvres, Catherine détourna ostensiblement les yeux, ce qui mit un terme à la dispute menée tambour battant.

Dans le silence qui s'ensuivit, Leo se rendit compte que toute la famille le regardait d'un air perplexe.

— J'ai fait quelque chose ? demanda-t-il. Que se passe-t-il ? Et que diable êtes-vous tous en train de lire ?

Il y avait des papiers étalés sur la table devant Amelia, Cam et Merripen. Winnifred et Beatrix, quant à elles, paraissaient chercher des mots dans un gros volume de droit.

— Une lettre de notre avoué à Londres, M. Gadwick, vient juste d'arriver, répondit Merripen. Il semblerait que certaines dispositions légales n'aient pas été précisées clairement lorsque tu as hérité du domaine.

— Rien d'étonnant ! rétorqua Leo en s'approchant de la desserte sur laquelle était disposé le petit déjeuner. On m'a balancé le domaine et le titre comme s'il s'agissait d'une patate chaude. Avec la malédiction Ramsay en prime.

— Il n'y a pas de malédiction Ramsay, déclara Amelia.

— Ah bon ? fit Leo avec un sourire ironique. Alors, pourquoi les derniers lords Ramsay sont-ils morts les uns à la suite des autres ?

— Pure coïncidence, répliqua-t-elle. Cette branche de la famille était de toute évidence dégénérée à cause de la consanguinité. C'est un problème courant dans la noblesse.

— Eh bien, voilà au moins un problème que nous n'avons pas.

Leo reporta son attention sur Merripen.

— Parle-moi de ces dispositions légales. Et utilise des mots courts. Je n'aime pas penser à cette heure matinale. Ça me donne la migraine.

— Cette maison, commença Merripen, l'air préoccupé, ainsi que la parcelle de terrain sur laquelle elle est construite – environ sept hectares au total – ne faisaient pas partie du fief originel. Il s'agit d'une terre séparée incluse dans le domaine principal. Et, contrairement à celui-ci, elle peut être hypothéquée, achetée ou vendue au gré du châtelain.

— Bien, dit Leo. Comme je suis le châtelain et que je ne veux ni hypothéquer ni vendre quoi que ce soit, tout va bien, non ?

— Non.

— Non ? répéta Leo en fronçant les sourcils. Selon les règles de succession, le châtelain jouit de la propriété des terres et du manoir. Ils sont inaliénables. Et rien ne peut changer cela.

— C'est exact, acquiesça Merripen. Tu possèdes de plein droit l'ancien manoir. Celui qui se trouve dans l'angle nord-ouest du domaine, au confluent des deux rivières.

Leo reposa son assiette à demi garnie et le dévisagea avec stupeur.

— Mais c'est un tas de gravats recouverts de broussailles. Pour l'amour du ciel, il a été bâti au temps d'Édouard le Confesseur !

— En effet, confirma Merripen. C'est là ta véritable maison.

— Je ne veux pas de cette fichue ruine, déclara Leo avec une irritation grandissante. C'est *cette* maison que je veux. Où est le problème ?

— Je peux lui dire ? s'enquit Beatrix avec empressement. J'ai cherché tous les termes légaux et je peux les lui traduire.

Elle se·tourna vers son frère, Dodger drapé autour de ses épaules.

— Vois-tu, Leo, le manoir d'origine est en ruine depuis quelques siècles. Un ancien lord Ramsay a acquis la parcelle de sept hectares et a fait construire une nouvelle demeure dessus. Depuis, la coutume a voulu que Ramsay House soit transmise à chaque nouveau vicomte. Mais le dernier lord Ramsay – celui qui venait juste avant toi – a trouvé un moyen de laisser la partie aliénable de la propriété à sa veuve et à sa fille. Cela s'appelle une reconnaissance d'affranchissement. En conséquence, Ramsay House et le terrain sur lequel elle est érigée appartiennent à la comtesse Ramsay et à sa fille, Vanessa Darvin.

Leo secoua la tête avec incrédulité.

— Pourquoi n'avons-nous pas été prévenus auparavant ?

— Apparemment, expliqua Amelia d'un ton lugubre, la veuve ne s'intéressait pas à la maison, qui était en très mauvais état. Mais à présent qu'elle est magnifiquement restaurée, elle a informé notre avoué de son intention de reprendre son bien et de l'occuper.

— Je veux bien être pendu si je laisse quelqu'un prendre Ramsay House aux Hathaway ! s'écria Leo, outré. S'il le faut, je porterai l'affaire devant la cour de la chancellerie à Westminster.

Merripen se pinça l'arête du nez d'un geste las.

— La chancellerie te déboutera.

— Comment le sais-tu ?

— Notre avoué a interrogé le spécialiste de son étude. Malheureusement, seul l'ancien manoir fait partie de l'héritage inaliénable.

— Et si l'on rachetait la parcelle à la veuve ?

— Elle a d'ores et déjà annoncé qu'aucune somme d'argent ne pourrait l'inciter à s'en séparer.

— Les femmes changent souvent d'avis, observa Leo. Nous allons lui faire une offre.

— Très bien. Mais si elle refuse de négocier, il ne nous reste qu'un moyen pour garder cette maison.

— Je brûle de l'entendre, fit Leo.

— Selon une clause ajoutée par le dernier lord Ramsay, tu garderas le domaine dans son entier – y compris la maison – si tu te maries et engendres un héritier mâle dans les cinq ans suivant ton ennoblissement.

— Pourquoi cinq ans ?

— Parce qu'au cours des trois dernières décennies, répondit Winnifred avec douceur, aucun Ramsay n'a réussi à vivre plus de cinq ans après avoir reçu le titre. Ni à engendrer un fils légitime.

— Mais la bonne nouvelle, Leo, intervint Beatrix avec entrain, c'est que ça fait quatre ans que tu es devenu lord Ramsay. Si tu réussis à rester en vie juste une année de plus, la malédiction familiale sera brisée.

— Il faut en outre que tu te maries et que tu aies un fils le plus tôt possible, ajouta Amelia.

Dans le silence qui suivit, Leo les regarda tour à tour d'un air ébahi. Il laissa échapper un rire bref.

— Vous êtes tous fous si vous pensez que l'on va m'imposer un mariage sans amour simplement pour que la famille continue à vivre à Ramsay House !

Avec un sourire conciliant, Winnifred lui tendit une feuille de papier.

— Nous ne te forcerons jamais à contracter un mariage sans amour, bien sûr. Mais nous avons établi une liste d'épouses possibles, toutes plus charmantes les unes que les autres. Tu ne veux pas y jeter un coup d'œil pour voir si l'une d'elles te plaît ?

Ne voulant pas la décevoir, Leo baissa les yeux sur la liste.

— *Marietta Newbury ?*

— Oui, dit Amelia. Qu'est-ce que tu lui reproches ?

— Je n'aime pas ses dents.

— Et Isabella Charrington ?

— Je n'aime pas sa mère.

— Lady Fleur Tremaine?

— Je n'aime pas son prénom.

— Oh, pour l'amour du ciel, Leo, ce n'est pas sa faute!

— Je m'en moque. Je ne peux pas avoir une femme prénommée Fleur. Chaque soir, j'aurai l'impression d'appeler une de nos vaches. Je ferais tout aussi bien d'épouser la première femme croisée dans la rue, continua-t-il après avoir levé les yeux au ciel. Ou bien Marks, pendant que j'y suis!

Un pesant silence tomba dans la pièce.

Toujours assise dans l'encoignure de la fenêtre, Catherine Marks releva lentement la tête. Elle écarquilla les yeux et rougit.

— Ce n'est pas du tout amusant, déclara-t-elle sèchement.

— C'est la solution parfaite, assura Leo, qui éprouvait une satisfaction perverse à l'irriter. Nous nous querellons tout le temps. Nous ne pouvons pas nous supporter. C'est comme si nous étions déjà mariés.

Catherine bondit sur ses pieds et le foudroya du regard.

— Je ne consentirais jamais à vous épouser!

— Ça tombe bien, parce que je ne vous le demandais pas. Je voulais juste illustrer mon propos.

— Ne m'utilisez pas pour illustrer vos propos! répliqua-t-elle en sortant en trombe de la pièce.

— Vous savez, nous devrions donner un bal, suggéra Winnifred d'un ton pensif.

— Un bal? répéta Merripen, non sans circonspection.

— Oui. Nous inviterions toutes les demoiselles intéressantes que nous connaissons. Il est possible que l'une d'entre elles frappe l'imagination de Leo, qui pourra ensuite la courtiser.

— Je n'ai pas l'intention de courtiser qui que ce soit.

Personne ne lui prêta attention.

— L'idée me plaît, admit Amelia. Un bal de chasse à l'épouse.

— Il serait plus pertinent d'appeler cela un bal de chasse à l'époux, observa Cam, ironique. Puisque ce sera Leo le gibier.

— C'est comme dans *Cendrillon* ! s'exclama Beatrix. Sauf qu'il n'y a pas de prince charmant.

Pressentant que les esprits allaient s'échauffer, Cam leva la main pour calmer le jeu.

— Doucement… Si jamais nous perdions Ramsay House – que Dieu nous en préserve ! –, nous pourrions toujours construire une autre maison sur la partie libre du domaine.

— Cela prendrait une éternité et coûterait une fortune, protesta Amelia. Et puis, ce ne serait pas pareil. Nous avons passé trop de temps à restaurer cet endroit ; une partie de notre cœur s'y trouve.

— Surtout celui de Merripen, ajouta Winnifred posément.

— Ce n'est qu'une maison, déclara celui-ci en secouant légèrement la tête.

Mais tous savaient qu'il s'agissait de bien plus que d'une construction de brique et de mortier… C'était leur foyer. Le fils de Cam et d'Amelia y était né. Winnifred et Merripen s'y étaient mariés. Avec son charme un peu de guingois, Ramsay House incarnait parfaitement la famille Hathaway.

Et personne ne le comprenait mieux que Leo. En tant qu'architecte, il n'ignorait pas que certaines bâtisses possédaient un caractère intrinsèque qui allait bien au-delà des parties qui les constituaient. Ramsay House avait été endommagée et restaurée… la coquille vide, négligée, s'était transformée en un foyer heureux et prospère grâce aux bons soins d'une famille. Ce serait un crime si, par une espèce de tour de passe-passe légal, les

Hathaway en étaient délogés au profit de deux femmes qui n'avaient rien investi dedans.

Leo jura à mi-voix et se passa la main dans les cheveux.

— Je vais aller jeter un coup d'œil aux ruines du vieux château, annonça-t-il. Merripen, quel est le chemin le plus facile pour y accéder ?

— Je ne sais pas trop, avoua ce dernier. Je vais rarement aussi loin.

— Moi, je sais, intervint Beatrix. Mlle Marks et moi y sommes allées à cheval pour dessiner les ruines. Elles sont très pittoresques.

— Tu pourrais m'y accompagner ? lui demanda Leo.

— Avec plaisir.

Amelia fronça les sourcils.

— Pourquoi veux-tu voir les ruines, Leo ?

Il lui adressa un sourire délibérément crispant.

— Je veux prendre les mesures pour les rideaux, pardi !

6

— Figure-toi que je ne vais pas pouvoir t'accompagner jusqu'aux ruines, finalement, annonça Beatrix en entrant dans la bibliothèque où Leo l'attendait. Je viens de passer voir Fortunée. Elle est sur le point d'avoir ses bébés, je ne peux pas l'abandonner à un moment pareil.

Leo replaça un livre sur une étagère.

— Qui est Fortunée ? s'enquit-il avec un sourire interrogateur.

— Oh, j'oubliais que tu ne l'avais pas encore rencontrée ! C'est une chatte qui appartenait au fromager du village. La pauvre a eu la patte prise dans un piège et il a fallu l'amputer. Comme elle n'est plus très apte à la chasse aux souris, le fromager me l'a donnée. Elle n'avait même pas de nom, tu te rends compte ?

— Vu ce qui lui est arrivé, tu crois que « Fortunée » lui convient ?

— J'ai pensé que cela pouvait attirer la chance sur elle.

— Je suis sûr que ce sera le cas, fit Leo, amusé.

L'ardeur de Beatrix à voler au secours de toutes les créatures vulnérables inquiétait et touchait tout à la fois ses proches, qui reconnaissaient que c'était le membre le plus excentrique de la famille.

Lors des soirées mondaines, à Londres, sa compagnie était très recherchée. C'était une jolie fille, quoique sa beauté n'ait rien de classique. Les yeux bleus, les cheveux noirs, la silhouette élancée, elle séduisait les gentlemen par sa fraîcheur et son charme. Ils ne se rendaient pas compte qu'elle montrait envers eux le même intérêt patient qu'envers les hérissons, les mulots ou les épagneuls. Quand venait l'heure de se livrer à une cour en bonne et due forme, c'est avec regret qu'ils renonçaient à la compagnie divertissante de Beatrix pour se tourner vers des jeunes filles plus conventionnelles.

Beatrix ne semblait pas s'en offusquer. À dix-neuf ans – presque vingt –, elle n'était encore jamais tombée amoureuse. Les Hathaway s'accordaient à admettre que peu d'hommes seraient capables de la comprendre ou de s'accommoder de sa personnalité. C'était une force de la nature, imperméable aux règles établies.

— Va prendre soin de Fortunée, lui dit Leo. Je ne devrais pas avoir trop de difficultés à dénicher ces ruines tout seul.

— Oh, tu ne seras pas tout seul ! Je me suis arrangée pour que Mlle Marks t'accompagne.

— Ah bon ? Et elle est d'accord ?

Avant que Beatrix puisse répondre, Catherine pénétra dans la bibliothèque, sa silhouette mince sanglée dans une tenue d'équitation, ses cheveux tressés en un chignon serré. Elle tenait un carnet à dessin sous le bras. À la vue de Leo, elle s'immobilisa.

Puis elle tourna des yeux méfiants vers Beatrix.

— Pourquoi ne vous êtes-vous pas changée, ma chérie ?

— Je suis désolée, mademoiselle Marks, mais je ne peux pas venir, finalement. Fortunée a besoin de moi. Mais cela ne change rien… vous pouvez montrer le chemin à Leo encore mieux que moi. C'est une belle journée pour monter à cheval, non ? ajouta-t-elle avec un sourire lumineux. Bonne promenade !

Comme elle quittait la bibliothèque de son pas souple, Catherine reporta son attention sur Leo, le front barré d'un pli.

— Pourquoi voulez-vous visiter les ruines ?

— Je veux simplement y jeter un coup d'œil. Par tous les saints, dois-je vraiment me justifier auprès de vous ? Contentez-vous de refuser de venir si vous avez peur d'être seule avec moi.

— Moi, peur de *vous* ? Pas le moins du monde.

Parodiant les manières d'un gentleman, Leo s'inclina légèrement en indiquant la porte d'un geste.

— Dans ce cas... après vous.

En raison de l'importance stratégique des ports de Southampton et de Portsmouth, il restait dans le Hampshire de nombreux vestiges pittoresques de forteresses et d'habitations saxonnes. Même si Leo connaissait l'existence des ruines d'un ancien manoir sur le domaine Ramsay, il avait été trop occupé par ses responsabilités de propriétaire terrien pour aller les voir.

Catherine et lui chevauchèrent à travers des champs que verdissaient les pousses tendres du blé. Ils traversèrent ensuite des prés où paissaient de gros moutons blancs, puis une forêt, avant d'arriver au pied d'une colline où la terre cultivable cédait la place à de la roche.

Tout en la gravissant, Leo glissait de discrets coups d'œil à Catherine. Mince et gracieuse, elle guidait son cheval d'une main douce mais ferme. Une jeune femme accomplie, songea-t-il. Sûre d'elle, sachant s'exprimer et compétente dans de nombreux domaines. Et cependant, alors que tout autre à sa place aurait mis en valeur de telles qualités, elle prenait grand soin d'éviter d'attirer l'attention sur elle.

Ils atteignirent le site du manoir d'origine, où les vestiges des anciens murs dépassaient du sol telles les vertèbres d'animaux fossilisés. Sous le tapis de broussailles, on distinguait les différences de niveaux qui marquaient l'emplacement des dépendances du château. Un cercle peu profond, d'une largeur de vingt-cinq pieds environ, révélait les dimensions du fossé qui le protégeait.

Après avoir mis pied à terre et attaché son cheval, Leo vint aider Catherine. Elle libéra sa jambe droite du pommeau, retira le pied de l'étrier, et se laissa glisser au sol, soutenue par Leo. Les mains encore sur ses épaules, elle leva le visage vers lui, le bord de son chapeau projetant une ombre sur ses yeux opalescents.

Elle avait les joues rosies par l'exercice, les lèvres légèrement entrouvertes et, brutalement, Leo sut ce que ce serait de faire l'amour avec elle – son corps souple sous le sien, son souffle haletant contre sa gorge quand il la conduirait vers l'extase, lentement, impitoyablement, et qu'elle planterait ses ongles dans son dos en gémissant et en murmurant son prénom…

— Voilà donc la demeure de vos ancêtres, commenta-t-elle en laissant retomber les bras le long de son corps.

Arrachant le regard de son visage, Leo la lâcha et contempla les ruines.

— Charmante… Quelques coups de balai et un peu d'époussetage, et l'endroit sera comme neuf.

— Allez-vous accepter le projet de la famille de vous trouver une épouse ?

— À votre avis, je le devrais ?

— Non, je ne crois pas que vous ayez l'étoffe d'un bon mari. Vous ne possédez pas les qualités qu'il faut.

Exactement ce qu'il pensait. Sauf qu'il n'appréciait pas qu'elle le lui dise.

— Qu'est-ce qui vous permet de juger de mon caractère ?

Elle haussa les épaules d'un air un peu gêné.

— Difficile de ne pas entendre parler de vos exploits quand, lors des bals, les douairières et les mères de familles bavardent ensemble.

— Je vois. Et vous croyez toutes les rumeurs que vous entendez ?

Elle garda le silence. Leo s'attendait qu'elle proteste, voire l'insulte. Aussi fut-il surpris lorsqu'il lut dans son regard quelque chose comme du remords.

— Vous avez raison, finit-elle par dire. Qu'elles soient vraies ou fausses, il est mal de ma part de les écouter.

La surprise de Leo s'accrut lorsqu'elle en resta là. Elle paraissait sincèrement contrite. Il prit conscience alors qu'il en savait très peu sur elle, sur cette jeune femme sérieuse et solitaire qui vivait en marge de sa famille depuis si longtemps.

— Et que disent-elles de moi, ces rumeurs ? s'enquit-il d'un ton désinvolte.

Elle lui adressa un regard ironique.

— On vante beaucoup vos prouesses d'amant.

— Eh bien, ces rumeurs-là sont parfaitement fondées.

Il fit claquer sa langue comme pour manifester sa réprobation.

— Les douairières et les chaperons discutent vraiment de ce genre de sujets ?

— Vous imaginiez qu'elles parlaient de quoi ?

— De tricot. De recettes de confiture.

Catherine secoua la tête en se mordant la lèvre pour ne pas sourire.

— Ça doit vous paraître vraiment fastidieux, fit remarquer Leo. Rester sur le côté à écouter les commérages et à regarder les autres danser.

— Cela m'est égal. Je n'aime pas danser.

— Avez-vous déjà dansé avec un homme ?

— Non, admit-elle.

— Dans ce cas, comment pouvez-vous être sûre de ne pas aimer cela ?

— Je peux avoir une opinion sur une chose même sans l'avoir faite.

— Bien sûr. C'est tellement plus facile de se forger une opinion sans risquer d'être troublée par l'expérience ou les faits.

Elle se renfrogna, mais garda le silence.

— Vous m'avez donné une idée, Marks, enchaîna Leo. Je vais autoriser mes sœurs à organiser ce bal dont elles parlaient. Pour une seule et unique raison : quand il battra son plein, je viendrai vous inviter à danser. Devant tout le monde.

Elle parut consternée.

— Je refuserai.

— Je vous inviterai néanmoins.

— Pour vous moquer de moi ? Pour nous ridiculiser l'un et l'autre ?

— Non, dit-il doucement. Juste pour danser, Marks.

Leurs regards s'accrochèrent et se retinrent longuement. C'est alors qu'au grand étonnement de Leo, Catherine lui sourit. Un vrai sourire, naturel, lumineux, le premier qu'elle lui adressait depuis qu'ils se connaissaient. La poitrine de Leo se contracta. Une douce chaleur le submergea, comme si une drogue euphorisante se répandait dans son système nerveux.

Il éprouva une sensation de... bonheur.

Il se souvenait d'avoir connu le bonheur long-temps auparavant. Mais c'était fini pour lui. Et pourtant, cette chaleur grisante ne cessait de couler dans ses veines sans qu'il comprenne pourquoi.

Le sourire s'attardait sur les lèvres de Catherine.

— Je vous remercie, milord, c'est très gentil de votre part. Mais je ne danserai jamais avec vous.

Ce que, bien sûr, Leo accueillit comme un défi à relever coûte que coûte.

Catherine se détourna pour sortir un carnet à dessin et une boîte de crayons de sa sacoche de selle.

— J'ignorais que vous dessiniez, dit Leo.

— Je ne suis pas très douée.

— Puis-je regarder ? demanda-t-il en désignant le carnet.

— Et vous donner une raison de vous moquer de moi ?

— Je vous promets que non. Laissez-moi voir.

Leo tendit la main, paume vers le haut.

Catherine jeta un coup d'œil à sa main ouverte, puis à son visage. Après une hésitation, elle lui remit son carnet.

Leo se mit à le feuilleter. Il y avait une série de croquis des ruines vues sous différents angles. Le trait était peut-être un peu trop soigné et discipliné par endroits, alors qu'un soupçon de liberté aurait donné plus de vitalité au dessin. Mais dans l'ensemble, c'était très bien fait.

— Bravo, dit-il. Vous savez très bien rendre les lignes et les formes.

Elle rougit, apparemment embarrassée par ses compliments.

— D'après vos sœurs, vous êtes un artiste accompli.

— Compétent, peut-être. Mes études d'architecture comprenaient un certain nombre de cours d'art. Je suis particulièrement doué pour dessiner des choses qui restent longtemps immobiles. Des immeubles, des réverbères... précisa-t-il avec une grimace moqueuse avant d'ajouter : Avez-vous des dessins de Beatrix ?

— Sur la dernière feuille. Elle a commencé à dessiner ce mur en saillie, là-bas, mais son attention a été détournée par un écureuil qui ne cessait de sautiller devant.

Leo trouva le dessin très détaillé dudit écureuil. Il secoua la tête.

— Ah, Beatrix et ses animaux !

Ils échangèrent un sourire.

— Beaucoup de gens parlent à leurs animaux familiers, vous savez, fit Catherine.

— Oui, mais ils sont rares à comprendre les réponses.

Ayant refermé le carnet, Leo le lui rendit et entreprit de traverser ce qui avait été l'enceinte du château.

Catherine lui emboîta le pas, se frayant un passage parmi les genêts en fleurs.

— Quelle profondeur faisait le fossé, à votre avis ?

— Je dirais pas plus de huit pieds, répondit Leo, qui mit sa main en visière au-dessus de ses yeux pour étudier les alentours. Ils ont dû détourner l'une des rivières pour le remplir. Vous voyez ces monticules là-bas ? Il y avait sans doute des bâtiments de ferme, ainsi que des chaumières de serfs en torchis.

— À quoi ressemblait la partie habitable du château ?

— Le donjon était presque certainement en pierre, et différents matériaux composaient sans doute les dépendances, autour desquelles se pressaient des moutons, des chèvres, des chiens et des serfs.

— Connaissez-vous l'histoire du premier seigneur ? demanda Catherine, qui s'assit sur un pan de mur et arrangea ses jupes autour d'elle.

— Vous voulez dire le premier vicomte Ramsay ?

Leo s'arrêta au bord de la dépression circulaire qui marquait l'emplacement du fossé. Son regard embrassa le paysage escarpé.

— Il s'appelait Thomas de Blackmere, et était renommé pour sa cruauté. Apparemment, il aimait à piller et à incendier les villages. On le considérait comme le bras gauche d'Édouard, dit le Prince Noir. À eux deux, ils ont virtuellement mis fin à la chevalerie.

Jetant un coup d'œil par-dessus son épaule, il sourit à la vue de Catherine qui plissait le nez. Elle se tenait droite comme une écolière, son carnet posé sur les genoux. Il aurait aimé l'arracher à ce mur et se livrer à quelque pillage de son cru. Une bonne chose qu'elle ne puisse pas lire dans ses pensées, songea-t-il en reprenant son récit.

— Après avoir combattu en France et été retenu prisonnier pendant quatre ans, Thomas est revenu en Angleterre. Sans doute a-t-il considéré qu'il était temps pour lui de se ranger, car il s'est attaqué à ce château, a tué le baron qui l'avait construit, s'est emparé de ses terres et a violé sa veuve.

Elle ouvrit de grands yeux.

— La pauvre femme !

Leo haussa les épaules.

— Elle a dû avoir une certaine influence sur lui. Parce qu'ensuite, il l'a épousée et lui a fait six enfants.

— Ils ont vécu une vieillesse paisible ?

Revenant vers elle à pas lents, Leo secoua la tête.

— Thomas est retourné en France, et les Français ont eu raison de lui à Castillon. Mais, magnanimes, ils lui ont élevé un monument sur le champ de bataille.

— Je ne trouve pas qu'il méritait un quelconque hommage.

— Ne vous montrez pas trop sévère envers lui – il se conduisait simplement comme l'époque l'exigeait.

— C'était un barbare, contra-t-elle avec indignation. Et peu importe l'époque.

Le vent jouait avec une mèche blonde échappée de son chignon et la rabattait sur sa joue. Incapable de résister, Leo tendit la main pour la coincer derrière son oreille. Elle avait la peau aussi douce que celle d'un bébé.

— La plupart des hommes sont des barbares, dit-il. De nos jours, la seule différence c'est qu'il y a davantage de règles.

Il ôta son chapeau, qu'il posa sur le mur, et fixa le visage qu'elle levait vers lui.

— Vous pouvez nouer une cravate au cou d'un homme, lui enseigner les bonnes manières et le faire assister à des réceptions, mais très peu d'entre nous sont réellement civilisés.

— Vu ce que je sais des hommes, je ne peux qu'être d'accord.

— Et que savez-vous des hommes ? demanda-t-il d'un ton moqueur.

L'expression de Catherine se fit sérieuse. Le gris clair de ses prunelles se teinta de vert.

— Je sais qu'il ne faut pas leur faire confiance.

— Je pourrais dire la même chose des femmes.

Leo se débarrassa de son manteau, le jeta sur le mur et commença à escalader la butte qui se dressait au milieu des ruines. Parvenu au sommet, il ne put s'empêcher de se demander si Thomas de Blackmere s'était tenu à cet endroit exact pour embrasser son domaine du regard. Un domaine qui appartenait désormais à Leo, et où tout et tous relevaient de sa responsabilité exclusive.

— Comment est la vue, là-haut ? fit la voix de Catherine en contrebas.

— Exceptionnelle. Venez la voir si vous voulez.

Elle posa son carnet et commença à grimper en relevant ses jupes.

Leo laissa son regard s'attarder sur sa jolie silhouette élancée. Elle avait de la chance de ne pas vivre dans ces temps médiévaux, songea-t-il en souriant intérieurement, ou un seigneur en maraude l'aurait dévorée toute crue. Mais la pointe d'amusement s'évanouit dès qu'il imagina la satisfaction primaire qu'il aurait à la soulever dans ses bras et à l'allonger sur un tapis d'herbes moelleux.

L'espace d'un instant, il s'autorisa à rêver qu'elle se contorsionnait sous lui, qu'il déchirait sa robe, lui embrassait les seins...

Troublé par la direction prise par ses pensées, Leo secoua la tête. Il avait certes des défauts, mais il n'était pas le genre d'homme à s'imposer à une femme. Et pourtant, l'évocation était trop puissante pour qu'il l'ignore. Avec effort, il réussit à mater cette impulsion barbare.

Catherine était à mi-pente lorsqu'elle poussa un cri étouffé et trébucha.

Inquiet, Leo se précipita dans sa direction.

— Vous avez buté ? Êtes-vous... Bon sang !

Il s'immobilisa en constatant que le sol s'était en partie affaissé sous elle.

— Arrêtez-vous ! Ne bougez pas. Attendez !

— Que se passe-t-il ? demanda-t-elle en pâlissant. Il y a un trou ?

— Un miracle architectural, plus vraisemblablement. Nous nous tenons sans doute sur une portion de toit qui aurait dû s'effondrer il y a des siècles.

Il se trouvait un peu plus haut qu'elle, à une distance de cinq ou six pas.

— Catherine, baissez-vous lentement jusqu'au sol pour redistribuer votre poids sur une plus grande surface. Doucement. Oui, comme ça. Maintenant, vous allez redescendre la pente en rampant.

— Vous pouvez m'aider ?

Le tremblement dans sa voix lui tordit le cœur.

— Mon ange, si seulement je le pouvais, répondit-il d'une voix enrouée qu'il ne reconnut pas. Mais mon poids ajouté au vôtre risque de faire s'écrouler le toit. Commencez à redescendre. Si cela peut vous rassurer, la chute ne serait pas très importante avec tous les débris accumulés là-dedans.

— Ça ne me rassure pas du tout, en fait.

Le visage livide, elle entreprit de reculer lentement à quatre pattes. Leo ne la quittait pas des yeux. Le sol qui semblait si solide sous ses propres pieds n'était peut-être rien de plus qu'une couche de terre sur de vieilles poutres pourries.

— Ça va aller, dit-il d'une voix apaisante, alors que son cœur palpitait de crainte pour elle. Vous ne pesez pas plus qu'un papillon. C'est mon poids qui a dû faire plier ce qu'il reste des poutres.

— C'est la raison pour laquelle vous ne bougez pas ?

— Oui. S'il y a un effondrement quand j'essaierai de descendre, j'aimerais que vous soyez hors de danger.

Tous deux sentirent le sol bouger sous eux. Catherine écarquilla les yeux.

— Vous croyez que cela a un rapport avec la malédiction des Ramsay, milord ?

— Cela ne m'était pas venu à l'idée, avoua Leo. Je vous remercie vraiment d'avoir attiré mon attention sur ce fait.

C'est alors que le toit céda, et qu'ils dégringolèrent, au milieu d'un torrent de terre, de bois et de pierres, dans la cavité sombre qui se trouvait en dessous.

7

Catherine gisait sur une surface effroyable-ment inconfortable, de la poussière plein les yeux et la bouche. Elle se mit à tousser.

— Catherine! appela Leo d'une voix mal assurée. Êtes-vous blessée? Pouvez-vous bouger?

Elle l'entendit repousser des débris pour la rejoindre.

— Oui, je crois... Je suis entière...

Elle s'assit, se frotta le visage et, ayant évalué ses multiples douleurs, elle les jugea toutes insigni-fiantes.

— Je suis juste un peu contusionnée. Ô mon Dieu, j'ai perdu mes lunettes!

Leo jura.

— Je vais essayer de les retrouver.

Désorientée, Catherine essaya de discerner ce qui l'entourait. Non loin d'elle, la silhouette de Leo en train de fouiller les gravats formait une tache sombre. Par l'ouverture dans le toit, la lumière du soleil filtrait à travers le nuage de poussière qui retombait lentement. D'après le peu qu'elle distin-guait, ils se trouvaient dans un trou d'environ six pieds de profondeur.

— Vous aviez raison, milord. La chute n'était pas importante. Nous sommes dans le donjon?

— Je n'en suis pas sûr, répondit Leo, le souffle un peu court. Il peut s'agir d'une salle souterraine qui se trouvait sous le donjon. Il y a les restes d'un mur de pierre, là-bas… et des trous qui marquent l'emplacement des poutres transversales soutenant…

Saisie d'une brusque terreur, Catherine se jeta en direction de sa silhouette indistincte, tâtonnant dans la pénombre.

— Qu'y a-t-il ? demanda Leo en refermant les bras autour d'elle.

Haletante, elle pressa le visage contre les muscles durs de sa poitrine. Ils étaient moitié assis, moitié étendus sur le tapis de décombres.

Il posa la main sur sa tête en un geste protecteur.

— Que s'est-il passé ?

— Une salle souterraine, répéta-t-elle d'une voix étouffée.

— Oui. Qu'est-ce qui vous effraie ? demanda-t-il en lui caressant les cheveux.

— Ce n'est pas là qu'on conservait… les corps ? balbutia-t-elle.

Leo réfléchit un instant.

— Oh… Non, ce n'est pas ce genre de salle souterraine.

Elle sentit sa bouche lui frôler l'oreille quand, un frémissement amusé dans la voix, il ajouta :

— Vous pensez à ces salles sous les églises modernes où se trouvent les défunts, j'imagine. Ici, c'est différent. Il ne s'agit que d'une réserve.

Catherine ne bougea pas.

— Il n'y a pas de squ… squelettes ?

— Non. Ni crânes ni cercueils. Pauvre chérie, murmura-t-il en continuant de lui caresser les cheveux. Inspirez profondément. Vous êtes en sécurité.

Catherine demeura dans ses bras, s'efforçant de reprendre son souffle. Elle n'arrivait pas à croire que Leo, son ennemi et son persécuteur, l'appelait

« pauvre chérie » et lui tapotait la tête. Quand il lui effleura doucement la tempe des lèvres, elle s'absorba dans la sensation. Elle n'avait jamais été attirée par des hommes de sa stature, préférant ceux d'une taille moins imposante. Mais il était fort et réconfortant, semblait sincèrement désireux de la rassurer, et sa voix l'enveloppait comme du velours.

Elle en fut profondément déconcertée.

Si quelqu'un lui avait prédit qu'un jour elle se retrouverait coincée au fond d'un puits avec lord Ramsay, elle aurait considéré cela comme son pire cauchemar. Or, l'expérience se révélait plutôt agréable. Comment s'étonner que les dames de Londres se disputent ses faveurs ? S'il déployait ainsi des trésors de douceur et de tendre attention pour les séduire, Catherine comprenait qu'elles succombent.

Elle eut presque des regrets quand il l'écarta doucement de lui.

— Marks… Je crains de ne pas pouvoir retrouver vos lunettes dans ce chaos.

— J'en ai une autre paire à la maison.

— Dieu soit loué, dit-il avant de se redresser avec un grognement étouffé. Voyons… Si nous nous tenons sur la plus haute pile de débris, nous ne serons plus très loin de la surface. Je vais vous aider à vous hisser jusqu'à l'ouverture et, une fois sortie, vous retournerez à Ramsay House. Le cheval a été dressé par Cam, vous n'aurez pas besoin de le guider. Il retrouvera son chemin sans problème.

— Et vous, qu'allez-vous faire ? demanda-t-elle, perplexe.

— J'ai bien peur de devoir attendre ici que vous n'envoyiez quelqu'un, répondit-il, penaud.

— Pourquoi ?

— J'ai une… une écharde.

— Vous voulez m'envoyer seule et pratiquement aveugle chercher quelqu'un pour vous secourir ?

répliqua-t-elle, indignée. Tout ça parce que vous avez une écharde ?

— Une grosse écharde, précisa-t-il.

— Où ça ? Au doigt ? À la main ? Je peux peut-être vous aider à la... Oh, Seigneur !

Il venait de prendre la main de Catherine pour la poser sur son épaule. Sa chemise était trempée de sang autour d'un épais éclat de bois fiché dans sa chair.

— Ce n'est pas une écharde ! s'exclama-t-elle, horrifiée. Vous avez été empalé ! Que dois-je faire ? Essayer de le retirer ?

— Non, il peut être logé contre une artère. Et je n'ai pas envie de me vider de mon sang dans ce trou.

Elle se rapprocha de lui et scruta son visage avec anxiété. Même dans la pénombre, il lui apparut grisâtre, et, quand elle posa les doigts sur son front, il était couvert d'une sueur froide.

— Ne vous inquiétez pas, murmura-t-il, ce n'est pas aussi grave que ça en a l'air.

Mais Catherine n'était pas d'accord. Selon elle, c'était même pire que ça n'en avait l'air. D'un geste vif, elle se débarrassa de sa veste et essaya de lui en recouvrir la poitrine.

— Que faites-vous ? demanda-t-il.

— J'essaie de vous réchauffer.

— Ne soyez pas ridicule, dit-il en repoussant le vêtement. D'une part, ce n'est pas une blessure très grave ; d'autre part, je ne vois pas comment cette chose minuscule pourrait me tenir chaud. Revenons-en à mon plan...

— Cette blessure est importante, de toute évidence, et je ne suis pas d'accord avec votre plan. J'en ai un meilleur.

— Évidemment, répliqua-t-il, sarcastique. Marks, pour une fois, pourriez-vous faire ce que je demande ?

— Non, je ne vous laisserai pas seul ici. Je vais entasser suffisamment de débris pour que nous puissions sortir tous les deux.

— Vous n'y voyez goutte, bon sang! Et vous ne pouvez pas soulever des planches et des pierres. Vous êtes trop petite.

— Vous pourriez vous abstenir de remarques désobligeantes sur ma taille, rétorqua-t-elle en se relevant.

Les yeux plissés, elle essaya de distinguer ce qui l'entourait. Ayant repéré la plus haute pile de gravats, elle s'en approcha et entreprit de trouver des pierres autour.

— Je ne me montre pas désobligeant, lança-t-il avec une exaspération manifeste. Votre taille est absolument parfaite pour mon activité préférée. Mais vous n'êtes pas bâtie pour transporter des pierres. Bon sang, Marks, vous allez réussir à vous blesser...

— Ne bougez pas, lui intima Catherine quand elle l'entendit repousser quelque chose de lourd. Vous allez aggraver votre blessure, et ce n'en sera que plus difficile pour vous faire sortir. Laissez-moi faire le travail.

Ayant trouvé un tas de pierres pas trop grosses, elle en souleva une et la transporta sur la pile, non sans peine car elle devait veiller à ne pas se prendre les pieds dans ses jupes.

— Vous n'êtes pas assez forte, dit Leo d'une voix entrecoupée.

— Je compense le manque de force physique par la détermination, riposta-t-elle en ramassant une autre pierre.

— Vous ne voudriez pas laisser de côté cet héroïsme sublime et faire preuve d'un peu de bon sens?

— Je n'ai pas l'intention de me quereller avec vous. Je dois économiser mon souffle... pour empiler des pierres, acheva-t-elle en déposant celle qu'elle tenait sur le tas.

Alors qu'il commençait à perdre la notion du temps, Leo se jura que, plus jamais, il ne sous-estimerait Catherine Marks. C'était la personne la plus formidablement opiniâtre qu'il eût jamais connue. À demi aveugle, empêtrée dans ses jupes, elle ne cessait de passer et de repasser dans son champ de vision telle une taupe industrieuse, déplaçant roches et débris. Elle avait décidé d'élever un monticule qui leur permettrait de sortir de ce trou, et rien ne l'en empêcherait.

De temps à autre, elle s'arrêtait pour venir palper le front ou la gorge de Leo afin de vérifier sa température et son pouls. Puis elle reprenait sa tâche.

Ne pas pouvoir l'aider était rageant et humiliant. Mais, chaque fois qu'il essayait de se redresser, la tête lui tournait. Son épaule le brûlait et il ne pouvait pas utiliser son bras gauche correctement. La sueur froide qui dégoulinait sur son visage lui piquait les yeux.

Il dut s'assoupir car, soudain, il prit conscience que Catherine le secouait d'une main énergique.

— Marks, marmonna-t-il, la bouche pâteuse, que faites-vous ici ?

Il avait l'impression confuse que c'était le matin et qu'elle voulait le réveiller avant l'heure habituelle.

— Ne dormez pas, dit-elle d'un ton anxieux. J'ai construit un monticule assez haut pour que nous puissions sortir. Venez avec moi.

Leo avait l'impression qu'une gangue de plomb lui emprisonnait le corps. La fatigue le terrassait.

— Dans quelques minutes… Laissez-moi dormir un peu.

— *Maintenant*, milord. Debout! Allez!

Comprenant qu'elle le harcèlerait sans répit, Leo obtempéra avec un grognement. Il se remit sur ses pieds, vacilla légèrement. La douleur fulgurante qui lui irradia l'épaule et le bras lui arracha malgré lui quelques jurons bien sentis. Curieusement, Catherine ne le réprimanda pas.

— Par ici, dit-elle. Et ne trébuchez pas… vous êtes trop lourd pour que je puisse vous rattraper.

Profondément irrité, mais conscient qu'elle essayait de l'aider, il s'appliqua à poser correctement les pieds et à conserver son équilibre.

— Est-ce que Leo est un diminutif pour Leonard? lui demanda-t-elle soudain.

— Franchement, Marks, vous croyez que c'est le moment?

— Répondez-moi.

Il devina qu'elle essayait de le garder conscient.

— Non, répondit-il, le souffle bruyant. C'est juste Leo – le lion. Mon père adorait les constellations. La constellation du Lion… est celle du plein été. L'étoile la plus brillante, Régulus, indique… son cœur.

Il s'interrompit et fixa d'un regard trouble le tas qu'elle avait construit.

— Eh bien… quelle efficacité! La prochaine fois que j'accepte un chantier…

Il dut reprendre son souffle avant de conclure:

— Je vous recommande comme entrepreneur.

— Imaginez si j'avais eu mes lunettes. J'aurais construit un véritable escalier.

Il laissa échapper un vague rire.

— Allez-y la première, je vous suis.

— Accrochez-vous à mes jupes.

— Oh, Marks… c'est la chose la plus gentille que vous m'ayez jamais dite!

Ensemble, ils gravirent laborieusement le monticule. L'épaule parcourue d'élancements, la tête bourdonnante, Leo avait l'impression que son sang se changeait en glace. Quand il s'effondra sur le sol, au bord du trou, il était furieux contre Catherine, qui lui imposait un tel effort alors qu'il n'aspirait qu'à dormir.

— Je vais chercher mon cheval, annonça-t-elle. Nous le monterons tous les deux.

La simple perspective d'une chevauchée jusqu'à Ramsay House lui semblait exténuante. Mais face à l'insistance impitoyable de Catherine avait-il le choix ? Très bien. Il monterait à cheval. Il chevaucherait jusqu'à ce que mort s'ensuive, et c'est avec son cadavre en croupe que Catherine se présenterait devant la maison.

La colère lui insuffla juste assez d'énergie pour un ultime effort. Une fois hissé sur le cheval, il glissa son bras valide autour du corps mince de Catherine et s'accrocha à elle, tremblant de faiblesse. Bien que petite, elle était solide et bien campée sur sa selle, et il n'eut plus qu'à se laisser porter. Son ressentiment reflua, dissipé par les élancements de douleur.

— Pourquoi avez-vous décidé de ne jamais vous marier ? s'enquit-elle.

Il rapprocha son visage de son oreille.

— Ce n'est pas bien de me poser des questions personnelles quand je suis au bord du délire. Je serais capable de vous dire la vérité.

— Pourquoi ? insista-t-elle.

Se rendait-elle compte qu'elle demandait quelque chose de lui, de son passé, qu'il n'avait jamais livré à personne ? Aurait-il été un tout petit peu moins abattu, il l'aurait rembarrée sur-le-champ. Mais ses défenses habituelles n'étaient guère plus efficaces que l'enceinte en ruine qui entourait le château.

Il fut abasourdi quand Catherine reprit :

— C'est à cause de la jeune fille qui est morte, n'est-ce pas ? Vous étiez fiancés. Et elle a succombé à la scarlatine qui vous a aussi touchés, Winnifred et vous. Elle s'appelait…

— Laura Dillard.

Comment était-il possible de partager cela avec Catherine Marks ? Pourtant, il se plia à sa demande.

— Elle était belle. Elle aimait l'aquarelle… Peu de gens sont doués pour l'aquarelle, ils ont trop peur de commettre des erreurs. Une fois la couleur posée, on ne peut plus la retoucher. Et le travail de l'eau est imprévisible. Le résultat est toujours surprenant, et c'est ce qui plaisait à Laura. Nous nous connaissions depuis l'enfance. Je suis parti deux ans pour étudier l'architecture et, à mon retour, nous sommes tombés amoureux. C'était l'évidence. Nous ne nous disputions jamais… Il n'y avait aucun obstacle entre nous… Mes parents étaient décédés l'année précédente, mon père d'un arrêt cardiaque, ma mère de douleur quelques mois plus tard. Je ne savais pas, jusqu'alors, qu'on pouvait mourir de chagrin…

Calme, à présent, Leo suivait les souvenirs qui flottaient dans sa mémoire telles des brindilles ou des feuilles à la surface d'un ruisseau.

— Quand Laura a attrapé la scarlatine, je n'ai pas pensé un seul instant qu'elle pourrait en mourir. Je croyais que la force de mon amour serait plus puissante que n'importe quelle maladie… Mais je l'ai tenue dans mes bras pendant trois jours, et j'ai senti la vie la quitter progressivement. Je l'ai tenue jusqu'à ce que son cœur cesse de battre et que sa peau devienne froide. Sa tâche achevée, la fièvre était tombée.

— Je suis désolée, murmura-t-elle quand il se tut. Vraiment désolée, répéta-t-elle en posant sa main sur celle de Leo. Je… Oh, ce sont des paroles tellement banales…

— Ce n'est pas grave. Il y a des situations dans la vie pour lesquelles on n'a pas encore réussi à inventer les mots.

— Oui... Après la mort de Laura, reprit-elle après quelques instants, vous êtes tombé malade à votre tour.

— Ce fut un soulagement.

— Pourquoi?

— Parce que je voulais mourir. Sauf que Merripen m'en a empêché, avec ses maudites potions de bohémien. Cela m'a pris du temps pour le lui pardonner. Je l'ai haï de m'avoir sauvé. J'ai haï le monde qui continuait de tourner sans elle. Je me suis haï de n'avoir pas le cran de me supprimer. Chaque nuit, je m'endormais en suppliant Laura de me hanter. Je crois qu'elle l'a fait pendant quelque temps.

— Vous voulez dire... en esprit? Ou au sens propre, comme fantôme?

— Les deux, je suppose. J'ai fait de ma vie et de celle de ma famille un enfer, jusqu'à ce que je finisse par accepter le fait qu'elle soit partie.

— Et vous l'aimez toujours, souffla Catherine. C'est la raison pour laquelle vous ne vous marierez jamais.

— Non. J'ai une tendresse extraordinaire pour son souvenir. Mais c'était il y a très longtemps. Et je ne veux plus jamais en repasser par là. Quand j'aime, je suis comme fou.

— Cela pourrait se passer différemment.

— Non, ce serait pire. Parce que je n'étais qu'un jeune homme, à l'époque. Aujourd'hui, ce que je suis, ce dont j'ai besoin... c'est beaucoup trop pour que quiconque puisse le supporter.

Un rire sarcastique roula dans sa gorge.

— Beaucoup trop même pour moi, Marks.

8

Quand ils atteignirent la menuiserie, non loin de Ramsay House, Catherine était affreusement inquiète. Lourdement appuyé sur elle, parcouru de tremblements, Leo ne s'exprimait plus que par monosyllabes. Elle sentait le haut de sa robe imbibé de sang lui coller à l'épaule. Lorsqu'elle distingua vaguement plusieurs hommes occupés à décharger du bois, une prière silencieuse lui monta aux lèvres : « Mon Dieu, je vous en supplie, faites que Merripen soit parmi eux. »

— M. Merripen est-il là ? leur cria-t-elle.

À son immense soulagement, la haute silhouette sombre de Merripen se détacha du groupe.

— Oui, mademoiselle Marks ?

— Lord Ramsay est blessé. Nous avons fait une chute… Un morceau de bois lui a transpercé…

— Conduisez-le à la maison. Je vous retrouve là-bas.

Avant qu'elle puisse répondre, il s'élança en direction de Ramsay House. Au moment où elle arrêtait son cheval devant l'entrée, il la rejoignit, à peine essoufflé.

— Nous avons eu un accident dans les ruines, lui expliqua-t-elle. Lord Ramsay a un morceau de bois fiché dans l'épaule depuis au moins une heure. Il a froid et s'exprime de manière confuse.

— C'est ma manière habituelle… de m'exprimer, marmonna Leo. Je suis… parfaitement lucide.

Il essaya de se laisser glisser à bas du cheval. Merripen le rattrapa d'un geste adroit. Calant son épaule sous l'aisselle de Leo, il passa le bras valide de celui-ci autour de son cou. Leo tressaillit de douleur et grommela :

— Espèce de fils de pute !

— Pas de doute, tu es lucide, commenta Merripen avec flegme, avant de demander à Catherine : Où est le cheval de lord Ramsay ?

— Toujours là-bas.

— Êtes-vous blessée, mademoiselle Marks ? lui demanda-t-il en la parcourant d'un regard rapide.

— Non.

— Bien. Courez chercher Cam.

Habitués aux urgences comme ils l'étaient, les Hathaway prirent la situation en main avec efficacité. Cam et Merripen aidèrent Leo à gravir l'escalier menant à sa chambre. Une maison avait, certes, été construite pour son usage non loin du manoir, mais il avait insisté pour que ce soit Merripen et Winnifred qui l'occupent. Étant jeunes mariés, avait-il argué, ils avaient beaucoup plus besoin d'intimité que lui. Quand il venait dans le Hampshire, il se contentait donc de l'une des chambres d'amis.

Cam, Merripen et Leo formaient une triade plutôt harmonieuse, chacun ayant sa propre sphère de responsabilités. De retour de France après une absence de deux ans, Leo avait été très reconnaissant à Cam et à Merripen d'avoir fait du domaine une entreprise prospère sans rien demander en retour. Bien que maître des lieux, il avait reconnu qu'il avait beaucoup à apprendre de ses beaux-frères.

Diriger un domaine foncier exigeait bien plus que de fainéanter dans la bibliothèque, un verre de porto à la main, comme les aristocrates dépeints dans les romans. Il fallait acquérir de solides connaissances en agriculture, commerce, élevage, construction et sylviculture. Si l'on ajoutait à cela les responsabilités politiques et parlementaires, un homme seul n'y suffisait pas. En conséquence, Merripen et Leo s'étaient entendus pour se partager les problèmes de construction et d'agriculture, tandis que Cam s'occupait des affaires du domaine et des investissements.

Quant aux urgences médicales, même si Merripen possédait une compétence indéniable, c'était en général Cam qui les prenait en charge. Sa grand-mère bohémienne était guérisseuse, et il avait appris d'elle l'art de soigner les maladies et les blessures. Le laisser s'occuper de Leo était plus sûr que d'appeler un médecin.

En effet, une pratique bien établie chez les médecins consistait à saigner leurs patients pour traiter n'importe quelle affection. Si le procédé commençait à susciter des controverses, il n'en demeurait pas moins populaire.

— Amelia, dit Cam tout en aidant Merripen à installer Leo dans son lit, nous aurons besoin d'eau chaude et de tous les linges que tu pourras trouver. Winnifred... Beatrix et toi, vous pourriez peut-être accompagner Mlle Marks dans sa chambre pour l'aider?

— Oh, non! protesta Catherine. Je vous remercie, mais je peux me débrouiller seule pour me nettoyer et...

Mais personne ne prêta attention à ses objections. Winnifred et Beatrix lui firent préparer un bain, l'aidèrent à se laver les cheveux et à enfiler une robe propre. Elles trouvèrent la paire de lunettes de rechange, et Catherine fut soulagée de recouvrer une vision normale. Winnifred insista pour appliquer un baume sur ses doigts écorchés, qu'elle recouvrit ensuite de bandages.

Enfin, Catherine fut autorisée à se rendre dans la chambre de Leo. Elle trouva Amelia, Cam et Merripen autour du lit. Leo, torse nu, était enseveli sous de nombreuses couvertures. Comme elle aurait dû s'y attendre, il se disputait avec les trois autres simultanément.

— Nous n'avons pas besoin de sa permission, dit Merripen à Cam. Je le lui verserai dans la gorge s'il le faut.

— C'est hors de question, gronda Leo. Je te tuerai si tu essaies...

— Personne ne va te forcer à le prendre, coupa Cam, l'air exaspéré. Mais il faut que tu expliques tes raisons, *phral*, sinon ça n'a pas de sens.

— Je n'ai pas à m'expliquer. Merripen et toi, vous pouvez remporter cette cochonnerie et vous la mettre...

— De quoi s'agit-il? demanda Catherine depuis le seuil. Il y a un problème?

Amelia sortit dans le couloir, le visage tendu par l'inquiétude et l'énervement.

— Oui, le problème, c'est que mon frère est une tête de lard doublé d'un idiot! répondit-elle, suffisamment fort pour que Leo l'entende.

Puis, se tournant vers Catherine, elle ajouta un ton plus bas :

— D'après Cam et Merripen, la blessure n'est pas grave, mais elle pourrait le devenir s'ils ne la nettoient pas soigneusement. Le morceau de bois s'est glissé entre la clavicule et l'articulation de l'épaule, et il n'y a pas moyen de savoir jusqu'où il est allé. Il faut qu'ils irriguent la blessure pour enlever les éventuelles échardes et les fibres de tissu, ou elle s'infectera. En d'autres termes, ça va être une boucherie. Et Leo refuse d'avaler la moindre goutte de laudanum.

— Mais… mais il faut qu'il prenne quelque chose pour s'insensibiliser !

— Oui, et il s'y refuse. Il ne cesse de dire à Cam de traiter la blessure directement. Comme si quiconque pouvait effectuer une opération aussi délicate sur un homme qui hurle de douleur !

— Je t'ai dit que je ne crierai pas, répliqua Leo depuis son lit. Ça ne m'arrive que quand Marks commence à réciter ses poèmes.

Catherine faillit sourire malgré sa consternation.

Glissant un coup d'œil dans la chambre, elle constata que le visage de Leo, d'ordinaire hâlé, était terreux. Il tremblait comme un chien mouillé. Quand leurs regards se croisèrent, elle perçut en lui un tel mélange de provocation, d'épuisement et de désespoir qu'elle ne put s'empêcher de demander :

— Puis-je vous dire deux mots, milord, s'il vous plaît ?

— Je vous en prie, répondit-il d'un air maussade. Je serais absolument ravi d'avoir quelqu'un d'autre avec qui me disputer.

Cam et Merripen s'écartèrent quand elle entra dans la chambre.

— Si je pouvais m'entretenir un instant en tête à tête avec lord Ramsay… ? demanda-t-elle avec un sourire d'excuse.

Cam lui adressa un regard perplexe. Il se demandait visiblement quel genre d'influence elle s'imaginait avoir sur Leo.

— Faites ce que vous pouvez pour le persuader de boire ce médicament posé sur la table de nuit.

— Et si ça ne marche pas, ajouta Merripen, essayez un grand coup sur la tête avec le tisonnier.

Quand elle fut seule avec Leo, Catherine s'approcha du lit. Elle tressaillit à la vue du morceau de bois fiché dans son épaule et de la chair lacérée d'où suintait le sang. Comme il n'y avait pas de chaise à côté du lit, elle s'assit avec précaution au bord du matelas.

— Pourquoi ne voulez-vous pas prendre le laudanum ? s'enquit-elle avec une douceur mêlée d'inquiétude.

— Bon sang, Marks... Je ne peux pas ! Croyez-moi, je sais à quoi je m'expose en m'en passant, mais je n'ai pas le choix. C'est...

Il s'interrompit et détourna les yeux, la mâchoire serrée pour dominer un nouvel accès de tremblement.

— Pourquoi ?

Dans sa volonté farouche de comprendre, de l'aider, elle se surprit à poser sa main sur la sienne. Comme il ne montrait pas de résistance, elle s'enhardit à glisser ses doigts bandés sous sa paume froide.

— Dites-le-moi, insista-t-elle. Je vous en prie.

Il referma prudemment sa main sur la sienne, et ce geste la fit frémir de la tête aux pieds. Au-delà du soulagement, elle eut le sentiment que quelque chose trouvait précisément sa place. Tous deux contemplèrent un instant leurs mains jointes.

— À la mort de Laura, commença-t-il d'une voix rauque, je me suis très mal conduit. Bien plus mal qu'à présent, si vous pouvez concevoir une telle chose. Mais j'avais beau faire, rien ne me procurait l'oubli dont j'avais besoin. Une nuit, avec quelques-uns de mes compagnons les plus dépravés, je me suis rendu dans une fumerie d'opium de l'East End...

Il s'interrompit un instant comme la main de Catherine se crispait.

— L'odeur se diffusait jusque dans la ruelle... On m'a conduit dans une pièce enfumée où des hommes et des femmes, étendus pêle-mêle sur des banquettes, marmonnaient et rêvaient. Les pipes d'opium rougeoyaient dans la pénombre... On aurait dit des dizaines d'yeux qui clignotaient.

— Ça ressemble à une vision de l'enfer, murmura Catherine.

— Oui. Et l'enfer, c'était exactement l'endroit où je voulais être. Quelqu'un m'a apporté une pipe. Dès la première bouffée, je me suis senti tellement mieux que j'en ai presque pleuré.

— Quel effet cela fait-il ?

— En un instant, vous êtes réconcilié avec le monde, et plus rien ne peut vous affecter. Imaginez la culpabilité, l'effroi, la fureur qui vous rongent s'envolant comme une plume dans la brise.

Il fut un temps, Catherine l'aurait peut-être sévèrement jugé pour s'être complu dans cette abomination. À cet instant, elle ressentait surtout de la compassion. Elle comprenait la douleur qui l'avait poussé à de telles extrémités.

— Mais cette impression ne dure pas, chuchota-t-elle.

Il secoua la tête.

— Non. Et quand elle vous quitte, c'est encore pire qu'avant. Vous ne trouvez de plaisir à rien, vous ne vous souciez plus des gens que vous aimez, rien ne compte hormis la prochaine pipe d'opium.

Catherine gardait les yeux fixés sur son visage légèrement détourné. Il lui semblait presque impossible que ce fût là l'homme qu'elle avait méprisé et dédaigné durant toute l'année. Elle le croyait complètement superficiel, vain et égoïste. Alors qu'en vérité, il prenait les choses beaucoup trop à cœur.

— Qu'est-ce qui vous a fait arrêter ? demanda-t-elle doucement.

— J'avais atteint le point où la simple pensée de continuer était exténuante. J'avais un pistolet à la main… C'est Cam qui m'a retenu. Il m'a dit que pour les Roms, si vous pleurez trop un défunt, son esprit se change en fantôme. Il fallait que je laisse partir Laura. Pour son propre salut. Et c'est ce que j'ai fait. J'ai juré de ne plus recourir à l'opium et, depuis, je n'ai plus jamais touché à cette saloperie. Doux Jésus, Catherine, vous n'imaginez pas à quel point ça a été dur. J'ai dû lutter de toutes mes forces. Si j'y retouche ne serait-ce qu'une fois… je peux me retrouver au fond d'un trou dont je ne pourrai plus jamais sortir. Je ne peux pas courir ce risque. Je ne le prendrai pas.

— Leo…

Il cilla de surprise. C'était la première fois qu'elle utilisait son prénom.

— Prenez ce laudanum. Je ne vous laisserai pas tomber. Je vous empêcherai de vous détruire.

— Vous proposez de me prendre sous votre responsabilité ?

— Oui.

— Vous n'êtes pas de taille.

— Si, je le suis.

Il laissa échapper un rire sans joie. Puis il l'observa longuement, avec curiosité, comme s'il regardait quelqu'un qu'il aurait dû connaître mais ne parvenait pas à situer.

— Faites-moi confiance, insista-t-elle.

— Donnez-moi une bonne raison.

— Parce que vous en êtes capable.

Soutenant son regard, Leo secoua légèrement la tête. Catherine crut tout d'abord qu'il refusait. Alors qu'en réalité, c'était parce qu'il s'étonnait lui-même. Il indiqua le verre posé sur la table de nuit.

— Donnez-le-moi avant que j'aie le temps de me raviser, marmonna-t-il.

Il avala le médicament en quelques gorgées. Un frisson de répugnance le secoua quand il lui rendit le verre vide.

Tous deux attendirent que le produit fasse son effet.

— Vos mains… murmura Leo en emprisonnant ses doigts bandés.

Du pouce, il lui effleura doucement les ongles.

— Ce n'est rien, souffla-t-elle. Juste quelques égratignures.

Les yeux bleus de Leo commencèrent à se troubler et il les ferma. La tension douloureuse qui lui marquait les traits s'atténua.

— Vous ai-je remerciée pour m'avoir tiré de ces ruines ?

— Vous n'avez pas besoin de me remercier.

— Je vous remercie… quand même.

Il leva la main de Catherine jusqu'à son visage et la posa sur sa joue, les paupières toujours closes.

— Mon ange gardien, murmura-t-il. Je ne crois pas en avoir eu un jusqu'à présent.

— Si vous en aviez un, vous couriez probablement trop vite pour lui.

Il émit un petit grognement amusé.

Le contact de sa joue rasée sous sa paume emplit Catherine d'une curieuse tendresse. L'opium exerçait son influence sur lui, s'obligea-t-elle à se rappeler. Ce lien entre eux n'était pas réel. Pourtant, il lui semblait que quelque chose de nouveau émergeait des débris de leur hostilité antérieure. Elle éprouva un sentiment d'intimité en percevant le léger mouvement de sa gorge quand il déglutit.

Ils restèrent ainsi jusqu'à ce qu'un bruit sur le seuil fasse sursauter Catherine.

Cam entra, jeta un coup d'œil au verre vide et adressa à Catherine un hochement de tête satisfait.

— Bien joué. Cela facilitera les choses pour Ramsay. Et, plus important encore, pour moi.

— Va te faire voir, maugréa Leo en entrouvrant les yeux comme Cam et Merripen s'approchaient de son lit.

Amelia les suivait, les bras chargés de linges et de serviettes. À contrecœur, Catherine battit en retraite près de la porte.

Cam regarda son beau-frère avec un mélange d'inquiétude et d'affection. Le soleil qui entrait à flots faisait briller ses épais cheveux noirs.

— Je peux m'occuper de toi, *phral*. Mais nous pouvons envoyer chercher un médecin *gadjo* si tu préfères.

— Seigneur, non ! Il serait encore plus maladroit que toi. Et il commencerait par brandir son fichu bocal de sangsues.

— Avec moi, pas de risque de sangsues, répliqua Cam en retirant avec précaution les oreillers qui soutenaient Leo. J'en ai une peur bleue.

— Ah bon ? dit Amelia. Je l'ignorais.

Cam aida Leo à s'allonger sur le matelas.

— Quand j'étais gamin et que je vivais encore dans ma tribu, je suis allé patauger avec d'autres dans une mare. Nous sommes tous ressortis avec des sangsues accrochées aux jambes. Je pourrais dire que j'ai piaillé comme une fille, sauf que les filles criaient bien moins fort.

— Pauvre Cam, fit Amelia.

— Pauvre Cam ? répéta Leo, indigné. Et moi donc ?

— Je ne suis pas très encline à te plaindre, étant donné que je te soupçonne d'avoir fait cela uniquement pour échapper au semis des navets.

Leo riposta par deux mots bien choisis qui firent sourire sa sœur.

Après avoir baissé le drap jusqu'à sa taille, Amelia disposa avec précaution plusieurs épaisseurs de serviettes autour de son épaule blessée. À la vue de son torse musclé, Catherine sentit son estomac effectuer une petite cabriole inattendue. Elle recula dans le couloir, répugnant à partir tout en sachant que rester était inconvenant.

Cam déposa un baiser sur le sommet du crâne de sa femme, puis l'écarta du lit.

— Attends là-bas, *monisha*… Nous avons besoin de place pour travailler.

Il se tourna vers le plateau posé près de lui, et Catherine blêmit en entendant le tintement des instruments métalliques.

— Vous n'allez pas sacrifier une chèvre ou exécuter une danse tribale ? s'enquit Leo d'une voix pâteuse. Ou, au moins, psalmodier une formule magique ?

— Nous nous en sommes acquittés avant de monter, répondit Cam, qui lui tendit une lanière de cuir. Mets ça entre tes dents. Et essaie de ne pas faire trop de bruit pendant que nous t'opérons. Mon fils fait la sieste.

— Avant que je mette ce truc entre les dents, tu pourrais me dire à quoi il a servi en dernier. Quoique… finalement, je préfère ne pas le savoir.

Il coinça la lanière dans sa bouche, puis l'enleva un instant pour ajouter :

— Je préférerais ne pas être amputé de quoi que ce soit.

— Si ça arrive, rétorqua Merripen tout en tamponnant avec précaution autour de la blessure, ce ne sera pas intentionnel.

— Prêt, *phral* ? demanda Cam avec douceur. Empêche-le de bouger, Merripen. Bien. Je compte jusqu'à trois.

Amelia rejoignit Catherine, les traits tendus. Elles entendirent Leo gémir sourdement, puis Cam et Merripen échanger quelques mots rapides en romani.

Malgré l'opium, l'opération demeurait manifestement une épreuve. Chaque fois que Leo laissait échapper un grognement de douleur, tout le corps de Catherine se raidissait et elle se tordait les mains.

Au bout de deux ou trois minutes, Amelia passa la tête par la porte.

— Il y a des échardes ? demanda-t-elle.

— Une seule, *monisha*, répondit Cam. Ç'aurait pu être pire, mais… Désolé, *phral*, dit-il quand Leo émit un son étouffé. Merripen, prends la pince et… oui, cette pointe…

Le visage pâle, Amelia se retourna vers Catherine. Et surprit celle-ci en refermant les bras autour d'elle comme elle aurait pu le faire avec l'une de ses sœurs. Catherine se tendit légèrement, non par réticence mais par embarras.

— Je suis si contente que vous n'ayez pas été blessée, Catherine. Je vous remercie d'avoir ramené lord Ramsay.

Amelia s'écarta.

— Tout ira bien, fit-elle en lui souriant. Mon frère a plus de vies qu'un chat.

— Je l'espère, murmura Catherine. Et j'espère aussi que ce n'est pas une conséquence de la malédiction Ramsay.

— Je ne crois pas aux malédictions, aux sorts et à ce genre de choses. La seule malédiction que mon frère doive affronter, c'est lui-même qui se l'impose.

— Vous… vous voulez dire à cause de son désespoir après la mort de Laura Dillard ?

Amelia ouvrit des yeux ronds.

— Il vous a parlé d'elle ?

Quand Catherine acquiesça d'un signe de tête, Amelia parut prise au dépourvu. Prenant la jeune femme par le bras, elle l'entraîna un peu plus loin dans le couloir, pour ne pas risquer d'être entendue.

— Que vous a-t-il dit ?

— Qu'elle aimait peindre des aquarelles, répondit Catherine avec hésitation. Qu'ils étaient fiancés, puis qu'elle a attrapé la scarlatine et est morte dans ses bras. Et que... qu'elle l'a hanté pendant un moment. Hanté au sens propre. Mais ça ne peut pas être vrai... n'est-ce pas ?

Amelia garda le silence pendant une bonne demi-minute.

— Je crois que si, finit-elle par répondre avec un calme remarquable. Rares sont les personnes auxquelles je l'avouerais... On me prendrait pour une folle. Toutefois, ajouta-t-elle avec un sourire ironique, vous vivez avec les Hathaway depuis suffisamment longtemps pour être à peu près certaine que nous sommes une famille de fous... Catherine...

— Oui ?

— Mon frère ne parle jamais de Laura Dillard à qui que ce soit. Jamais !

— Il souffrait, fit valoir Catherine. Il avait perdu du sang.

— Je ne pense pas que ce soit la raison pour laquelle il s'est confié à vous.

— Pour quelle autre raison l'aurait-il fait ? articula Catherine avec difficulté.

Elle redoutait la réponse, et cela dut se lire sur son visage, car après l'avoir observée avec attention, Amelia haussa les épaules avec un sourire penaud.

— J'en ai déjà trop dit. Pardonnez-moi. C'est simplement que je désire tellement le bonheur de mon frère... Et le vôtre, ajouta-t-elle, sincère.

— Je vous assure que l'un n'a rien à voir avec l'autre.

— Bien sûr, murmura Amelia, avant de retourner se poster à la porte de la chambre.

9

Une fois la blessure nettoyée et bandée, Leo, livide et épuisé, dormit le reste de la journée. Il ne se réveillait que lorsqu'on le forçait à avaler du bouillon ou de la tisane, la famille ne ménageant pas ses efforts pour le soigner.

Comme il s'y attendait, l'opium lui fit faire des cauchemars. Des créatures griffues surgissaient de la terre pour l'agripper et l'entraîner dans leur antre souterrain, où leurs yeux rouges flamboyaient dans l'obscurité. Prisonnier d'un brouillard narcotique qui l'empêchait de se réveiller, Leo ne pouvait que se débattre éperdument contre ces hallucinations. Il ne connaissait qu'un seul moment de répit : quand on appliquait un linge froid sur son front et qu'il sentait une présence réconfortante auprès de lui.

— Amelia ? bredouillait-il dans son égarement. Winnifred ?

— Chuuut…

— J'ai chaud…

— Ça ira mieux bientôt…

Il eut vaguement conscience que l'on changeait le linge sur son front à deux ou trois reprises, et qu'une main légère se posait sur sa joue.

Quand il s'éveilla, le lendemain matin, il était fatigué, fébrile et en proie à un profond abattement.

La conséquence de la prise d'opium, bien sûr. Mais le fait de le savoir ne soulageait guère sa terrible morosité.

— Tu as une légère fièvre, l'avertit Cam. Il faut que tu boives davantage de tisane d'achilée pour la faire tomber. Il n'y a pas de signe d'infection, cependant. Repose-toi, tu devrais te sentir beaucoup mieux demain.

— Cette tisane a un goût d'eau de vaisselle, marmonna Leo. Et je n'ai pas l'intention de rester au lit toute la journée.

— Je comprends, *phral*, assura Cam, compatissant. Tu ne te sens pas assez malade pour rester couché, mais tu n'es pas assez bien pour faire quelque chose. Quoi qu'il en soit, il faut que tu te donnes une chance de cicatriser ou…

— Je vais descendre prendre un petit déjeuner correct.

— Le petit déjeuner est terminé. Le buffet a été desservi.

Leo se rembrunit, et se frotta le visage. Un geste qui le fit tressaillir de douleur.

— Demande qu'on m'envoie Merripen. Je voudrais m'entretenir avec lui.

— Il répartit les semis de navets entre les métayers.

— Où est Amelia ?

— Elle s'occupe du bébé. Il fait ses dents.

— Et Winnifred ?

— Elle est occupée à faire l'inventaire des provisions et à préparer les commandes avec la gouvernante. Beatrix est allée déposer des paniers chez les personnes âgées du village. Et je dois me rendre chez un métayer qui a deux mois de retard dans le paiement de son fermage. Je crains qu'il n'y ait personne de libre pour te divertir.

Leo accueillit ces paroles par un silence maussade. Il se résigna alors à s'enquérir de la seule personne qu'il voulait vraiment voir. La personne qui ne s'était pas un seul instant souciée de son état alors qu'elle avait promis de le protéger.

— Où est Marks ?

— La dernière fois que je l'ai vue, elle faisait de la couture. Il semblerait que la pile de linge à raccommoder se soit considérablement...

— Elle peut le faire ici.

Ce fut avec une absence d'expression remarquable que Cam demanda :

— Tu veux que Mlle Marks vienne faire le ravaudage dans ta chambre ?

— Oui, envoie-la ici.

— Je lui demanderai si elle est d'accord, déclara Cam, l'air dubitatif.

Après s'être lavé et avoir enfilé un peignoir, Leo retourna se coucher. Il se sentait faible, endolori et de mauvaise humeur. Une servante lui apporta un petit plateau garni d'une tasse de thé et d'une unique tartine. Leo prit ce petit déjeuner frugal sans cesser de fixer la porte avec morosité.

Où diable était Marks ? Cam avait-il seulement pris la peine de lui dire qu'il la demandait ? Le cas échéant, elle avait à l'évidence décidé d'ignorer son injonction.

Quelle harpie au cœur froid ! Elle avait pourtant promis de le prendre sous sa responsabilité. Elle l'avait persuadé de boire le laudanum, puis l'avait abandonné à son sort.

Eh bien, il ne voulait plus d'elle, à présent. Si elle se décidait à paraître, il la renverrait. Avec un rire de mépris, il lui dirait que pas de compagnie du tout valait mieux que la sienne. Il...

— Milord ?

Le cœur de Leo fit une embardée quand il la vit sur le seuil de la chambre, vêtue d'une robe bleu foncé, ses cheveux d'or pâle rassemblés en un chignon sévère comme à l'accoutumée.

Elle tenait un livre dans une main et un verre rempli d'un liquide clair dans l'autre.

— Comment vous sentez-vous, ce matin?

— Je deviens fou d'ennui, grommela-t-il. Pourquoi avez-vous mis si longtemps à venir me voir?

— Je croyais que vous dormiez encore.

Elle entra dans la chambre en laissant la porte grande ouverte derrière elle. Le furet Dodger se glissa à sa suite. Après s'être dressé pour observer les alentours, il se faufila sous la commode. Catherine observa son manège d'un œil soupçonneux.

— Probablement l'une de ses nouvelles caches, fit-elle remarquer avec un soupir, avant de tendre le verre à Leo. Buvez ceci, s'il vous plaît.

— Qu'est-ce que c'est?

— De l'écorce de saule blanc, pour combattre la fièvre. J'y ai ajouté un peu de citron et de sucre pour améliorer le goût.

Leo but la décoction amère tout en regardant Catherine aller et venir dans la chambre. Elle ouvrit une deuxième fenêtre, puis emporta le plateau dans le couloir, où elle le confia à une servante qui passait. Revenue vers le lit, elle posa les doigts sur le front de Leo pour vérifier sa température.

Il lui attrapa le poignet, les yeux rivés sur son visage.

— C'est vous. C'est vous qui êtes venue la nuit dernière.

— Je vous demande pardon?

— Vous avez changé le linge sur mon front. Plusieurs fois.

Catherine referma légèrement ses doigts sur les siens.

— Comme si j'allais entrer dans la chambre d'un homme au milieu de la nuit.

Mais ils savaient tous deux que c'était le cas. La mélancolie de Leo se dissipa en grande partie, surtout quand il lut de l'inquiétude dans son regard.

— Comment vont vos mains ? s'enquit-il en les inspectant.

— Beaucoup mieux, merci… On m'a dit que vous aviez besoin de compagnie ? reprit-elle après un silence.

— Oui. Je me contenterai de la vôtre.

— Très bien.

Leo aurait voulu l'attirer contre lui et respirer son odeur. Elle sentait le frais, le propre – un mélange de thé, de talc et de lavande.

— Voulez-vous que je vous fasse la lecture ? reprit-elle. J'ai apporté un roman. Aimez-vous Balzac ?

— Qui ne l'aime pas ? répondit Leo, qui trouvait que sa journée allait s'améliorant.

Catherine tira un fauteuil près du lit et s'y assit.

— Il flâne un petit peu trop à mon goût, avoua-t-elle. Je préfère les romans avec plus de péripéties.

— Mais avec Balzac, vous êtes obligé de vous abandonner complètement. Il faut vous laisser porter par la langue et…

Il s'interrompit pour scruter son visage. Elle était pâle, avec des cernes sous les yeux – conséquence, sans doute, de ses allées et venues nocturnes.

— Vous avez l'air fatigué, dit-il sans détour. C'est à cause de moi. Je suis désolé.

— Non, vous n'y êtes pour rien. J'ai fait des cauchemars.

— De quel genre ?

L'expression de Catherine se fit circonspecte. Ce qui n'empêcha pas Leo de s'aventurer sur ce territoire visiblement interdit.

— Ils sont liés à votre passé ? À la situation dans laquelle Rutledge vous a retrouvée ?

Catherine prit une inspiration précipitée et se leva, l'air à la fois abasourdi et mal à l'aise.

— Je devrais peut-être m'en aller.

— Non, dit vivement Leo, la retenant d'un geste de la main. Ne partez pas. J'ai besoin de compagnie. Je subis encore le contrecoup du laudanum que *vous* m'avez convaincu d'avaler.

Comme elle semblait hésiter, il ajouta :

— Et j'ai de la fièvre.

— Une fièvre légère.

— Sapristi, Marks, vous êtes demoiselle de compagnie, oui ou non ? Faites votre travail, voulez-vous ?

L'espace d'un instant, elle parut indignée, puis elle éclata de rire malgré ses efforts manifestes pour se retenir.

— Je suis la demoiselle de compagnie de Beatrix. Pas la vôtre.

— Aujourd'hui, vous êtes la mienne. Asseyez-vous et commencez à lire.

À la surprise de Leo, elle ne s'offusqua pas de son ton autoritaire. Après s'être rassise, elle ouvrit le livre à la première page. Du bout de l'index, elle remonta ses lunettes sur son nez – un petit geste précis que Leo trouva adorable.

— *Un homme d'affaires*, commença-t-elle. Chapitre un.

— Attendez !

Catherine l'interrogea du regard.

— Y a-t-il au moins un épisode de votre passé dont vous voulez bien parler ? demanda-t-il après avoir choisi ses mots avec soin.

— Dans quel but ?

— Parce que je suis curieux d'en savoir plus sur vous.

— Je n'aime pas parler de moi.

— Ce qui prouve à quel point vous êtes intéressante. Voyez-vous, il n'y a rien de plus ennuyeux que les gens qui aiment parler d'eux. J'en suis un exemple parfait.

Elle baissa les yeux sur son livre, comme si elle s'efforçait de se concentrer sur la page. Puis les releva quelques secondes plus tard avec un grand sourire qui le fit fondre.

— Vous êtes beaucoup de choses, milord, mais certainement pas ennuyeux.

Tandis qu'il l'observait, Leo éprouva la même sensation inexplicable de chaleur, de bonheur, dont il avait fait l'expérience la veille, avant leur mésaventure dans les ruines.

— Qu'aimeriez-vous savoir ? demanda-t-elle.

— Quand avez-vous su que vous aviez besoin de lunettes ?

— J'avais cinq ou six ans. Je vivais avec mes parents dans le quartier de Holborn. Comme les filles ne pouvaient pas aller à l'école à cette époque, une voisine essayait de nous instruire. Elle a dit à ma mère que je possédais une excellente mémoire, mais que j'avais l'esprit lent quand il s'agissait de lire et d'écrire. Un jour, ma mère m'a envoyée chercher un paquet chez le boucher. Ce n'était qu'à deux rues de chez nous, mais je me suis perdue. J'avais l'impression d'être dans le brouillard. On m'a retrouvée en train d'errer en pleurant, et quelqu'un a fini par me conduire chez le boucher. C'était un homme très gentil, continua-t-elle avec une ébauche de sourire. Quand je lui ai expliqué que je ne pensais pas pouvoir retrouver le chemin de la maison, il m'a dit qu'il avait une idée. Et il m'a fait essayer les lunettes de sa femme. Je n'arrivais pas à le croire. J'avais l'impression de découvrir le monde. C'était magique. Je voyais le dessin des briques sur le mur, les oiseaux dans le ciel, et même le tissage grossier du tablier du boucher. C'était là mon problème, m'a-t-il expliqué.

J'avais une mauvaise vue. Et depuis, je porte des lunettes.

— Vos parents ont dû être soulagés de découvrir que leur fille n'était pas lente d'esprit, finalement.

— Pensez-vous ! Ils se sont disputés pendant des jours et des jours pour déterminer de quel côté de la famille venait ma myopie. Ma mère était assez affligée car, selon elle, le port de lunettes gâterait mon apparence.

— Quelle bêtise !

— Ma mère ne possédait pas ce qu'on appelle une grande profondeur de caractère, avoua-t-elle, contrite.

— Vu sa conduite – abandonner son fils et son mari, s'enfuir en Angleterre avec son amant –, on ne pouvait s'attendre à beaucoup de principes.

— Quand j'étais enfant, je croyais qu'ils étaient mariés.

— Il y avait de l'amour entre eux ?

Elle réfléchit un instant, se mordillant la lèvre inférieure, et Leo ne put s'empêcher de fixer les yeux sur sa si jolie bouche.

— Ils étaient attirés physiquement l'un par l'autre, finit-elle par admettre. Mais ce n'est pas de l'amour, n'est-ce pas ?

— Non, murmura-t-il. Qu'est devenu votre père ?

— Je préférerais ne pas en parler.

— Après tout ce que je vous ai confié ? Montrez-vous équitable, Marks. Ça ne peut pas être plus difficile pour vous que ça ne l'a été pour moi.

— Très bien.

Catherine prit une profonde inspiration.

— Quand ma mère est tombée malade, mon père a trouvé que le fardeau était trop lourd. Il a payé une femme pour qu'elle s'occupe d'elle jusqu'à la fin, et m'a envoyée vivre avec ma tante et ma grand-mère. Je n'ai plus jamais entendu parler de lui. Il est peut-être mort, à l'heure qu'il est.

— Je suis désolé, dit Leo.

Il ne mentait pas. Il était vraiment désolé. Si seulement il avait la possibilité de remonter le temps pour aller consoler la petite fille à lunettes abandonnée par l'homme censé la protéger !

— Tous les hommes ne sont pas ainsi, éprouva-t-il le besoin de préciser.

— Je sais. Il ne serait pas juste de ma part de reprocher à la population mâle tout entière les péchés de mon père.

Mal à l'aise, Leo prit conscience qu'il n'avait pas agi mieux que le père de Catherine quand il s'était livré sans retenue à son chagrin et à son amertume sans se préoccuper de ses sœurs.

— Je ne m'étonne plus que vous m'ayez toujours haï, dit-il. Je dois vous le rappeler. J'ai délaissé mes sœurs quand elles avaient besoin de moi.

Catherine attacha sur lui un regard clair, qui le jaugeait mais ne le jugeait pas.

— Non, dit-elle avec sincérité. Vous n'êtes pas du tout comme lui. Vous êtes revenu vers votre famille. Vous avez travaillé pour elle, vous vous en occupez. Et je ne vous ai jamais haï.

Plus que surpris par cette révélation, Leo scruta son visage.

— Vraiment ?

— Vraiment. En fait…

Elle s'interrompit abruptement.

— En fait ? insista-t-il. Qu'alliez-vous dire ?

— Rien.

— Si. Quelque chose du genre que vous m'appréciez malgré vous.

— Certainement pas, rétorqua Catherine, mais ses lèvres se retroussèrent sur une esquisse de sourire.

— Vous êtes irrésistiblement attirée par mon physique avantageux ? suggéra-t-il. Par ma conversation fascinante ?

— Non et non.

— Mes regards sombres ? continua-t-il avec un haussement suggestif des sourcils qui finit par arracher un éclat de rire à Catherine.

— Oui, ce doit être cela.

Leo la contempla avec satisfaction.

Quel rire délicieux elle avait ! Léger, un peu enroué, comme si elle avait bu du champagne.

Et quel problème cela pouvait devenir, ce désir absolument inconvenant qu'il ressentait à son endroit ! Elle était en train de devenir réelle à ses yeux, consistante, vulnérable d'une manière qu'il n'aurait jamais imaginée.

Tandis qu'elle commençait à lire, Dodger émergea de sous la commode et grimpa sur ses genoux. Il s'endormit, roulé en boule. Leo pouvait difficilement l'en blâmer. Le giron de Catherine semblait être un endroit fort agréable pour s'y lover.

Tout en feignant de l'intérêt pour le récit complexe et détaillé, Leo tentait de s'imaginer Catherine nue. Hélas, il ne la verrait jamais ainsi ! Même pour lui, qui n'était guère sourcilleux en matière de morale, un homme ne séduisait pas une jeune fille sans avoir des intentions sérieuses.

Une seule et unique fois, il s'était autorisé à tomber follement amoureux, et les conséquences en avaient été dramatiques.

Il y avait des risques qu'un homme se refusait à prendre deux fois.

10

Il était minuit passé. Catherine fut réveillée par des pleurs. Le petit Rye faisait ses dents, et lui si souriant d'ordinaire se montrait grognon depuis quelques jours.

Catherine resta à fixer l'obscurité un long moment après que les pleurs eurent cessé. Elle finit par repousser le drap, et chercha une position plus confortable. Sur le côté. Sur le ventre. Rien ne lui convenait.

Elle essaya de se distraire en se rappelant les vieux mots celtiques utilisés pour compter les moutons que certains fermiers continuaient de préférer aux nombres modernes : *yan, tan, tethera, pethera...* On entendait l'écho des siècles dans ces syllabes anciennes. *Sethera, methera, hovera, covera...*

Des yeux d'un bleu singulier, entre le ciel et l'océan, s'imposèrent à son esprit. Leo l'avait regardée pendant qu'elle lui faisait la lecture, puis quand elle avait raccommodé du linge. Et en dépit de son attitude désinvolte, en dépit de son badinage, elle avait su qu'il la désirait. *Yan, tan, tethera...*

Peut-être était-il réveillé à ce moment même. Sa fièvre était certes tombée dans la soirée, mais elle avait peut-être remonté. Il pouvait avoir besoin d'un verre d'eau. D'un linge humide pour lui rafraîchir le front.

Sans réfléchir, Catherine sauta du lit, enfila sa robe de chambre et chaussa ses lunettes.

Pieds nus, elle traversa le palier pour mener à bien sa charitable mission. La porte de Leo était entrouverte. Comme la nuit précédente, elle pénétra à pas de loup dans la chambre doucement éclairée par la lune. Elle entendait sa respiration régulière.

Parvenue près du lit, le cœur battant, elle posa une main hésitante sur son front. Pas de fièvre.

— Catherine ? murmura Leo d'une voix que le sommeil rendait pâteuse. Que faites-vous ?

Elle n'aurait pas dû venir. Quelle que soit l'excuse qu'elle lui fournirait, elle sonnerait faux et paraîtrait ridicule, car rien ne justifiait le fait de l'avoir réveillé.

Gênée, elle marmonna :

— Je... je suis venue voir si...

Sa voix mourut, et elle esquissa un mouvement de recul. Mais avec une dextérité remarquable – vu qu'il faisait nuit et qu'il était à peine réveillé – il lui attrapa le poignet. Ils s'immobilisèrent un instant, elle inclinée vers lui, lui la retenant prisonnière.

Puis il tira sur son bras, tira encore jusqu'à ce qu'elle perde l'équilibre et bascule doucement sur lui. De peur de le blesser, elle posa les mains sur le matelas, et il en profita pour l'allonger plus pleinement sur lui. Un frémissement la parcourut au contact de son torse nu.

— Milord, chuchota-t-elle, mon intention n'était pas de...

Glissant la main derrière sa tête, il attira sa bouche vers la sienne.

Ce ne fut pas un baiser, mais une prise de possession qui lui ôta toute capacité de pensée ou de résistance. Trop de sensations la submergèrent en même temps... la soie chaude de sa langue qui cherchait la sienne, l'odeur masculine, érotique, de sa peau, les contours fermes de son corps musclé...

Le monde pivota lentement quand Leo se tourna sur le flanc sans la lâcher, l'allongeant à demi sur le lit. Il l'embrassait avec une passion telle qu'il semblait vouloir la dévorer.

Alors qu'elle nouait les bras autour de son cou, les pans de sa robe de chambre s'écartèrent. La bouche de Leo quitta alors la sienne pour se livrer à une exploration sensuelle de sa gorge en même temps qu'il s'appliquait à défaire les minuscules boutons qui fermaient sa chemise de nuit.

Inclinant la tête, il suivit des lèvres le renflement d'un sein jusqu'à en atteindre la pointe. Il la prit dans sa bouche, la caressa de la langue pour la réchauffer, son souffle précipité se mêlant aux gémissements que cette délicieuse torture arrachait à Catherine. Quand Leo s'allongea plus lourdement entre ses cuisses, elle sentit sa virilité se plaquer intimement contre elle. Il referma les lèvres sur son autre sein, en taquina l'extrémité, faisant naître au creux de ses reins des vagues de plaisir.

À chacune de ses caresses répondait une nouvelle sensation. Leo s'empara de nouveau de sa bouche avec voracité tandis qu'il imprimait à ses hanches un rythme subtil qui intensifiait l'excitation de Catherine. Elle se tordit sous lui, essayant désespérément d'épouser plus étroitement le relief rigide lové contre sa féminité. Leurs corps se pressaient l'un contre l'autre comme les pages d'un livre fermé, et elle en éprouvait une telle plénitude, un plaisir si violent qu'elle prit peur.

— Non, protesta-t-elle dans un souffle en le repoussant. Attendez. Je vous en prie...

Elle posa par mégarde la main sur son épaule blessée. Leo roula à côté d'elle avec un juron.

Elle dégringola du lit et se tint debout, tremblant de tous ses membres.

— Milord ? Je suis désolée. Est-ce que la blessure s'est rouverte ? Que puis-je faire...

— Allez-vous-en.

— Oui, mais...

— Immédiatement, Marks ! lui ordonna-t-il d'une voix sourde. Ou alors, revenez ici et laissez-moi finir ce que j'ai commencé.

Catherine prit ses jambes à son cou.

11

Après une nuit plus qu'agitée, Catherine chercha ses lunettes à tâtons. Et se rendit compte
qu'elle les avait perdues à un moment ou à un
autre de sa visite nocturne à Leo. Avec un soupir,
elle se laissa tomber sur le tabouret de sa coiffeuse
et enfouit le visage entre ses mains.

Une impulsion idiote, songea-t-elle avec accablement. Un instant de pure folie. Jamais elle
n'aurait dû y céder.

Elle seule était à blâmer. Quelles remarquables
munitions elle avait fournies à Leo ! Tel qu'elle le
connaissait, il n'allait pas se gêner pour la torturer,
pour saisir chaque occasion de l'humilier.

L'humeur de Catherine ne s'améliora pas quand
Dodger émergea du coffret où elle rangeait ses
mules, au pied du lit. Après avoir relevé le couvercle
avec la tête, il la salua d'un gloussement joyeux
et entreprit d'extraire une mule du coffret. Dieu
seul savait où il avait l'intention de l'emporter !

— Arrête, Dodger, murmura-t-elle avec lassitude
en posant la tête sur ses bras pliés.

Tout était flou autour d'elle. Elle avait besoin
de ses lunettes. Et il était affreusement difficile
de chercher quelque chose quand vous ne distin-
guiez rien à plus de deux pas. Seigneur, si l'une
des servantes les trouvait dans la chambre de

Leo – pire, dans son lit ! –, tout le monde serait au courant.

Délaissant la mule, Dodger trottina jusqu'à elle et dressa son long corps fuselé contre sa jambe. Il tremblait, ce qui était normal selon Beatrix. La température d'un furet s'abaissait quand il dormait, et trembler était sa façon de se réchauffer au réveil. Catherine tendit la main pour le caresser. Toutefois, quand il fit mine de monter sur ses genoux, elle l'écarta.

— Non, je ne me sens pas bien, lui dit-elle d'une voix morne.

Dodger marqua bruyamment son dépit avant de s'élancer hors de la chambre.

Trop maussade pour bouger, Catherine continua de ruminer sa honte.

Elle avait dormi tard. Des bruits étouffés de pas et de conversations lui parvenaient des étages inférieurs. Leo était-il descendu prendre son petit déjeuner ?

Impossible de se retrouver face à lui !

Son esprit revint à ces quelques minutes brûlantes de la nuit passée. Une nouvelle vague de plaisir la parcourut lorsqu'elle repensa à sa bouche habile et indiscrète, et à la manière dont il l'avait embrassée.

Le furet revint dans la chambre, gloussant et sautant comme chaque fois qu'il était particulièrement content de lui.

— Va-t'en, Dodger, lui lança-t-elle.

Mais il insista et vint se dresser de nouveau contre elle. Baissant les yeux, Catherine s'aperçut qu'il avait quelque chose entre les dents. Elle cilla. Tendit la main.

Ses lunettes !

— Oh… merci, chuchota-t-elle, les larmes aux yeux, en caressant sa tête effilée. Je t'aime, tu sais, espèce de belette infâme.

Dodger se hissa sur ses genoux, s'enroula sur lui-même et soupira.

Catherine se prépara avec un soin méticuleux, ajoutant des épingles supplémentaires dans son chignon, serrant davantage la ceinture de sa robe grise, allant même jusqu'à faire un double nœud aux lacets de ses bottines. Comme si elle pouvait contenir toute sa personne si sévèrement que rien ne parviendrait à s'échapper. Pas même ses pensées.

Quand elle entra dans le salon du petit déjeuner, Amelia était assise à la table avec son fils qui mâchonnait une tartine en bavant copieusement.

— Bonjour, murmura Catherine en s'approchant du samovar pour se verser une tasse de thé. Pauvre petit Rye... Je l'ai entendu pleurer cette nuit. Sa nouvelle dent n'est toujours pas sortie ?

— Hélas, non ! répondit Amelia. Je suis désolée qu'il vous ait réveillée.

— Oh, ce n'est pas lui ! Je ne dormais pas. La nuit a été agitée.

— Pour lord Ramsay aussi, apparemment.

Catherine lui jeta un bref regard. Dieu merci, il ne semblait pas y avoir de sous-entendu dans sa remarque.

— Ah bon ? fit-elle, s'appliquant à afficher une expression neutre. J'espère qu'il va bien, ce matin.

— Il a l'air, mais il est d'un calme inhabituel. Comme préoccupé.

Amelia fit une grimace avant d'ajouter :

— Je suppose que ça n'a pas amélioré son humeur quand je lui ai dit que nous envisagions de donner le bal dans un mois.

Catherine remua son thé avec soin.

— Comptez-vous faire savoir que le but de ce bal est de trouver une femme à lord Ramsay ?

— Non, répondit Amelia avec un large sourire. Même moi, je ne serais pas aussi indélicate. Toutefois, il sera évident qu'un grand nombre de jeunes filles auront été invitées. Or, bien sûr, mon frère est une cible matrimoniale de premier ordre.

— On se demande pourquoi, marmonna Catherine en essayant de paraître désinvolte alors que son cœur se serrait de désespoir.

Il lui apparut qu'elle ne pourrait pas rester dans la famille Hathaway si Leo se mariait. Elle ne supporterait pas de le voir avec une autre femme. Surtout si celle-ci le rendait heureux.

— Oh, c'est simple, répliqua Amelia non sans malice. Lord Ramsay est un pair du royaume doté de cheveux et de dents, et encore capable de procréer. Et s'il n'était mon frère, je suppose que je ne le trouverais pas vilain garçon.

— Il est très beau, protesta Catherine sans réfléchir, avant de rougir quand Amelia lui jeta un regard pénétrant.

Elle se concentra sur son thé, grignota un petit pain, et quitta la table pour aller à la recherche de Beatrix. C'était l'heure de leurs leçons quotidiennes.

D'un commun accord, elles commençaient toujours par quelques minutes de savoir-vivre et autres règles mondaines. Puis elles passaient le reste de la matinée à étudier des matières comme l'histoire, la philosophie et même les sciences. Cela faisait longtemps que Beatrix maîtrisait les sujets « convenables » enseignés aux jeunes filles dans le seul but d'en faire de bonnes épouses et mères. À présent, Catherine avait l'impression qu'elle et Beatrix étaient devenues des condisciples.

Même si elle n'avait pas eu le privilège de connaître les parents Hathaway, elle pensait qu'ils auraient été fiers de la réussite de leurs enfants –

M. Hathaway, en particulier. Ils formaient une famille d'intellectuels dont tous les membres étaient capables d'aborder un sujet ou un problème à un niveau abstrait. Tous possédaient en outre une vive imagination et une aptitude particulière à lier deux sujets *a priori* sans rapport.

Un soir, par exemple, la conversation avait porté sur l'invention, par un nommé John Stringfellow, d'une machine volante mue par la vapeur. Elle ne fonctionnait pas, bien sûr, mais l'idée était fascinante. Quand fut débattue la question de savoir si l'homme pourrait ou non un jour voler par des moyens mécaniques, les Hathaway avaient convoqué la mythologie grecque, la physique, les cerfs-volants chinois, le règne animal, la philosophie française et les inventions de Leonard de Vinci. Essayer de suivre la conversation donnait presque le vertige.

Les premiers temps, Catherine s'était inquiétée : une telle agilité intellectuelle n'allait-elle pas effrayer les éventuels prétendants de Poppy et de Beatrix ? Dans le cas de Poppy, le problème s'était effectivement posé. Du moins jusqu'à ce qu'elle rencontre Harry.

Toutefois, quand Catherine avait essayé d'aborder délicatement le sujet avec Cam Rohan, celui-ci avait été catégorique.

— Non, mademoiselle Marks, ne tentez pas de changer Poppy ou Beatrix, lui avait-il dit. Cela ne marcherait pas et cela ne servirait qu'à les rendre malheureuses. Aidez-les simplement à apprendre à se comporter en société et à parler de tout et de rien, comme les *gadjé* savent si bien le faire.

— En d'autres termes, avait répliqué Catherine, ironique, vous voulez qu'elles aient l'air convenable, mais vous ne souhaitez pas qu'elles le deviennent.

— Exactement, avait acquiescé Cam, manifestement ravi.

Catherine comprenait à présent combien il avait eu raison. Aucune des Hathaway ne ressemblerait jamais à une mondaine de pure souche, et c'était bien ainsi.

Elle se dirigea vers la bibliothèque pour se procurer des livres nécessaires à ses leçons. Au moment de franchir le seuil, elle s'arrêta en ravalant une exclamation : penché sur la longue table recouverte de papiers, Leo annotait des plans.

Il tourna la tête et lui jeta un regard perçant. Elle eut à la fois chaud et froid. Une tension douloureuse irradia son crâne aux endroits où les épingles étaient plantées trop serré.

— Bonjour, dit-elle dans un souffle en esquissant un pas en arrière. Je ne voulais pas vous déranger.

— Vous ne me dérangez pas.

— Je suis venue chercher quelques livres... si vous le permettez.

Un bref signe de tête et Leo reporta son attention sur ses croquis.

Affreusement embarrassée, Catherine s'approcha des rayonnages et entreprit de chercher les titres qui l'intéressaient. Il régnait un tel calme dans la bibliothèque qu'elle avait l'impression d'entendre résonner les battements de son cœur. Ne supportant plus ce silence oppressant, elle finit par demander :

— Vous dessinez quelque chose pour le domaine ? Une maison de métayer ?

— Une addition à l'écurie.

— Ah...

Catherine regardait sans les voir les rangées de livres. Allaient-ils prétendre que les événements de la nuit précédente n'avaient jamais eu lieu ? C'était en tout cas ce qu'elle espérait.

C'est alors que Leo déclara :

— Si vous attendez des excuses, vous n'en aurez pas.

Catherine pivota pour lui faire face.

— Je vous demande pardon?

Leo ne leva pas les yeux de ses croquis.

— Quand vous rendez une visite à un homme dans son lit la nuit, ne vous attendez pas à une conversation autour d'une tasse de thé.

— Je ne vous rendais pas visite dans votre lit, se défendit-elle. Je veux dire... vous étiez dans votre lit, mais ce n'était pas mon désir de vous y trouver.

Consciente de raconter n'importe quoi, elle résista à l'envie de se gifler.

— À 2 heures du matin, l'informa Leo, on me trouve presque toujours sur un matelas, occupé à me livrer à deux sortes d'activités. L'une, c'est dormir. Je ne crois pas qu'il soit nécessaire d'expliciter la seconde.

— Je voulais simplement voir si vous étiez fiévreux, dit-elle en devenant écarlate. Ou si vous aviez besoin de quelque chose.

— Apparemment, c'était le cas.

Jamais Catherine ne s'était sentie aussi embarrassée. Elle avait impression que sa peau était devenue trop étroite pour son corps.

— Allez-vous le dire à quelqu'un? s'obligea-t-elle à demander.

Il arqua un sourcil moqueur.

— Vous craignez que je ne cancane à propos de nos rendez-vous nocturnes? Non, Marks, je n'aurais rien à y gagner. Et à mon grand regret, nous n'avons vraiment rien fait qui justifierait un bon commérage.

Les joues toujours en feu, Catherine s'approcha d'un tas de dessins et de feuilles en désordre sur le coin de la table. Machinalement, elle les rassembla en une pile soignée.

— Vous avez eu mal? murmura-t-elle en se souvenant d'avoir appuyé par inadvertance sur son épaule blessée.

Leo hésita avant de répondre :

— Non, ça s'est calmé après votre départ. Mais Dieu sait qu'il n'en faudrait guère pour que ça recommence.

— Je suis tellement désolée, dit-elle, bourrelée de remords. Nous pourrions peut-être appliquer un cataplasme dessus ?

— Un cataplasme ? répéta-t-il, interdit. Sur mon... Oh ! Nous parlions de mon épaule ?

Catherine cligna des yeux, déconcertée.

— Évidemment. De quoi d'autre vouliez-vous que nous parlions ?

— Catherine...

Leo détourna le regard. Quand il poursuivit, elle fut surprise d'entendre sa voix trembler d'un rire contenu.

— Quand un homme est excité et demeure insatisfait, il souffre en général pendant quelque temps.

— Où ?

Il lui jeta un regard éloquent.

— Vous voulez dire...

Une vague brûlante lui monta au visage comme elle comprenait enfin.

— Eh bien, je me moque que vous ayez mal à cet endroit-là. Je ne m'inquiétais que de votre blessure !

— Elle va beaucoup mieux, assura Leo, les yeux pétillant d'amusement. Quant au reste...

— Ça n'a rien à voir avec moi, coupa-t-elle en hâte.

— Permettez-moi de ne pas être de cet avis.

La dignité de Catherine avait été réduite à néant. Quel choix lui restait-il, sinon de battre en retraite ?

— Je... je m'en vais.

— Et les livres que vous vouliez ?

— Je les prendrai plus tard.

Malheureusement, comme elle se détournait, le bord de sa manche évasée accrocha la pile de dessins qu'elle venait d'empiler et ils s'éparpillèrent sur le sol.

— Ô mon Dieu...

Elle se baissa aussitôt pour les ramasser.

— Laissez, fit Leo. Je vais m'en occuper.

— Non, c'est ma fau...

Elle s'interrompit en remarquant un croquis particulier parmi les dessins de paysages et les feuilles annotées. Il s'agissait d'une esquisse au crayon... Une femme nue, mollement allongée sur le flanc, ses longs cheveux défaits. L'une de ses cuisses minces reposait pudiquement sur l'autre, dissimulant en partie l'ombre délicate de son pubis.

Sur son nez était perchée une paire de lunettes ô combien familières.

Catherine s'empara de la feuille d'une main tremblante, le cœur battant à tout rompre. Elle dut s'y reprendre à plusieurs reprises avant de réussir à articuler d'une voix étranglée :

— C'est moi.

Leo s'était agenouillé à côté d'elle. Il opina, l'air penaud. La rougeur qui gagnait son visage accentuait le bleu éclatant de ses yeux.

— Pourquoi ? souffla-t-elle.

— Ce dessin n'était pas censé être humiliant. Il n'était destiné à d'autres yeux que les miens.

Elle s'obligea à regarder de nouveau l'esquisse. Elle n'aurait pas été plus embarrassée si elle avait été bel et bien nue en cet instant. Pourtant, le croquis était loin d'être cru ou avilissant. La femme était dessinée à longs traits gracieux ; sa pause était artistique. Sensuelle.

— Vous... vous ne m'avez jamais vue ainsi, balbutia-t-elle, avant d'ajouter d'une voix faible : N'est-ce pas ?

— Non, répondit-il avec une grimace, je n'en suis pas encore à m'adonner au voyeurisme.

Après un silence, il reprit :

— Est-ce que c'est fidèle ? Ce n'est pas facile de deviner à quoi vous ressemblez sous toutes ces épaisseurs.

Bien que mortifiée, elle laissa échapper un rire nerveux.

— Si c'est fidèle, je ne vais certainement pas l'admettre.

Elle posa le dessin à l'envers sur la pile, d'une main qui tremblait toujours.

— Dessinez-vous d'autres femmes… ainsi ?

Leo secoua la tête.

— J'ai commencé avec vous, et, jusqu'à présent, je ne suis pas allé plus loin.

La rougeur de Catherine s'accentua.

— Vous avez fait d'autres dessins de moi… dévêtue ?

— Un ou deux, répondit-il en feignant le repentir.

— Oh, s'il vous plaît, détruisez-les !

— Certainement. Cependant, l'honnêteté m'oblige à vous dire que j'en ferai d'autres. Vous dessiner nue, c'est mon passe-temps favori.

Avec un gémissement, Catherine enfouit le visage entre ses mains.

— Vous ne pourriez pas commencer plutôt une collection quelconque ?

Elle entendit son rire un peu rauque.

— Catherine… Mon cœur… Vous ne voulez pas me regarder ? Non ?

Elle se raidit, mais ne bougea pas quand elle sentit ses bras se refermer autour d'elle.

— Je vous taquinais. Je ne ferai plus ce genre de dessin.

Sans desserrer son étreinte, Leo guida son visage vers son épaule indemne.

— Vous êtes fâchée ?

Elle secoua la tête.

— Effrayée ?

— Non, chuchota-t-elle avant de prendre une inspiration tremblante. Juste surprise que vous me voyiez ainsi.

— Pourquoi ?

— Parce que ça ne me ressemble pas.

Il comprit ce qu'elle voulait dire.

— Personne ne se voit jamais avec une exactitude parfaite.

— Figurez-vous que je ne me prélasse jamais complètement nue !

— Voilà qui est dommage. Catherine, continua-t-il d'une voix enrouée, vous devez savoir que je vous veux depuis toujours. En imagination, j'ai fait avec vous des choses si perverses que nous irions droit en enfer si je vous les racontais. Et la manière dont je vous désire n'a rien à voir avec la couleur de vos cheveux ou les vêtements consternants que vous portez.

Il lui caressa doucement les cheveux.

— Catherine Marks – ou qui que vous soyez –, j'éprouve le désir sacrilège de vous avoir dans mon lit pendant… oh, des semaines, au moins… pour commettre avec vous tous les péchés de la terre. J'aimerais faire plus que vous dessiner nue. Je veux dessiner directement sur vous avec une plume et de l'encre… des fleurs autour de vos seins, une traînée d'étoiles sur vos cuisses.

De ses lèvres chaudes, il effleura le lobe de son oreille.

— Je veux relever tous les points de votre corps et en tracer la carte, y inscrire votre nord, votre sud et…

— Taisez-vous, lui intima-t-elle, la respiration oppressée.

— Je vous l'ai dit, répliqua-t-il avec un petit rire. Droit en enfer !

— C'est ma faute. Je n'aurais pas dû aller vous voir la nuit dernière. Je ne sais pas pourquoi j'ai fait cela.

— Je crois que si... Ne revenez pas dans ma chambre la nuit, Marks. Parce que si cela se reproduit, je ne serai pas capable de m'arrêter.

Il laissa retomber les bras et se redressa. Puis il lui tendit la main pour l'aider à se relever. Quand tous les papiers eurent été ramassés, il prit le dessin qu'il avait fait d'elle, le déchira en petits morceaux. Puis il les lui glissa dans la main et lui referma les doigts dessus.

— Je détruirai aussi les autres.

Catherine ne bougea pas quand il quitta la pièce. Entre ses doigts serrés, les débris de papier finirent par former une boule humide.

12

Durant le mois qui suivit, Leo s'appliqua délibérément à travailler beaucoup. Pour voir Catherine le moins possible.

Il fallait installer un système d'irrigation pour de nouvelles métairies. Afin d'acheminer l'eau jusqu'aux prairies depuis les rivières les plus proches, Leo conçut un réseau de fossés et de canaux dont certains, quand la pente du terrain était insuffisante, seraient alimentés par de petites roues à eau équipées de godets.

Torse nu, transpirant sous le soleil, Leo et les métayers charrièrent des tombereaux de terre et de cailloux pour creuser les saignées. À la fin de la journée, rompu et endolori, Leo parvenait à peine à garder les yeux ouverts durant le dîner. Durci et musclé par l'exercice, son corps s'affina si bien qu'il fut obligé d'emprunter des pantalons à Cam pendant que le tailleur du village reprenait ses vêtements.

— Au moins, le travail t'empêche de t'adonner à tes vices, plaisanta Winnifred, un soir, en lui ébouriffant les cheveux avec affection.

— Il se trouve que j'aime mes vices, rétorqua Leo. C'est la raison pour laquelle je me suis donné le mal de les acquérir.

— Ce que tu as besoin d'acquérir, repartit doucement sa sœur, c'est une femme. Et je ne dis pas cela par intérêt personnel.

— Tu ne possèdes pas une once d'égoïsme, je le sais très bien. Mais même si tes conseils sont toujours très avisés, je n'ai pas l'intention de suivre celui-là.

— Tu devrais. Tu as besoin d'une famille à toi.

— J'ai bien assez de famille pour me contenter. Et il y a des choses que je préférerais faire plutôt que me marier.

— Lesquelles ?

— Oh, me couper la langue et entrer chez les moines trappistes… Me rouler nu dans du miel et faire la sieste sur une fourmilière… Je continue ?

— Ce n'est pas nécessaire, assura Winnifred en souriant. Toutefois, tu te marieras bel et bien, le moment venu. Cam et Merripen disent tous les deux que tu as une ligne de mariage très marquée.

Stupéfait, Leo observa sa paume.

— C'est un pli dû à ma manière de tenir la plume.

— C'est une ligne de mariage. Et elle est tellement longue qu'elle remonte pratiquement sur les deux côtés de ta main. Ce qui signifie qu'un jour ou l'autre tu épouseras celle que le destin te réserve.

Winnifred haussa les sourcils d'un air de dire : « Que penses-tu de cela ? »

— Les bohémiens n'y croient pas vraiment, rétorqua Leo. Ce sont des bêtises. Ils ne font cela que pour extorquer de l'argent aux imbéciles et aux ivrognes.

Avant que Winnifred puisse répondre, Merripen pénétra dans le salon.

— Les *gadjé* s'y connaissent indubitablement pour compliquer les choses, déclara-t-il en tendant une lettre à Leo.

— De quoi s'agit-il ? demanda celui-ci avant de jeter un coup d'œil à la signature. Une autre lettre de l'avoué ? Moi qui pensais qu'il s'employait à « décompliquer » les choses pour nous.

— Plus il donne d'explications, plus c'est embrouillé, soupira Merripen. En tant que Rom, j'ai encore du mal à comprendre la notion de propriété terrienne. Mais quand il s'agit du domaine Ramsay…

Il secoua la tête d'un air dégoûté.

— C'est un nœud gordien d'accords, de concessions, de coutumes, d'exceptions, d'additions et de baux.

— La création du domaine remonte à si loin que les choses ont eu tout le temps de se compliquer, expliqua Winnifred. Au fait, Leo, enchaîna-t-elle, je viens d'apprendre que la comtesse Ramsay et sa fille souhaitaient nous rendre visite. Nous avons reçu une lettre tout à l'heure.

— Que le diable les emporte ! s'exclama Leo, outré. Dans quel but ? Elles veulent faire l'inventaire ? Se frotter les mains ? Il me reste encore une année avant qu'elles puissent réclamer cet endroit !

— Peut-être qu'elles souhaitent faire la paix et trouver une solution acceptable pour tous, suggéra Winnifred, toujours encline à croire en la bonté naturelle du genre humain.

Leo n'avait pas ce problème.

— Faire la paix, c'est ça, oui, marmonna-t-il. Bon sang, je serais tenté de me marier uniquement pour enquiquiner ces deux sorcières !

— Tu as une candidate en tête ? s'enquit Winnifred.

— Pas une seule. Mais si je me marie un jour, crois bien que ce sera avec une femme que je serai certain de ne jamais aimer.

Un mouvement vers la porte attira son attention. Il regarda discrètement Catherine qui entrait dans la pièce. Elle adressa au groupe un sourire neutre, évitant soigneusement le regard de Leo, puis s'approcha d'une chaise dans un coin. Agacé, Leo constata qu'elle avait perdu du poids. Elle était très pâle et d'une minceur de roseau. Évitait-elle de manière délibérée de se nourrir correctement ? Qu'est-ce qui causait son manque d'appétit ? Elle allait finir par tomber malade.

— Franchement, Marks, dit-il avec irritation, vous devenez aussi maigre qu'un coucou !

— Leo ! protesta Winnifred.

— Ce ne sont pas mes pantalons que l'on doit reprendre, riposta Catherine avec colère.

— Vous avez l'air à moitié morte de faim, continua Leo, les sourcils froncés. Que vous arrive-t-il ? Pourquoi ne mangez-vous pas ?

— Ramsay, intervint Merripen, décidant qu'une limite avait été franchie.

Catherine se releva d'un bond et foudroya Leo du regard.

— Vous êtes une brute et un hypocrite, et vous n'avez pas le droit de critiquer mon apparence, alors… alors… *allez vous faire foutre !*

Sur ce, elle sortit en trombe du salon.

Merripen et Winnifred la suivirent des yeux, bouche bée. Quant à Leo, il s'élança à sa poursuite.

— Où avez-vous appris cette expression ? lui demanda-t-il.

— Avec vous, répliqua-t-elle avec véhémence par-dessus son épaule.

— Avez-vous une idée de ce qu'elle signifie ?

— Non, et je m'en moque. Ne vous approchez pas de moi !

Elle sortit de la maison au pas de charge, Leo sur ses talons. Il se rendit alors compte qu'il rêvait d'une dispute avec elle. N'importe quoi, pourvu qu'ils se parlent.

Quand ils débouchèrent dans le potager tout odorant du parfum des herbes chauffées par le soleil, Leo cria :

— Marks ! Je veux bien vous courser dans le carré de persil si vous insistez, mais nous pourrions tout aussi bien nous arrêter et nous expliquer ici.

Elle fit volte-face, les pommettes en feu.

— Il n'y a rien à expliquer ! Vous m'avez à peine adressé la parole pendant des jours et des jours et, tout à coup, vous me faites des remarques personnelles offensantes...

— Je ne voulais pas me montrer offensant. J'ai simplement dit...

— Je ne suis pas maigre, espèce de mufle méprisable ! Est-ce qu'à vos yeux, je suis moins qu'une personne pour que vous osiez me traiter avec un tel dédain ? Vous êtes le plus...

— Je suis désolé. Je n'aurais pas dû vous parler de cette manière, coupa Leo d'un ton bourru. Et loin d'être moins qu'une personne à mes yeux, vous êtes une personne dont le bien-être m'importe. Je serais furieux contre quiconque ne vous traiterait pas bien – et il se trouve que ce quiconque, c'est Catherine Marks. Vous ne prenez pas soin de vous-même.

— Vous non plus.

Leo ouvrit la bouche pour répondre, mais, ne trouvant pas de repartie adéquate, il la referma.

— Vous vous épuisez au travail, reprit Catherine d'un ton accusateur. Vous avez perdu au moins trois kilos.

— Les nouvelles métairies ont besoin d'un système d'irrigation. Je suis le mieux à même de le concevoir et l'installer.

— Vous n'êtes pas obligé de creuser des tranchées et de transporter des pierres.

— Si.

— Pourquoi?

Leo la fixa un instant. Fallait-il lui dire la vérité? Il décida d'être direct.

— Parce que m'épuiser au travail, c'est la seule manière de m'empêcher d'aller vous rejoindre la nuit et de vous séduire.

Catherine écarquilla les yeux. Elle ouvrit la bouche puis la referma, exactement comme lui un peu plus tôt.

Leo continuait de la regarder avec un mélange de méfiance, d'amusement et de trouble grandissant. Impossible de nier plus longtemps que rien au monde ne le distrayait plus que de discuter avec elle. Ou, simplement, d'être près d'elle… cette créature revêche, têtue et fascinante qui ne ressemblait en rien à ses amantes passées. Dans des moments comme celui-ci, elle possédait tout le charme caressant d'un hérisson enragé.

Mais elle le considérait comme son égal, et elle le défiait comme aucune femme avant elle. Il la désirait à en perdre la raison.

— Vous ne pourriez pas me séduire, répliqua Catherine vertement.

Tous deux se tenaient immobiles, les yeux dans les yeux.

— Vous niez l'attirance qui existe entre nous?

Un frémissement la parcourut, qu'elle réprima impitoyablement.

— Je nie que la volonté rationnelle de quelqu'un puisse être sapée par une sensation physique. C'est toujours le cerveau qui commande.

Leo ne put retenir un sourire moqueur.

— Seigneur Dieu, Marks! On voit que vous n'avez jamais pris part à cet acte, ou vous sauriez que le principal organe qui commande n'est certainement pas le cerveau. En vérité, le cerveau cesse même totalement de fonctionner.

— Je le crois volontiers du cerveau d'un homme.

— Le cerveau d'une femme n'est pas moins primitif que celui d'un homme, surtout quand il s'agit de divertissement physique.

— Vous aimeriez pouvoir le penser, j'en suis sûre.

— Voulez-vous que je vous le prouve?

Un pli sceptique marqua la bouche délicate de Catherine. Mais comme si elle était incapable de résister, elle demanda:

— Comment?

La prenant par le bras, Leo l'entraîna vers un coin mieux protégé du potager, derrière deux pergolas couvertes de haricots grimpants. Parvenu près d'une serre, il jeta un coup d'œil alentour pour s'assurer que personne ne les observait.

— Voici un défi pour les fonctions supérieures de votre cerveau. D'abord, je vous embrasse. Tout de suite après, je vous pose une question simple. Si vous répondez correctement, vous avez gagné.

Catherine fronça les sourcils et détourna le regard.

— C'est ridicule, murmura-t-elle.

— Bien sûr, vous avez le droit de refuser. Mais je considérerai alors que votre argument est fautif.

Croisant les bras, Catherine le regarda, les yeux plissés.

— Un baiser?

Leo tendit les mains, paumes en l'air, comme pour montrer qu'il n'avait rien à cacher.

— Un baiser, une question.

Lentement, elle dénoua les bras et les laissa retomber le long de son corps.

En fait, Leo ne s'attendait pas qu'elle relève le défi. Son cœur commença à battre à coups précipités. Quand il s'approcha d'elle, le plaisir anticipé lui noua l'estomac.

— Puis-je? s'enquit-il, avant de lui ôter ses lunettes avec précaution.

Elle cilla, mais ne résista pas.

Après avoir plié les lunettes, Leo les glissa dans la poche de sa veste. Il encadra le visage de Catherine de ses mains et le lui releva doucement. «Bien», songea-t-il en constatant qu'il avait réussi à la rendre nerveuse.

— Prête ?

Elle hocha imperceptiblement la tête, les lèvres tremblantes.

Leo posa sa bouche sur la sienne et la gratifia d'un baiser léger. Ses lèvres étaient douces et fraîches. Il les taquina de la pointe de la langue, les incitant à s'entrouvrir. Il approfondit alors son baiser et, l'enlaçant, l'attira contre lui. Elle était mince mais tonique, et aussi souple qu'un chat. Il se concentra sur sa bouche, l'explorant avec une voracité tendre jusqu'à sentir la vibration d'un gémissement entre leurs lèvres.

Relevant alors la tête, il contempla son visage rougissant. Il était si envoûté par le gris-vert embrumé de ses yeux qu'il eut du mal à se rappeler ce qu'il avait l'intention de lui demander.

— Ah oui, la question, murmura-t-il en la lâchant. Voici : un fermier a douze moutons. Ils meurent tous sauf sept. Combien lui en reste-t-il ?

— Cinq, répondit-elle aussitôt.

— Sept.

Il eut un grand sourire quand il la vit plisser le front pour essayer de comprendre.

— C'est de la triche, accusa-t-elle. Posez-m'en une autre.

— Ce n'était pas dans notre marché.

— Une autre, insista-t-elle.

— Dieu que vous êtes têtue ! dit-il avec un rire rauque. Très bien.

Comme il l'enlaçait de nouveau et inclinait la tête, elle se raidit.

— Que faites-vous ?

128

— Un baiser, une question, lui rappela-t-il.

Catherine prit un air de martyre. Ce qui ne l'empêcha pas de rejeter la tête en arrière quand il l'attira de nouveau à lui. Cette fois, il se montra moins pusillanime. Son baiser fut ferme, ardent, et il fouailla de la langue sa bouche douce et chaude.

Quand elle noua les mains sur sa nuque et enfouit délicatement les doigts dans ses cheveux, Leo fut saisi d'un vertige où le désir se mêlait au plaisir. Il ne parvenait pas à la presser assez étroitement contre lui. Ses mains tremblaient du besoin de toucher sa peau soyeuse sous l'épais tissu de son corsage. Dans son avidité à la sentir plus proche, il approfondit son baiser et, instinctivement, elle essaya de l'aider en suçant sa langue avec un petit gémissement. Un délicieux frisson courut le long de sa colonne vertébrale.

Haletant, il lâcha sa bouche.

— Posez-moi une question, murmura-t-elle d'une voix enrouée.

Leo parvenait tout juste à se souvenir de son propre nom. Il ne voulait penser qu'à une chose : à la manière merveilleuse dont le corps de Catherine se moulait au sien. Il s'obligea néanmoins à satisfaire sa demande.

— Certains mois comportent trente et un jours, d'autres trente. Combien en comptent vingt-huit ?

— Un seul.

— Tous, contredit-il avec suavité, avant d'afficher une expression compatissante quand elle parut scandalisée.

— Posez-m'en une autre ! exigea-t-elle, furieuse et déterminée.

Leo secoua la tête avec un grand éclat de rire.

— Je n'en trouve plus… Le sang n'arrive plus dans mon cerveau. Marks, vous devez accepter d'avoir perdu…

Elle l'agrippa par les revers de sa veste pour l'attirer à elle et, avant qu'il sache ce qu'il faisait, Leo referma sa bouche sur la sienne. Son amusement s'évapora. Leur étreinte était si fougueuse qu'il dut poser la main sur la paroi de la serre pour conserver son équilibre. Il prit possession de ses lèvres avec une ardeur vorace, tout en savourant la sensation de son corps arqué contre le sien. Le désir le consumait, et sa chair douloureuse exigeait qu'il la possède.

Avant de perdre tout contrôle sur lui-même, Leo arracha ses lèvres aux siennes, et la tint serrée contre sa poitrine.

« Une autre question », se dit-il, hébété. Il obligea ce qu'il lui restait de cerveau à trouver quelque chose.

— Combien d'animaux de chaque espèce Moïse a-t-il emportés dans l'arche ?

— Deux, répondit Catherine d'une voix étouffée.

— Aucun. C'était Noé, pas Moïse.

Mais il ne trouvait plus le jeu amusant, et Catherine ne semblait plus se soucier de gagner. Ils demeurèrent immobiles, si étroitement enlacés qu'ils jetaient une ombre unique sur le sentier.

— Considérons que nous sommes ex æquo.

— Non, vous aviez raison, protesta faiblement Catherine. Je n'arrive plus à penser du tout.

Ils attendirent encore un peu, en proie à une espèce d'étourdissement nourri d'incertitude. Puis, avec un soupir tremblant, Leo la repoussa doucement. Repêchant ses lunettes au fond de sa poche, il les lui replaça doucement sur le nez.

Il lui offrit son bras en signe de trêve muette, et Catherine l'accepta.

— Que signifie « se faire foutre » ? demanda-t-elle d'une voix incertaine tandis qu'ils retournaient vers la maison.

— Si je vous le disais, cela mènerait à des pensées inconvenantes. Et je sais combien vous les détestez.

Leo passa une grande partie de la journée du lendemain à travailler avec les métayers et leurs employés. Il ne regagna Ramsay House que tard dans l'après-midi, après avoir enfoncé des pieux dans le sol à grands coups de marteau, les pieds dans une eau froide et boueuse. Il était fatigué, en nage, et excédé par le harcèlement des taons. Les poètes romantiques qui s'extasiaient sur les merveilles de la vie au grand air n'avaient certainement jamais participé à un chantier d'irrigation.

Ses bottes étaient si crottées qu'il prit l'entrée de service. Les ayant abandonnées devant la porte de la cuisine, il entra dans celle-ci en chaussettes. La cuisinière et une servante étaient occupées à éplucher des pommes tandis que Winnifred et Beatrix polissaient de l'argenterie.

— Coucou, Leo! lança joyeusement Beatrix.

— Bonté divine, tu as vu à quoi tu ressembles? s'exclama Winnifred.

Leo leur sourit, puis fronça le nez en percevant une odeur âcre.

— Je n'aurais pas cru qu'il était possible de sentir plus mauvais que moi! Qu'est-ce que c'est? Le produit pour l'argenterie?

— Non. En fait, c'est… Eh bien, c'est une espèce de teinture, répondit Winnifred avec une certaine réticence.

— Pour les vêtements?

— Pour les cheveux, expliqua Beatrix. Mlle Marks veut foncer ses cheveux avant le bal, mais elle avait peur d'utiliser la teinture de l'apothicaire à cause de la dernière fois. Alors la cuisinière lui a suggéré une recette que sa propre mère utilisait. Tu fais bouillir des coquilles de noix avec du vinaigre et des écorces de…

— Pourquoi Marks se teint-elle les cheveux ? demanda Leo en s'efforçant de garder un ton normal alors même que toute son âme se révoltait à l'idée de cette chevelure magnifique, d'un or lumineux, recouverte d'une teinture sombre et terne.

Winnifred répondit avec circonspection.

— Je crois qu'elle veut se rendre moins… visible au bal, à cause du grand nombre d'invités. Je n'ai pas insisté pour obtenir davantage d'explications car, après tout, elle a droit à une vie privée. Leo, je t'en prie, ne l'ennuie pas en y faisant allusion.

— Personne ne trouve bizarre qu'une employée persiste à se déguiser ? Cette famille est donc si bigrement excentrique que nous acceptons n'importe quel comportement étrange sans poser de questions ?

— Ce n'est pas si étrange que cela, observa Beatrix. De nombreux animaux changent de couleur. Les seiches, par exemple, ou certaines variétés de grenouilles. Et, bien sûr, les caméléons…

— Excusez-moi, dit Leo entre ses dents serrées.

Il quitta la cuisine à grandes enjambées sous l'œil perplexe de Winnifred et de Beatrix.

— J'allais énoncer des faits très intéressants concernant les caméléons, dit cette dernière.

— Beatrix, ma chérie, murmura Winnifred, il vaudrait peut-être mieux que tu ailles chercher Cam.

Assise à sa coiffeuse, Catherine contemplait son reflet dans le miroir. Plusieurs objets étaient alignés devant elle : un linge plié, un peigne, une cuvette et son broc, et un bocal rempli d'une boue noirâtre qui ressemblait à du cirage. Elle avait enduit une seule mèche de cheveux de cette matière et attendait que la teinture prenne pour vérifier la couleur. Après le désastre de la dernière fois, quand ses cheveux avaient tourné au vert, elle ne voulait prendre aucun risque.

Le bal des Hathaway avait lieu dans deux jours, et Catherine n'avait d'autre choix que de ternir son apparence le plus possible. On attendait des invités de tous les comtés environnants ainsi que de Londres. Comme toujours, Catherine craignait d'être reconnue. Toutefois, tant qu'elle se déguisait en souris grise et restait à l'écart, personne ne la remarquait. Les chaperons étaient le plus souvent des vieilles filles ou des veuves désargentées – des femmes dont l'unique tâche était de veiller sur les jeunes filles à marier. Catherine n'était guère plus âgée que lesdites jeunes filles, mais elle avait l'impression d'en être séparée par des décennies.

Elle savait que son passé la rattraperait un jour ou l'autre. Et ce jour-là, elle pourrait dire adieu à son poste chez les Hathaway. La seule période de réel bonheur qu'elle ait jamais connue prendrait fin. Elle les pleurerait.

Tous.

La porte s'ouvrit à la volée, la tirant de ses ruminations. Elle pivota sur son tabouret et découvrit Leo dans une tenue remarquablement négligée. Il était en chaussettes, sale, en sueur et échevelé.

Elle se leva pour lui faire face – se rappelant trop tard qu'elle ne portait rien d'autre qu'une chemise froissée.

Il la parcourut d'un regard dur, ne négligeant aucun détail. Catherine s'empourpra de colère.

— Que faites-vous ? Êtes-vous devenu fou ? Sortez de ma chambre immédiatement !

13

Leo claqua la porte, rejoignit Catherine en deux enjambées et, d'un même élan, la ramena de force vers la bassine et le broc.

Elle lutta quand il lui maintint la tête au-dessus de la bassine et versa de l'eau sur la boucle qu'elle venait de teindre.

— Arrêtez! cria-t-elle. Qu'est-ce qui vous prend? Que faites-vous?

— J'enlève cette saleté de vos cheveux.

Il lui versa le reste de l'eau sur la tête. Avec un glapissement, Catherine se débattit et réussit à l'éclabousser à son tour, non sans asperger le sol au passage. Ils luttèrent tant et si bien qu'elle se retrouva étendue sur le tapis trempé. Elle avait perdu ses lunettes dans la bataille et ne distinguait rien d'autre que le visage de Leo au-dessus d'elle, ses yeux bleus plantés dans les siens. Sans effort, il lui cloua les poignets au sol tout en l'écrasant de son poids.

Catherine se tordit désespérément. Elle voulait qu'il la libère, et en même temps qu'il reste ainsi sur elle à jamais.

Des larmes lui montèrent aux yeux.

— Je vous en prie, balbutia-t-elle. Je vous en prie, ne me tenez pas les poignets.

Quand il perçut la note de frayeur dans sa voix, le visage de Leo changea. Il la lâcha aussitôt et, passant la main sous ses cheveux dégoulinants, pressa son visage contre son torse.

— Non, murmura-t-il, n'ayez pas peur de moi. Jamais je ne...

Il lui embrassa les tempes, les joues, la gorge. Des vagues de chaleur la parcoururent, laissant dans leur sillage des sensations inédites. Elle laissa les bras mollement étendus sur le sol, mais ses genoux se serrèrent instinctivement contre lui pour le retenir.

— Qu'est-ce que cela peut vous faire ? demanda-t-elle, contre sa chemise. Que vous importe la couleur de mes... mes cheveux ?

Sous l'étoffe, elle sentait ses muscles durs. Elle mourait d'envie de l'écarter pour frotter sa bouche et ses joues contre sa peau lisse.

— Parce que ce n'est pas vous, répondit-il, farouche. Ce n'est pas bien. De quoi vous cachez-vous ?

Elle secoua la tête, les yeux pleins de larmes.

— Je ne peux pas vous expliquer. C'est beaucoup trop... je ne peux pas. Si vous saviez, je serais obligée de partir. Et je veux rester avec vous encore un peu.

Un sanglot lui échappa.

— Pas vous seul... Je voulais dire avec votre famille.

— Vous resterez. Mais racontez-moi, que je puisse vous protéger.

Elle ravala un autre sanglot. Quelque chose de chaud lui chatouilla la tempe. Des larmes... Elle leva la main pour les essuyer, mais il prévint son geste en les aspirant entre ses lèvres. Elle posa alors une main tremblante sur les cheveux de Leo. Elle n'avait pas eu l'intention de l'encourager, mais il se méprit sur son geste et s'empara de sa bouche avec avidité. Elle gémit, submergée par un désir irrépressible.

Le souffle rauque, il se souleva pour glisser la main sur l'étoffe humide qui couvrait son ventre. Catherine aurait pu tout aussi bien être nue. Les pointes dressées de ses seins étaient nettement visibles sous la mousseline transparente. Leo les embrassa tour à tour avant de tirer avec impatience sur le ruban qui fermait sa chemise. Il en écarta les pans, dévoilant sa poitrine ronde et ferme.

— Catherine...

La caresse de son souffle sur sa peau humide la fit frissonner.

— Je pourrais mourir de désir pour vous... Vous êtes si adorable... si douce... sapristi...

Il happa la pointe durcie de son sein dans sa bouche, le titilla de la langue, le tira doucement. En même temps, il posa les doigts sur sa chair intime, en suivit la fente délicate, la caressant jusqu'à ce qu'elle s'ouvre, tout humide. Du pouce, il effleura une zone où se concentraient des sensations indescriptibles. Spontanément, Catherine cambra les hanches pour mieux s'offrir à ses tendres taquineries. Tout son être frémissait de plaisir, se tendait vers une promesse extraordinaire qui rôdait juste hors de sa portée.

Il intensifia sa caresse, commença de glisser un doigt en elle. De surprise, elle tressaillit, et referma d'instinct la main sur la sienne pour suspendre sa progression.

— Mon innocente chérie... détends-toi et laisse-moi te toucher, laisse-moi...

Elle retint son souffle, consciente de la palpitation involontaire de son corps autour de cette délicate intrusion.

— Je veux être en toi, murmura-t-il d'une voix rauque en pénétrant plus profondément dans l'enfonçure moite. Là... plus loin encore...

Un son étouffé roula dans la gorge de Catherine quand cette subtile caresse intime la contraignit à relever les genoux. Une onde brûlante déferlait dans ses reins, elle désirait des choses qu'elle était incapable de nommer. Attirant vers elle la tête de Leo, elle l'embrassa avec frénésie, avide de sentir la pression voluptueuse de sa bouche, la pénétration sensuelle de sa langue…

Une série de coups brefs frappés à la porte perça la brume de sensations érotiques. Avec un juron, Leo interrompit sa caresse. Catherine protesta d'un gémissement, le cœur battant une chamade insensée.

— Qui est là ? cria Leo d'un ton brusque.

— Rohan.

— Si tu ouvres cette porte, je te tue !

Apparemment, la vigueur de cette menace impressionna Cam, car un moment s'écoula avant qu'il reprenne :

— Je veux te dire un mot.

— Maintenant ?

— Maintenant.

Leo ferma les yeux, prit une profonde inspiration, puis expira lentement.

— Dans la bibliothèque.

— Dans cinq minutes ? insista Cam, impitoyable.

Leo fixa la porte fermée avec une expression fureur incrédule.

— Va-t'en, Rohan !

Alors que le bruit des pas de Cam s'éloignait, Leo baissa les yeux sur Catherine. Toujours parcourue de tremblements irrépressibles, elle continuait de se tordre sous lui. Lui murmurant des paroles apaisantes, il l'enlaça et lui caressa le dos et les hanches. Peu à peu, le désir impérieux s'estompa et elle reposa entre les bras de Leo, sa joue pressée contre la sienne.

Il finit par se relever et, la soulevant sans difficulté, il l'emporta vers le lit et l'y assit au bord. Elle ramena la courtepointe autour d'elle tandis qu'il allait ramasser ses lunettes.

Les pauvres étaient de plus en plus mal en point. Catherine en redressa tant bien que mal les branches, puis essuya les verres avec un coin de la courtepointe avant de les replacer sur son nez.

— Qu'allez-vous dire à M. Rohan ? risqua-t-elle.

— Je ne le sais pas encore. Mais durant les deux jours à venir, vous et moi allons garder nos distances. Notre relation semble être devenue un peu trop inflammable pour que nous soyons capables de la maîtriser. Ensuite, après ce fichu bal, il faudra que nous ayons une conversation. Sans détours et sans mensonges.

— Pourquoi ? demanda-t-elle, les lèvres sèches.

— Nous avons des décisions à prendre.

Quel genre de décisions ? Envisageait-il de la renvoyer ? Ou songeait-il à quelque arrangement plus ou moins inconvenant ?

— Je... je devrais peut-être quitter le Hampshire, articula-t-elle.

Une lueur dangereuse s'alluma dans les yeux de Leo. S'inclinant vers elle il lui chuchota à l'oreille :

— Où que vous alliez, je vous retrouverai.

Ce qui constituait aussi bien une promesse qu'une menace.

Il se dirigea vers la porte, s'immobilisa un instant.

— À propos, quand j'ai fait ces dessins de vous, je ne vous ai absolument pas rendu justice.

Après s'être lavé et changé, Leo gagna la bibliothèque. Cam l'y attendait, l'air guère plus heureux que lui. Toutefois, on sentait en lui ce calme, cette tolérance qui lui étaient habituels, et qui contribuèrent à émousser les ardeurs combatives de Leo. Il n'y avait pas d'autre homme au monde à qui il faisait davantage confiance.

Quand ils s'étaient rencontrés pour la première fois, Leo n'aurait certes pas choisi Cam Rohan pour Amelia. Cam était bohémien – une origine rédhibitoire aux yeux de la bonne société anglaise. Mais le caractère de cet homme, sa patience, son humour et son honnêteté foncière n'avaient pas tardé à convaincre Leo de le considérer comme un frère.

Cam l'avait vu au plus bas, et s'était toujours montré un appui solide quand Leo refusait d'affronter une existence vide d'innocence et d'espoir. Et progressivement au cours des mois, ce dernier avait recouvré un peu de l'une et de l'autre.

Debout près de la fenêtre, Cam le gratifia d'un regard pénétrant.

Sans mot dire, Leo alla se servir un verre de cognac. Il constata non sans surprise que sa main tremblait.

— On est venu me chercher, commença Cam, et j'ai trouvé tes sœurs inquiètes, et les servantes affolées parce que tu avais décidé de t'enfermer dans sa chambre avec Mlle Marks. Tu n'as pas le droit d'abuser d'une femme à ton service. Tu le sais.

— Avant que tu ne m'infliges une leçon de morale, je te rappelle que tu as séduit Amelia avant de l'épouser. Mais peut-être que débaucher une innocente est acceptable dès lors qu'elle ne travaille pas pour toi.

Une étincelle agacée s'alluma brièvement dans les prunelles noisette de Cam.

— Quand j'ai fait cela, je savais que je l'épouserais. Peux-tu en dire autant ?

— Je n'ai pas couché avec Marks. Pas encore. Mais au train où vont les choses, ajouta Leo en se renfrognant, je la mettrai dans mon lit avant la fin de la semaine. Je n'arrive pas à me retenir, semble-t-il.

Il leva les yeux vers le ciel.

— Seigneur, châtiez-moi, je vous en prie !

Le Tout-Puissant ne daignant pas répondre, il avala une gorgée de cognac. Elle descendit dans son gosier comme une traînée de feu.

— Tu penses que la choisir serait une erreur, reprit Cam.

— Oui, c'est ce que je pense, acquiesça Leo avant de boire une autre gorgée d'alcool.

— Quelquefois, il faut faire des erreurs pour éviter d'en commettre de pires.

Cam esquissa un sourire comme Leo lui adressait un regard torve.

— Tu croyais pouvoir éviter cela pour toujours, *phral* ?

— Exactement. Et je me suis débrouillé plutôt bien jusqu'à présent.

— Tu es un homme dans la fleur de l'âge. Il est tout à fait naturel que tu aies une compagne. De plus, tu dois assurer la transmission du titre. Et d'après ce que j'ai compris de l'aristocratie, ta principale responsabilité est de te reproduire le plus possible.

— Bon sang, nous y revoilà ? S'il y a bien une chose que je n'ai pas envie de faire, c'est de mettre au monde des marmots ! déclara Leo en reposant son verre vide.

— Que reproches-tu aux enfants ? s'enquit Cam, amusé.

— Ça colle, ça vous coupe la parole et ça crie quand on les contrarie. Si je veux ce genre de compagnie, j'ai des amis.

Cam s'assit dans un fauteuil, étendit devant lui ses longues jambes, et regarda Leo avec un détachement trompeur.

— Tu vas devoir faire quelque chose au sujet de Mlle Marks. Ça ne peut continuer ainsi. Même pour les Hathaway, c'est…

— Indécent, suggéra Leo.

Il se mit à arpenter la pièce de long en large, puis se planta devant la cheminée éteinte et s'appuya des deux mains sur le manteau, la tête baissée.

— Rohan, tu as vu comment j'étais après Laura.

— Oui.

Un silence, puis :

— Les bohémiens diraient que tu la pleurais trop. Tu retenais l'âme de ta bien-aimée prisonnière dans l'entre-deux.

— Soit ça, soit j'étais devenu fou.

— L'amour est une forme de folie, non ?

Leo laissa échapper un rire sans joie.

— Dans mon cas, c'est indéniable.

Tous les deux demeurèrent silencieux. Puis Cam murmura :

— Est-ce que Laura est toujours avec toi, *phral* ?

— Non, répondit Leo, les yeux fixés sur l'âtre. J'ai accepté le fait qu'elle était partie. Je ne rêve plus d'elle. Mais je me rappelle ce que c'était d'essayer de vivre alors que j'étais mort à l'intérieur. Et aujourd'hui ce serait encore pire. Je ne peux pas en repasser par là

— Tu sembles croire que tu as le choix. Mais c'est le contraire. L'amour te choisit. L'ombre se déplace comme le lui commande le soleil.

— Que j'aime les dictons romani ! Et tu en connais tant.

Cam se leva pour aller se verser un cognac.

— J'espère que tu n'envisages pas de la prendre pour maîtresse, dit-il d'un ton neutre. Tu as beau être son beau-frère, Rutledge te mettrait en pièces.

— Non, ce n'est pas dans mes intentions. En faire ma maîtresse susciterait plus de problèmes que ça n'en résoudrait.

— Si tu es incapable de la laisser tranquille, que tu ne peux pas la prendre comme maîtresse et que tu ne veux pas l'épouser, la seule alternative est de l'envoyer au loin.

— C'est la solution la plus raisonnable, acquiesça Leo d'un air sombre. Et celle qui me plaît le moins.

— Mlle Marks a-t-elle indiqué ce qu'elle voulait ?

Leo secoua la tête.

— Elle est terrifiée à cette idée. Il se peut – Dieu lui vienne en aide ! – que ce soit *moi* qu'elle veuille.

14

Une activité de ruche régna dans la maison durant les deux jours suivants. On fit livrer des quantités de nourriture et de fleurs, on remisa des meubles à l'étage, on enleva des portes de leurs gonds, on roula les tapis et on cira les parquets.

Au grand mécontentement de Leo, de nombreux aristocrates encombrés de filles à marier s'étaient empressés d'accepter leur invitation. En tant qu'hôte et maître des lieux, il lui revenait de danser avec autant de femmes que possible.

— C'est le plus sale tour que tu m'aies jamais joué, déclara-t-il à Amelia.

— Allons donc ! Je suis certaine d'avoir fait pire.

Leo passa mentalement en revue la longue liste des vexations subies.

— Tu as raison. Mais peu importe. Que les choses soient claires : je ne tolère ceci que pour te faire plaisir.

— Oui, je sais. Et j'espère bien que tu me feras encore plus plaisir en te trouvant une épouse. Et en donnant le jour à un héritier avant que Vanessa Darvin et sa mère prennent possession de notre maison.

Les yeux étrécis, Leo observa sa sœur.

— On pourrait presque en déduire que la maison compte plus pour toi que mon bonheur futur.

— Pas du tout. Ton bonheur futur compte au moins autant que la maison.

— Merci, dit-il, pince-sans-rire.

— Mais je pense aussi que tu seras beaucoup plus heureux quand tu tomberas amoureux et que tu te marieras.

— Si jamais je tombais amoureux de quelqu'un, rétorqua-t-il, je ne gâcherais certainement pas tout en l'épousant.

Les invités commencèrent à arriver tôt dans la soirée. Les femmes parées de soie ou de taffetas, gantées de blanc, brillaient de l'éclat de leurs bijoux. Les messieurs, au contraire, étaient sobrement vêtus de noir et de blanc. Toutefois, la nouvelle coupe des vêtements masculins, moins contraignante, leur rendait une agréable liberté de mouvement.

La musique résonnait dans les pièces abondamment fleuries. Des tables drapées de satin doré croulaient sous les pyramides de fruits, les plats de fromages, de viandes rôties, de poissons fumés et les corbeilles de pains variés. Des valets de pied circulaient d'une pièce à l'autre, apportant cigares, liqueurs, vins et champagne.

Les invités se pressaient dans le salon de réception au centre duquel évoluaient les couples qui dansaient. Leo fut forcé d'admettre que les jolies jeunes femmes étaient en nombre inhabituel. Elles paraissaient agréables, fraîches et bien élevées. Elles se ressemblaient toutes. Mais il mit un point d'honneur à danser avec le plus grand nombre possible, prenant soin d'inviter également celles qui faisaient tapisserie, et parvenant même à convaincre deux douairières de valser avec lui.

Ce faisant, il ne cessait d'essayer de chercher Catherine Marks du regard.

Elle portait la même robe lavande qu'au mariage de Poppy, et ses cheveux étaient relevés en un modeste chignon. Elle se tenait un peu à l'écart, veillant discrètement sur Beatrix.

Leo avait vu Catherine agir ainsi d'innombrables fois. Elle passait la soirée parmi les chaperons et les douairières alors que des filles à peine plus jeunes qu'elle flirtaient, riaient et dansaient. Il était absurde qu'elle se dissimule ainsi. Elle était l'égale de toutes les femmes présentes, que diable !

Elle dut finir par sentir son regard sur elle, car elle se retourna. Ce fut comme si aucun des deux ne pouvait plus détacher les yeux de l'autre.

Hélas, une douairière réclama l'attention de Catherine, et celle-ci reporta son attention sur l'ennuyeuse créature !

Amelia choisit cet instant pour s'approcher de Leo, qu'elle tira par la manche.

— Nous avons un problème, annonça-t-elle d'une voix tendue. Un problème sérieux.

Leo baissa les yeux sur elle, inquiet. Elle arborait un sourire forcé destiné à donner le change aux éventuels témoins.

— Je commençais à désespérer qu'il se passe quelque chose d'intéressant ce soir, dit-il. Qu'y a-t-il ?

— Mlle Darvin et la comtesse Ramsay sont ici.

— Ici ? répéta-t-il, interdit. En ce moment ?

— Cam, Winnifred et Merripen sont en train de s'entretenir avec elles dans le hall.

— Qui diable les a invitées ?

— Personne. Elles ont persuadé des connaissances communes – les Ulster – de les amener comme invitées. Et nous ne pouvons pas les renvoyer.

— Pourquoi ? Nous ne voulons pas d'elles.

— Même s'il n'est pas correct de leur part d'être venues sans invitation, il serait encore plus incorrect de la nôtre de les éconduire. Nous devons faire preuve de politesse.

— Bien trop souvent, la politesse se trouve à l'opposé exact de ce que j'ai envie de faire !

— Ce sentiment m'est familier, figure-toi.

Ils échangèrent un sourire sinistre.

— Que veulent-elles, à ton avis ? reprit Amelia.

— Nous allons le savoir immédiatement, répliqua Leo, qui lui offrit son bras et l'escorta hors de la salle.

Sous les regards curieux, ils rejoignirent les autres Hathaway, qui s'entretenaient avec deux femmes en somptueuses toilettes de bal.

La plus âgée, sans aucun doute la comtesse Ramsay, était d'apparence anodine, un peu ronde, ni belle ni laide. La plus jeune, Vanessa Darvin, était une beauté. Grande, vêtue d'une robe bleuvert bordée de plumes de paon qui soulignait sa silhouette élégante et son décolleté avantageux, elle était très brune, avec des yeux de braise frangés d'épais cils noirs. Ses boucles luxuriantes étaient relevées en un chignon élaboré.

Tout, chez Vanessa Darvin, proclamait sa confiance absolue en ses charmes. Ce que Leo n'avait jamais reproché à une femme, mais qu'il trouvait un peu rebutant chez celle-ci. Sans doute parce qu'elle le regardait comme si elle s'attendait qu'il tombe à ses pieds, la langue pendante tel un bouledogue asthmatique.

Les présentations furent faites, et Leo s'inclina avec une politesse irréprochable.

— Bienvenue à Ramsay House, milady. Et mademoiselle Darvin. Quelle agréable surprise.

La comtesse lui adressa un sourire radieux.

— J'espère que notre arrivée inattendue ne vous dérange pas, milord. Quand lord et lady Ulster nous ont appris que vous donniez un bal – le premier à Ramsay House depuis sa restauration –, nous n'avons pas douté que vous seriez heureux d'accueillir vos plus proches parentes.

— Nos parentes ? répéta Amelia, interdite.

La parenté entre les Hathaway et les Darvin était si éloignée qu'elle en méritait à peine le nom.

— Nous sommes cousins, non ? poursuivit la comtesse Ramsay sans cesser de sourire. Et quand mon pauvre mari nous a quittés – paix à son âme –, la certitude qu'avec vous, le domaine serait entre de bonnes mains nous a été une grande consolation. Encore que...

Elle jeta un coup d'œil en direction de Cam et de Merripen.

— ... nous ne nous attendions pas que vous accueilliez au sein de votre famille autant d'éléments pittoresques.

En entendant cette allusion peu subtile aux origines bohémiennes de Cam et de Merripen, Amelia ne dissimula pas son irritation.

— Écoutez...

— Comme il est plaisant d'avoir enfin la possibilité de se parler sans que des avoués interfèrent, coupa Leo pour prévenir une explosion.

— Je ne puis qu'être d'accord, milord, répondit la comtesse Ramsay. Ils ont rendu la situation de Ramsay House tellement complexe ! Mais nous ne sommes que des femmes, et beaucoup de ce qu'ils racontent nous passe au-dessus de la tête. N'est-ce pas, Vanessa ?

— Oui, maman.

Avec un sourire comblé, la comtesse Ramsay embrassa le groupe du regard.

— Ce qui compte le plus, ce sont les liens d'affection familiale.

— Cela signifie-t-il que vous avez décidé de ne pas nous reprendre la maison ? demanda Amelia sans ambages.

Tandis que Cam posait une main apaisante sur la taille de sa femme, la comtesse Ramsay, prise de court, la dévisagea en ouvrant de grands yeux.

— Seigneur tout-puissant, je suis tout à fait incapable de comprendre les subtilités de la loi ! Ma pauvre petite cervelle s'y refuse dès que j'essaie.

— Quoi qu'il en soit, intervint Vanessa Darvin d'une voix suave, nous avons compris que nous n'aurons aucun droit sur Ramsay House si lord Ramsay se marie et engendre un fils dans l'année.

Elle détailla ouvertement Leo de la tête aux pieds.

— Et il semble être bien armé pour réussir.

Leo haussa un sourcil, amusé par sa discrète accentuation du mot « armé ».

Cam intervint avant qu'Amelia profère une réponse cinglante.

— Milady, avez-vous besoin d'un logement durant votre séjour dans le Hampshire ?

— Nous vous remercions de votre sollicitude, répondit Vanessa Darvin, mais nous sommes reçues chez lord et lady Ulster.

— Un rafraîchissement serait toutefois le bienvenu, enchaîna sa mère avec entrain. Je pense qu'un verre de champagne me ferait grand bien.

— Mais bien sûr, fit Leo. Puis-je vous accompagner au buffet ?

— Ce serait fort aimable de votre part, répondit la comtesse, enchantée. Je vous remercie, milord.

Elle se suspendit au bras qu'il lui présentait, sa fille se plaça de l'autre côté, et tous trois s'éloignèrent.

— Quelles personnes horribles ! murmura Amelia. Elles sont probablement venues inspecter la maison. Et elles vont monopoliser Leo toute la soirée, et l'empêcher de parler et de danser avec les jeunes filles à marier.

— Mlle Darvin est une jeune fille à marier, observa Winnifred, l'air ennuyé.

— Bonté divine, Winnifred ! s'exclama Amelia. Crois-tu que ce soit la raison de leur venue ? Que

Mlle Darvin envisage de jeter son dévolu sur Leo ?

— Il y aurait des avantages des deux côtés s'ils se mariaient. Mlle Darvin deviendrait lady Ramsay et gagnerait la totalité du domaine. Et nous pourrions tous continuer à vivre ici, que Leo ait un enfant ou pas.

— La pensée d'avoir Mlle Darvin pour belle-sœur m'est intolérable.

— Il ne faut pas la juger d'emblée, avança Winnifred. Peut-être est-elle gentille à l'intérieur.

— J'en doute, répliqua Amelia. Les femmes comme elle n'ont pas besoin d'être gentilles à l'intérieur. De quoi parlez-vous ? ajouta-t-elle à l'adresse de son mari qui discutait en romani avec Merripen.

— Il y a des plumes de paon sur sa robe, répondit Cam, du même ton qu'il aurait dit : « Il y a des araignées venimeuses sur sa robe. »

— Elles font beaucoup d'effet, convint Amelia. Tu n'aimes pas les plumes de paon ?

— Pour les bohémiens, expliqua Merripen, une seule plume de paon constitue un mauvais présage.

— Et elle en porte des dizaines ! conclut Cam.

Leo accompagna Vanessa Darvin dans le salon de réception tandis que la comtesse Ramsay s'attardait près du buffet en compagnie de lord et de lady Ulster. Après quelques minutes de conversation, Leo comprit que la jeune personne possédait une intelligence satisfaisante et une inclination poussée pour le flirt. Leo avait connu et mis dans son lit des femmes telles que Vanessa. Elle ne lui inspirait que peu d'intérêt. Toutefois, il était peut-être avantageux pour la famille Hathaway de faire plus ample connaissance avec Mlle Darvin et sa mère, ne serait-ce que pour connaître leurs projets.

Tout en bavardant d'un ton léger, Vanessa lui confia à quel point ç'avait été ennuyeux d'observer une année de deuil après le décès de son père, et combien elle avait attendu avec impatience d'assister à la saison londonienne de l'année suivante.

— Quel délicieux domaine ! s'exclama-t-elle. Je me souviens d'y être venue une fois lorsque le titre appartenait à mon père. C'était un tas de ruine et les jardins étaient en friche. À présent, c'est un joyau.

— Il faut en remercier MM. Rohan et Merripen, précisa Leo. Ils ont travaillé d'arrache-pied pour en arriver là.

Vanessa eut l'air perplexe.

— Eh bien, on ne le devinerait jamais. Ces gens-là ne sont habituellement pas si travailleurs.

— Les bohémiens sont très travailleurs, en réalité. Mais ils ont un mode de vie nomade, ce qui limite leur intérêt pour l'agriculture.

— Mais vos beaux-frères ne sont pas nomades, apparemment.

— Ils ont tous deux trouvé une bonne raison de rester dans le Hampshire.

Vanessa haussa les épaules.

— Ils donnent l'apparence d'être des gentlemen ; on ne peut pas leur en demander plus, je suppose.

— À vrai dire, ils ont des liens avec l'aristocratie, répliqua Leo, irrité par son ton dédaigneux. Ils ne sont qu'à demi bohémiens. Merripen héritera un jour d'un comté irlandais.

— J'en ai vaguement entendu parler. Mais bon… la noblesse irlandaise, dit-elle avec une petite moue de dégoût.

— Vous considérez les Irlandais comme inférieurs ? demanda Leo d'un ton détaché.

— Pas vous ?

— Si. J'ai toujours trouvé tellement grossiers les gens qui refusent d'être anglais.

Soit Vanessa choisit d'ignorer ce commentaire, soit il lui passa au-dessus de la tête.

— C'est magnifique ! s'exclama-t-elle en découvrant le salon de réception avec sa rangée de portes-fenêtres, ses hauts murs crème et son plafond orné de corniches Je pense que je me plairai ici.

— Comme vous l'avez fait remarquer tout à l'heure, vous n'aurez peut-être pas cette chance, souligna Leo. Il me reste un an pour me marier et procréer.

— Vous avez une réputation de célibataire endurci, ce qui n'augure rien de bon pour la première condition. Quant à la seconde, poursuivit-elle, une lueur provocante dans son regard noir, je suis certaine que vous êtes à la hauteur.

— Je me garderais bien de me vanter, répondit Leo platement.

— Vous n'en avez nul besoin, milord. D'autres s'en chargent souvent pour vous. Oserez-vous le nier ?

Une question que l'on n'attendait guère d'une demoiselle de qualité lors d'une première rencontre. Leo était sans doute censé être impressionné par son audace. Cependant, il avait participé à trop de conversations de ce genre dans les salons londoniens pour trouver encore fascinante une telle remarque.

À Londres, la sincérité choquait davantage que l'audace.

— Je ne me vanterais pas d'être un amant accompli, répondit-il. Simplement compétent. Et les femmes, en général, ne connaissent pas la différence.

— Qu'est-ce qui fait un amant accompli, milord ? s'enquit Vanessa avec un gloussement.

Leo la regarda sans sourire.

— L'amour, bien sûr. Sans lui, toute l'affaire se résume à un enchaînement de gestes techniques.

Elle sembla un instant déconcertée, puis le masque flirteur réapparut bien vite.

— Oh, là, là ! l'amour est fugitif. Je suis peut-être jeune, mais je ne suis pas naïve.

— J'avais cru le deviner. Voudriez-vous danser, mademoiselle Darvin ?

— Cela dépend, milord.

— De quoi ?

— Êtes-vous un danseur compétent ou accompli ?

— Touché ! répliqua Leo, qui sourit malgré lui.

15

Quand Amelia lui apprit l'arrivée inopinée de la comtesse Ramsay et de sa fille, Catherine fut remplie de curiosité.

Une curiosité qui ne tarda pas à se transformer en tristesse lorsque, au côté de Beatrix, elle regarda Leo valser avec Mlle Darvin.

Ils formaient un couple exceptionnel – le charme ténébreux de Leo remarquablement assorti à la beauté éclatante de sa partenaire. Il était excellent danseur, quelquefois un peu plus athlétique que gracieux, et les jupes de Mlle Darvin tournoyaient de la manière la plus charmante, s'enroulant à l'occasion autour des jambes de son partenaire.

Ses yeux d'un brun ardent fixés sur Leo, elle lui murmura quelque chose qui le fit sourire. Il semblait sous le charme. Complètement sous le charme.

Catherine déglutit, une sensation douloureuse au creux du ventre. Beatrix lui effleura le dos de la main, comme pour la réconforter. On eût dit que les rôles s'étaient inversés, qu'au lieu d'être la compagne plus âgée et avisée, elle était celle qui avait besoin d'être rassurée et guidée.

Elle s'efforça d'afficher une expression la plus neutre possible

— Mlle Darvin est très séduisante, commenta-t-elle.

— Je suppose, répliqua Beatrix, évasive.

— En fait, elle est ravissante, insista Catherine d'un ton sinistre.

L'air songeur, Beatrix observa Leo et Mlle Darvin qui exécutaient une rotation parfaite.

— Je ne la qualifierais pas de « ravissante »…

— Je ne lui vois aucun défaut.

— Moi, si. Elle a les coudes pointus.

Plissant les yeux derrière ses lunettes, Catherine découvrit que Beatrix ne se trompait pas : ils étaient légèrement pointus

— C'est vrai, acquiesça-t-elle, un tout petit peu rassérénée. Et son cou ne semble-il pas un peu trop long ?

— Une vraie girafe, renchérit Beatrix.

Catherine scruta le visage de Leo. Avait-il remarqué la longueur anormale du cou de Mlle Darvin ? Manifestement pas.

— Elle semble plaire à votre frère, marmonna-t-elle.

— Je suis sûre qu'il se montre simplement poli.

— Il n'est jamais poli.

— Il l'est quand il désire quelque chose.

Une remarque qui ne fit qu'accroître la morosité de Catherine. Parce que la question de savoir ce que Leo pouvait désirer de cette beauté brune n'appelait pas de réponse agréable.

Un jeune homme se présenta pour inviter Beatrix à danser, et Catherine donna sa permission. Avec un soupir, elle s'adossa au mur et laissa ses pensées vagabonder.

Le bal était indéniablement un succès. Tous les invités paraissaient s'amuser, la musique était exquise, la nourriture délicieuse, la soirée ni trop chaude ni trop fraîche.

Et Catherine était malheureuse comme les pierres.

Pas question cependant de le laisser voir. Plaquant une expression avenante sur son visage, elle se tourna vers les deux dames âgées qui se tenaient à côté d'elle. Celles-ci discutaient avec animation des mérites comparés du point de chaînette et du point de tige pour souligner le contour d'un motif. Catherine croisa ses mains gantées et s'efforça d'écouter avec attention.

— Mademoiselle Marks...

La voix était masculine. Et familière. Elle pivota vivement.

Leo se tenait devant elle, à couper le souffle dans son habit de soirée noir et blanc, une étincelle malicieuse dans ses yeux bleus.

— Me feriez-vous l'honneur? demanda-t-il en indiquant d'un geste les couples qui valsaient.

Il l'invitait à danser. Comme il le lui avait un jour promis.

Catherine pâlit, consciente des regards fixés sur eux. Que l'hôte de la soirée s'entretienne brièvement avec la demoiselle de compagnie de sa sœur, c'était une chose. Mais c'en était une tout autre que de danser avec elle. Il le savait et s'en moquait comme d'une guigne.

— Allez-vous-en, chuchota-t-elle avec force, le cœur tambourinant dans la poitrine.

— Impossible, répondit-il en esquissant un sourire. Tout le monde nous regarde. Allez-vous me rembarrer publiquement?

Elle ne pouvait le mettre ainsi dans l'embarras. C'était manquer à l'étiquette que de refuser l'invitation à danser d'un homme s'il était possible d'en déduire qu'elle s'y refusait pour des raisons personnelles. Mais être au centre de l'attention... susciter les bavardages... cela allait à l'encontre de toutes les règles de prudence qu'elle s'imposait.

— Pourquoi faites-vous cela? chuchota-t-elle de nouveau, désespérée et furieuse.

Et pourtant, au milieu du tumulte qui l'agitait, il y avait une pointe de ravissement.

Le sourire de Leo s'élargit.

— Parce que je le veux. Et vous aussi.

Quelle arrogance impardonnable ! Sauf qu'il avait raison. Cela faisait d'elle une parfaite idiote. Si elle acceptait, elle méritait ce qui arriverait ensuite, de quelque nature que ce fût.

— Oui.

Se mordant la lèvre, elle prit son bras et se laissa escorter vers le centre de la pièce.

— Vous pourriez sourire, suggéra Leo. On dirait un prisonnier que l'on mène à la potence.

— Je ressens cela plus comme une décapitation.

— Il ne s'agit que d'une danse, Marks.

— Vous devriez valser de nouveau avec Mlle Darvin.

Et elle réprima un tressaillement en entendant la note maussade dans sa voix.

Leo rit doucement.

— Une fois m'a suffi. Je n'ai pas envie de répéter l'expérience.

Catherine tenta, sans succès, de juguler le frisson de plaisir qui la parcourut.

— Vous ne vous êtes pas entendus ? hasarda-t-elle.

— Oh, que si ! Dès lors que nous ne nous éloignions pas du sujet le plus intéressant.

— Le domaine ?

— Non. Sa personne.

— Je suis certaine qu'avec la maturité, Mlle Darvin sera moins centrée sur elle-même.

— Possible. Mais ça n'a aucune importance pour moi.

Leo l'enlaça, posant la main droite sous sa clavicule et, de la main gauche, prenant fermement la sienne. Même à travers l'épaisseur de leurs gants, ce contact l'électrisa. Elle éprouva l'impression inexplicable d'être là où elle devait être. La soirée qui, quelques instants auparavant, s'annonçait abominable, apparaissait soudain si merveilleuse qu'elle en fut tout étourdie.

La valse commença.

Cavalier émérite, Leo n'autorisa pas à Catherine un seul faux pas. Par instants, ils semblaient presque se balancer sur place avant de repartir pour une enivrante série de tours. La musique trahissait un désir déchirant. Le regard rivé à celui de Leo, Catherine n'osait parler de peur de rompre le charme. Et pour la première fois de sa vie, elle se sentait parfaitement heureuse.

La danse dura trois minutes, peut-être quatre. Catherine s'efforça d'en graver chaque seconde dans sa mémoire afin que, plus tard, elle puisse fermer les yeux et se la rappeler à volonté. Quand la valse se termina, elle se surprit à retenir son souffle, souhaitant qu'elle continue juste un peu plus longtemps.

Leo s'inclina et lui offrit son bras.

— Je vous remercie, milord. C'était très agréable.

— Voudriez-vous danser de nouveau ?

— Je crains que non. Ce serait scandaleux. Je ne suis pas une invitée, après tout.

— Vous faites partie de la famille, argua Leo.

— C'est très gentil de votre part, mais vous savez que ce n'est pas vrai. Je suis une compagne rémunérée, ce qui signifie…

Elle s'interrompit en prenant conscience que quelqu'un, un homme, la regardait fixement. Elle jeta un coup d'œil dans sa direction, et reconnut le visage qui hantait ses cauchemars.

Un flot de pure panique déferla en elle à la vue de cet homme, figure du passé, qu'elle avait réussi à éviter si longtemps. Seul le bras de Leo, auquel elle s'accrocha, l'empêcha de se plier en deux comme si on l'avait frappée à l'estomac. Elle essaya de respirer, mais ne réussit à émettre qu'un sifflement.

— Marks ?

Leo s'arrêta et la fit pivoter, scrutant son visage livide avec inquiétude.

— Qu'y a-t-il ?

— Un peu de vapeurs, réussit-elle à articuler. Ce doit être la fatigue de la danse.

— Laissez-moi vous conduire jusqu'à une chaise…

— Non !

L'homme ne la quittait pas des yeux, et elle vit à son expression qu'il l'avait reconnue. Elle devait s'éloigner au plus vite. Elle déglutit avec peine, tâchant de ravaler les larmes qui lui obstruaient la gorge.

Ce qui aurait dû être la soirée la plus heureuse de sa vie était devenu abruptement la pire.

« C'est fini », songea-t-elle avec amertume. Sa vie avec les Hathaway était terminée. Elle voulait mourir.

— Que puis-je faire ? s'enquit Leo avec calme.

— S'il vous plaît, pourriez-vous aller voir Beatrix… Lui dire…

Elle ne put achever. Secouant la tête, elle se dirigea vers la porte d'un pas précipité.

Leo était préoccupé. Pas une seconde il n'avait cru à cette histoire de fatigue – surtout venant d'une femme qui avait transporté des tas de pierres pour qu'il puisse sortir d'un trou ! Ce qui tracassait Catherine – quoi que ce fût – n'avait rien à voir avec des vapeurs. Les yeux plissés, Leo balaya le salon du regard. Parmi la foule qui bavardait, il remarqua un homme immobile.

Guy, lord Latimer, observait Catherine Marks avec intensité. À peine eut-elle quitté la pièce qu'il fila à son tour vers la sortie.

Leo fronça les sourcils, se disant avec irritation que la prochaine fois que sa famille projetterait un bal ou une soirée, il passerait personnellement en revue la liste des invités. S'il avait su que Latimer figurait sur celle-ci, il aurait biffé son nom à l'encre la plus noire.

Latimer, qui avait environ quarante ans, avait atteint cette étape de la vie à laquelle un homme ne peut plus être traité de « gredin » – terme qui implique une certaine immaturité propre à la jeunesse –, mais plutôt de « roué ».

En tant que futur héritier d'un comté, Latimer n'avait pas grand-chose à faire sinon attendre la mort de son père. Dans l'intervalle, il se consacrait à la poursuite du vice et de la perversion. Il comptait sur les autres pour nettoyer derrière lui, et ne se souciait que de lui-même. Dans sa poitrine, l'endroit où aurait dû se trouver un cœur était aussi vide qu'une calebasse. Il était vil, rusé et calculateur, et n'utilisait ces traits de caractère que pour satisfaire ses besoins illimités.

Et Leo, au plus profond de son désespoir après la mort de Laura Dillard, avait fait de son mieux pour l'imiter.

Se souvenant des escapades auxquelles il avait participé avec Latimer et sa bande d'aristocrates débauchés, il se sentit littéralement sali. Depuis son retour de France, il avait scrupuleusement évité cet individu. Toutefois, la famille de Latimer se trouvait dans le comté voisin du Wiltshire, et il aurait été impossible de ne pas tomber sur lui un jour ou l'autre.

Repérant Beatrix, Leo la rejoignit en quelques enjambées.

— Plus de danses pour l'instant, lui murmura-t-il à l'oreille. Marks n'est pas disponible pour te surveiller.

— Pourquoi ?

— C'est ce que j'ai l'intention de découvrir.
Entre-temps, pas de bêtises.

— Que dois-je faire ?

— Je ne sais pas. Va jusqu'au buffet et mange
quelque chose.

— Je n'ai pas faim.

Beatrix soupira.

— Mais je suppose qu'on n'a pas besoin d'avoir
faim pour manger.

— Bonne fille, marmonna-t-il avant de s'éloigner
en hâte.

16

— Arrêtez! Arrêtez-vous tout de suite!

Catherine ignora l'ordre et, tête baissée, remonta à vive allure le couloir qui menait à l'escalier de service. Elle était submergée par la honte et la peur. Mais elle était aussi furieuse, et trouvait monstrueusement injuste que cet homme ne cesse de ruiner son existence, encore et encore. Elle savait que cela arriverait un jour ou l'autre, que même si Latimer et les Hathaway évoluaient dans des cercles différents, ils se rencontreraient inévitablement. Mais d'avoir, au moins un court moment, appartenu à la famille Hathaway valait la peine de courir le risque.

Latimer lui agrippa le bras avec brutalité. Catherine fit volte-face, tremblant de tout son corps.

Il avait vieilli, nota-t-elle non sans surprise. Et grossi. Son abdomen était proéminent, et ses cheveux roux se clairsemaient. Plus révélateur, son visage avait l'apparence à la fois bouffie et fripée de celui qui s'adonne aux excès.

— Je ne vous connais pas, monsieur. Vous m'importunez.

Latimer ne la lâcha pas. Sous son regard avide, elle se sentait souillée, au bord de la nausée.

— Je ne t'ai jamais oubliée. Je t'ai cherchée pendant des années. Tu t'es trouvé un autre protecteur, c'est ça ?

Il s'humecta les lèvres, et sa mâchoire s'agita comme s'il se préparait à la décrocher pour avaler Catherine tout entière.

— Je voulais être le premier. J'ai payé une sacrée fortune pour ça.

Catherine prit une inspiration tremblante.

— Lâchez-moi immédiatement ou je…

— Qu'est-ce que tu fais ici, dans cet accoutrement de vieille fille ?

Elle détourna les yeux, luttant contre les larmes.

— Je suis employée par la famille Hathaway. Par lord Ramsay.

— Ça, je le crois volontiers. Dis-moi quels services tu rends à Ramsay.

— Lâchez-moi, répéta-t-elle d'une voix basse et tendue.

— Pas pour tout l'or du monde.

Latimer attira son corps raide plus près, son souffle aviné lui balayant le visage.

— La revanche est l'acte d'un caractère mesquin et méprisable, ce qui est sans aucun doute la raison pour laquelle cela m'a toujours tellement plu.

— De quoi voulez-vous vous venger ? répliqua Catherine, dégoûtée. Vous n'avez rien perdu à cause de moi. À l'exception peut-être d'un minuscule fragment de fierté, ce que vous pouvez aisément vous offrir.

Latimer sourit.

— C'est là que tu te trompes. La fierté, c'est tout ce que j'ai. Et je suis assez sensible sur ce point, vraiment. Je ne serai satisfait que lorsqu'elle m'aura été rendue avec les intérêts. Huit années de fierté malmenée, cela fait une jolie somme, tu ne trouves pas ?

Catherine le fixa froidement. La dernière fois qu'elle l'avait vu, elle n'était qu'une fille de quinze ans sans ressources et sans personne pour la protéger. Mais Latimer ignorait totalement que Harry Rutledge était son frère. Et il ne lui était apparemment pas venu à l'esprit que d'autres hommes pouvaient oser s'interposer entre lui et ce qu'il souhaitait.

— Espèce de sale débauché ! Je suppose que la seule façon pour vous d'obtenir une femme, c'est de l'acheter. Sauf que je ne suis pas à vendre.

— Tu l'as été, à une époque, pas vrai ? Tu étais un morceau coûteux et on m'avait assuré que tu en valais la peine. De toute évidence, tu n'es plus vierge, puisque tu es au service de Ramsay, il n'empêche que j'aimerais un échantillon de ce pour quoi j'ai payé.

— Je ne vous dois rien ! Laissez-moi tranquille.

Sa surprise fut grande quand Latimer sourit, le visage radouci.

— Allons, tu me fais du tort. Je ne suis pas un si mauvais garçon. Je peux être généreux. Combien te paye Ramsay ? Je triple la somme. Ce ne serait pas une corvée de partager mon lit. Je connais un truc ou deux pour faire plaisir aux femmes.

— Je suis sûre que vous en connaissez un rayon lorsqu'il s'agit de *vous* faire plaisir, riposta-t-elle en luttant pour se libérer. Lâchez-moi !

— Cesse de te débattre ou je serai obligé de te faire mal.

Ils étaient si accaparés par leur dispute que ni l'un ni l'autre ne vit approcher une tierce personne.

— Latimer, fit Leo, d'une voix aussi tranchante que l'acier, si quelqu'un devait malmener mes employées, ce serait moi. Et je ne demanderais certainement pas votre aide.

À l'immense soulagement de Catherine, l'étreinte brutale se resserra. Elle recula avec tant de hâte qu'elle faillit trébucher. En une seconde Leo fut près d'elle et posa la main sur son épaule pour la retenir. La légèreté de sa pression, celle d'un homme respectueux, contrastait grandement avec celle de Latimer.

Une lueur meurtrière vacillait dans son regard – jamais elle ne lui avait vu une telle expression. Il n'avait plus rien de commun avec l'homme dans les bras duquel elle valsait quelques minutes plus tôt.

— Ça va ? s'enquit-il.

Catherine hocha la tête, en proie à une détresse sans nom. À quel point était-il proche de lord Latimer ? Seigneur, était-il possible qu'ils soient amis ? Le cas échéant… s'il en avait eu l'occasion, Leo aurait-il pu se conduire avec elle comme Latimer l'avait fait des années auparavant ?

— Laissez-nous, murmura Leo en lui lâchant l'épaule.

Jetant un coup d'œil à Latimer, Catherine frissonna de dégoût et s'enfuit en courant presque, alors même que sa vie volait en éclats.

Leo suivit Catherine des yeux, résistant à l'envie de la suivre. Il irait la voir plus tard et essaierait d'apaiser ou de réparer le dommage causé. Et ce dommage était considérable : il l'avait vu dans son regard.

Se tournant vers Latimer, il fut puissamment tenté de massacrer cette ordure sur place. Au lieu de quoi, il le dévisagea d'un air plus implacable encore.

— Je ne me doutais pas que vous étiez invité, sans quoi j'aurais conseillé à mes employées de se cacher. Franchement, Latimer, faut-il vraiment que vous vous imposiez à des femmes non consentantes avec toutes celles qui sont disponibles ?

— Depuis combien de temps l'avez-vous ?

— Si vous faites référence à la période d'emploi de Mlle Marks, elle est dans notre famille depuis près de trois ans.

— Ce n'est pas la peine de continuer à prétendre qu'elle est une domestique, rétorqua Latimer. Quelle habileté! Avoir installé votre maîtresse dans la demeure familiale... Je veux l'essayer. Juste pour une nuit.

Leo trouvait de plus en plus difficile de se contenir.

— Où diable avez-vous été chercher qu'elle était ma maîtresse?

— C'est cette fille, Ramsay, celle dont je vous ai parlé! Vous ne vous souvenez pas?

— Non.

— Nous étions certes bien imbibés, concéda Latimer, mais je croyais que vous m'écoutiez.

— Même sobre, Latimer, vous dites à peu près n'importe quoi. Pourquoi vous aurais-je prêté attention alors que vous étiez ivre? Et que voulez-vous dire par « C'est cette fille »?

— Je l'ai achetée à ma vieille amie, la mère maquerelle. Il y a eu un genre d'enchères, et c'est moi qui l'ai gagnée. C'était la chose la plus charmante que j'aie jamais vue: pas plus de quinze ans, des boucles blondes et des yeux remarquables. La patronne m'a assuré que la fille n'avait jamais été touchée, mais qu'on lui avait enseigné toutes les manières de satisfaire un homme. J'ai payé une fortune pour l'avoir à mon service pendant un an, avec une option pour prolonger cet arrangement si je le souhaitais.

— Très commode, dit Leo, les yeux étrécis. Je suppose que vous ne vous êtes jamais inquiété de demander à la fille si elle souhaitait cet arrangement?

— Inutile. Cet accord était tout bénéfice pour elle. Elle avait eu la chance d'être née belle fille et apprendrait à en tirer profit. Du reste, ce sont toutes des prostituées, non ? Ce n'est qu'une question de circonstances et de prix.

Latimer s'arrêta un instant et eut un sourire perplexe.

— Elle ne vous a rien dit de tout cela ?

Leo ignora la question.

— Que s'est-il passé ?

— Le jour où l'on a amené Catherine chez moi, avant que j'aie le temps de goûter à la marchandise, un homme a forcé ma porte et l'a littéralement enlevée. L'un de mes valets de pied a tenté de l'arrêter et a récolté une balle dans la jambe. Le temps que je comprenne ce qui se passait, l'homme avait déjà franchi le seuil avec Catherine. Je suppose qu'il avait perdu lors des enchères et décidé de prendre ce qu'il convoitait. Après cela, Catherine a disparu. Je la cherche depuis huit ans. Et voilà qu'elle resurgit en votre possession, continua-t-il avec un petit rire. Je ne prétendrai pas être surpris, en fait. Vous avez toujours été retors. Comment avez-vous réussi à l'acquérir ?

Leo demeura un moment silencieux, la poitrine oppressée par une angoisse taraudante. Quinze ans. Trahie par ceux qui auraient dû la protéger. Vendue à un homme sans morale ni pitié. La pensée de ce que Latimer aurait fait à Catherine le rendait malade. Ce dernier était si dépravé qu'il ne se serait pas contenté de simples violences physiques – il aurait détruit son âme.

Rien d'étonnant que Catherine soit incapable de faire confiance à qui que ce soit. C'était la seule réponse raisonnable à une situation impossible.

Fixant Latimer d'un regard froid, Leo se fit la réflexion que s'il avait été juste un petit peu moins civilisé, il aurait tué ce salaud sur-le-champ. Toutefois, il lui faudrait prendre des mesures pour le garder à l'écart de Catherine et assurer la sécurité de celle-ci.

— Elle n'appartient à personne, déclara-t-il avec circonspection.

— Bien. Je vais donc…

— Elle est cependant sous ma protection.

Latimer arqua un sourcil, l'air amusé.

— Que dois-je déduire de cela ?

Leo était mortellement sérieux.

— Qu'il est hors de question que vous l'approchiez. Qu'elle n'aura jamais plus à supporter le son de votre voix ou l'insulte de votre présence.

— Je crains de ne pas pouvoir vous contenter.

— Je crains que vous n'y soyez obligé.

Latimer partit d'un rire gras.

— Vous ne me menacez quand même pas ?

Leo eut un sourire froid.

— Même si j'ai toujours essayé d'ignorer vos divagations alcoolisées, Latimer, quelques faits me sont restés en mémoire. Certains aveux d'inconduite de votre part rendraient quelques personnes mécontentes. Je connais suffisamment de vos secrets pour vous expédier en prison. Et si ce n'est pas suffisant, je suis plus que prêt à envisager de vous défoncer le crâne avec un objet contondant. En fait, l'idée me plaît de plus en plus.

L'expression étonnée de Latimer poussa Leo à ajouter avec un sourire dépourvu d'humour :

— Je vois que vous vous rendez compte que je ne plaisante pas. Tant mieux. Cela nous évitera quelques désagréments.

Il fit une pause, histoire de souligner la suite de son propos.

— À présent, je vais donner des instructions à mes domestiques afin qu'ils vous escortent hors de chez moi. Vous n'y êtes pas le bienvenu.

Latimer devint livide.

— Vous regretterez d'avoir fait de moi un ennemi, Ramsay.

— Certainement pas autant que d'avoir fait un jour de vous un ami.

— Qu'est-il arrivé à Catherine ? demanda Amelia à Leo quand il revint dans le salon de réception. Pourquoi est-elle partie si brusquement ?

— Lord Latimer l'a importunée, se contenta-t-il de répondre.

Amelia secoua la tête, à la fois ébahie et scandalisée.

— Ce bouc répugnant ! Comment a-t-il osé ?

— C'est sa manière d'agir habituelle. Cet homme est imperméable à toute morale. Une meilleure question serait de savoir pourquoi diable nous l'avons invité.

— Nous ne l'avons pas invité, nous avons invité ses parents. De toute évidence, il est venu avec eux. Et c'est une de tes vieilles connaissances, ajouta-t-elle avec un regard accusateur.

— À partir de maintenant, considérons que toutes mes vieilles connaissances sont soit des débauchés, soit des criminels, et devraient être tenues éloignées du domaine et de la famille.

— Est-ce que lord Latimer a agressé Catherine ? demanda Amelia avec anxiété.

— Pas physiquement. Mais je veux que quelqu'un aille la voir. Elle doit être dans sa chambre. Peux-tu y aller ou envoyer Winnifred ?

— Oui, bien sûr.

— Ne lui pose pas de questions. Assure-toi simplement qu'elle va bien.

Une demi-heure plus tard, Winnifred vint informer Leo que Catherine avait refusé de dire quoi que ce soit, sinon qu'elle souhaitait qu'on la laisse seule.

C'était probablement le mieux, songea Leo. Quand bien même il aurait aimé aller la réconforter, il décida de la laisser dormir.

Ils s'expliqueraient le lendemain.

Leo se réveilla à 9 heures et se glissa jusqu'à la porte de Catherine. Elle était encore fermée et on n'entendait aucun bruit à l'intérieur. Il lui fallut prendre sur lui pour résister à l'envie d'entrer et de la réveiller. Mais elle avait besoin de se reposer… surtout dans la perspective de la discussion qu'il avait l'intention d'avoir avec elle.

Il eut l'impression, en descendant au rez-de-chaussée, que toute la maisonnée, domestiques compris, était plus ou moins frappée de somnambulisme. Le bal s'était prolongé jusqu'à 4 heures du matin, et même alors, certains des invités étaient partis à contrecœur. Assis dans la salle du petit déjeuner, Leo but une tasse de thé fort, bientôt rejoint par Amelia, Winnifred et Merripen. Cam, toujours lève-tard, n'était pas avec eux.

— Des nouvelles de Catherine ? s'enquit Amelia. Les langues sont allées bon train après le départ précipité de lord Latimer.

Leo s'était interrogé : devait-il discuter des secrets de Catherine avec le reste de la famille ou pas ? Il fallait au moins leur dire quelque chose. Et même s'il n'entrait pas dans les détails, il pressentait qu'il serait plus facile pour Catherine que quelqu'un d'autre s'en charge.

— Il se trouve, commença-t-il avec circonspection, que lorsque Catherine avait quinze ans, sa prétendue famille a conclu un arrangement avec Latimer.

— Quel genre d'arrangement ? demanda Amelia.

Elle écarquilla les yeux comme Leo lui adressait un regard éloquent.

— Mon Dieu…

— Heureusement, Rutledge est intervenu avant qu'elle soit forcée de…

Leo s'interrompit, surpris par la note de fureur qui vibrait dans sa voix. Il s'efforça de se contenir et poursuivit :

— Je n'ai pas besoin d'entrer dans les détails. Cependant, c'est manifestement une partie de son passé que Catherine n'aime pas évoquer. Elle se cache depuis huit ans. Latimer l'a reconnue, hier soir, et elle en a été bouleversée. Je suis sûr qu'elle se lèvera ce matin avec l'idée plus ou moins arrêtée de quitter le Hampshire.

Les traits de Merripen étaient sévères, mais la compassion se lisait dans ses yeux sombres.

— Il n'est pas nécessaire qu'elle aille où que ce soit. Elle est en sécurité avec nous.

Leo hocha la tête, et suivit le bord de sa tasse du pouce.

— Je le lui dirai clairement quand je m'entretiendrai avec elle.

— Leo, es-tu sûr d'être le plus qualifié pour te charger de cela ? hasarda Amelia. Étant donné votre propension à vous quereller…

Il lui jeta un regard dur.

— J'en suis certain.

— Amelia ? fit une voix hésitante depuis le seuil de la pièce.

C'était Beatrix, vêtue d'une robe de chambre bleue, ses boucles sombres flottant sur ses épaules.

— Bonjour, ma chérie, fit Amelia avec chaleur. Ce n'est pas la peine de te lever tôt si tu n'en as pas envie.

Beatrix expliqua d'une traite :

— Je voulais aller voir comment se portait le hibou blessé que j'héberge dans la grange. Et je cherchais aussi Dodger. Alors j'ai entrouvert la porte de Mlle Marks en pensant qu'il était peut-être chez elle – tu sais comme il aime dormir dans son coffret à pantoufles…

— Et il n'y était pas ?

Beatrix secoua la tête.

— Et Mlle Marks non plus. Son lit est fait et son sac de voyage a disparu. Et j'ai trouvé ceci sur la coiffeuse.

Elle tendit un morceau de papier plié à Amelia, qui l'ouvrit et parcourut les quelques lignes.

— Que dit-il ? demanda Leo, déjà debout.

Sa sœur le lui tendit sans un mot.

Je vous en prie, pardonnez-moi de partir sans dire au revoir. Je n'ai pas d'autre choix. Je ne sais comment vous exprimer la gratitude que je ressens à votre égard, et je ne vous remercierai jamais assez pour votre générosité et votre gentillesse. J'espère que vous ne jugerez pas présomptueux de ma part de dire que, même si vous n'êtes pas ma vraie famille, vous êtes ma famille de cœur.

Vous me manquerez tous.

À vous pour toujours,
Catherine Marks

— Seigneur Dieu ! gronda Leo en jetant le papier sur la table. Le goût du mélodrame dans cette maison est plus qu'un homme n'en peut supporter. Moi qui supposais que nous pourrions avoir une discussion raisonnable dans le confort de Ramsay House, mais non, il faut qu'elle s'enfuie au milieu de la nuit et laisse une lettre remplie de charabia sentimental.

— Ce n'est pas du charabia, protesta Amelia.

Leo l'ignora.

— Elle est partie pour Londres, marmonna-t-il.

À sa connaissance, Harry Rutledge était la seule personne vers qui Catherine pouvait se tourner – Poppy et lui avaient, bien entendu, été invités au bal, mais les affaires de l'hôtel les avaient retenus en ville.

Venus de nulle part, un flot de colère accompagné d'un sentiment d'urgence explosèrent en lui. Il essayait de ne pas le montrer, mais la découverte du départ de Catherine l'emplissait d'une fureur possessive comme jamais il n'en avait ressenti.

— La malle-poste quitte d'ordinaire Stony cross à 5 h 30, intervint Merripen. Ce qui signifie que tu as une chance de la rattraper avant qu'elle atteigne Guildford. J'irai avec toi si tu veux.

— Moi aussi, dit Winnifred.

— Nous devrions tous y aller, déclara Amelia.

— Non, décréta Leo d'un air sombre. J'y vais seul. Quand je rattraperai Marks, vous serez contents de ne pas être là.

— Leo, demanda Amelia d'un ton soupçonneux, qu'as-tu l'intention de lui faire ?

— Pourquoi t'acharnes-tu à poser des questions quand tu sais que tu n'aimeras pas les réponses ?

— Parce que, riposta-t-elle d'un ton acerbe, étant du genre optimiste, j'espère toujours me tromper.

17

Il n'y avait guère de choix dans les horaires, à présent qu'une grande partie du courrier voyageait par le train, et non plus par malle-poste. Catherine avait eu de la chance d'obtenir un siège dans la diligence à destination de Londres.

Elle ne se sentait cependant pas aussi chanceuse que cela.

En fait, elle était malheureuse, et frissonnante malgré la chaleur qui régnait dans la voiture. Celle-ci était bondée – dedans comme dehors –, et les bagages et paquets attachés sur le toit semblaient en équilibre précaire. Ils couvraient quatre lieues à l'heure, avait estimé l'un des passagers en admirant la force et l'endurance de l'équipage.

Catherine regardait d'un œil morne les pâtures, forêts et bourgs animés défiler par la fenêtre.

Il n'y avait qu'une seule autre femme dans la voiture ; une matrone grassouillette et bien habillée qui voyageait avec son mari. Elle somnolait dans le coin opposé à celui de Catherine en émettant de délicats ronflements. Chaque fois que le véhicule passait sur un nid-de-poule, les ornements de son chapeau – bouquets de cerises artificielles, plumet et petit oiseau empaillé – tressautaient et s'entre-choquaient !

À la mi-journée, la diligence s'arrêta dans un relais de poste pour changer de chevaux avant d'entamer la seconde moitié du voyage. Ravis de faire une pause, si courte soit-elle, les passagers se hâtèrent de descendre et de rejoindre la taverne.

Catherine préféra emporter son sac de voyage avec elle. Il contenait une chemise de nuit, des sous-vêtements, des bas, un assortiment de peignes, d'épingles, une brosse à cheveux, un châle et un roman volumineux orné d'une dédicace malicieuse de Beatrix : *Cette histoire est assurée de divertir Mlle Marks sans la cultiver le moins du monde ! Avec toute l'amitié de l'incorrigible B.H.*

L'auberge paraissait relativement confortable, mais certainement pas luxueuse – le genre d'endroit fréquenté par les ouvriers et les garçons d'écurie. Catherine jeta un regard las à un mur de bois couvert d'annonces diverses, puis observa les deux valets d'écurie chargés de remplacer les chevaux.

Elle faillit lâcher son sac en sentant un mouvement à l'intérieur de celui-ci. Non pas comme si un objet s'était déplacé, mais plutôt comme s'il y avait… quelque chose de vivant dedans.

Les battements de son cœur s'accélérèrent follement.

— Oh, non ! chuchota-t-elle.

Se tournant face au mur pour dissimuler le sac aux regards, elle souleva le fermoir et l'entrouvrit.

Une petite tête effilée jaillit, dotée de deux yeux brillants et d'une paire de moustaches frémissantes.

— Dodger !

Le furet se mit à babiller joyeusement.

— Oh, tu n'es qu'un vilain garçon !

Il avait dû se glisser dans le sac pendant qu'elle préparait ses bagages.

— Que vais-je faire de toi ? se demanda-t-elle, au désespoir.

Repoussant sa tête dans le sac, elle le caressa pour qu'il se tienne tranquille. Elle n'avait d'autre choix que de l'emporter à Londres, et de le remettre à la garde de Poppy jusqu'à ce qu'il puisse être rendu à Beatrix.

Dès que l'un des garçons d'écurie cria : « En voiture ! », Catherine remonta en hâte dans la diligence et posa le sac à ses pieds. L'entrouvrant de nouveau, elle jeta un coup d'œil à Dodger, blotti dans les plis de sa chemise de nuit.

— Tiens-toi tranquille, lui souffla-t-elle avec sévérité. Et ne cause pas de problème.

— Je vous demande pardon ? fit la grosse dame qui montait à son tour.

Le plumet sur son chapeau tremblait d'indignation.

— Oh, madame, ce n'est pas à vous que je m'adressais, répondit vivement Catherine. Je... je me sermonnais moi-même.

— Vraiment ?

La femme étrécit les yeux tout en prenant place sur la banquette opposée.

Catherine se tenait toute raide, s'attendant à entendre un froissement ou un bruit révélateur en provenance du sac. Par chance, Dodger resta tranquille.

La matrone ferma les yeux et abaissa le menton sur son ample poitrine. Deux minutes plus tard, elle dormait de nouveau.

Si elle avait la bonne idée de dormir le reste du trajet et si les messieurs se plongeaient dans la lecture de leurs journaux, elle parviendrait peut-être à transporter Dodger jusqu'à Londres sans encombre, songea Catherine.

Mais alors qu'elle commençait à oser y croire, la situation lui échappa brusquement.

Sans prévenir, Dodger sortit la tête, inspecta ce nouvel environnement très intéressant, puis se glissa hors du sac. Les lèvres de Catherine s'entrouvrirent sur un cri silencieux, et elle se figea, les mains tendues. Vif comme l'éclair, le furet escalada le siège capitonné jusqu'à atteindre la coiffure si tentante de la grosse dame. D'un coup de dents il s'empara d'un bouquet de cerises artificielles, dégringola triomphalement le long du siège et sauta sur les genoux de Catherine avec son butin. Il exécuta alors la danse de guerre du furet heureux, un enchaînement de sauts et de tortillements.

— Non! chuchota Catherine en lui arrachant les cerises et en essayant de le fourrer dans le sac.

Dodger protesta bruyamment.

La femme sursauta et battit des paupières.

— Qu'est-ce que…

Catherine se pétrifia, le sang lui vrombissant aux oreilles.

Dodger se glissa autour de son cou et se mit à pendre mollement, jouant le mort.

Comme une écharpe, songea Catherine en luttant pour réprimer un gloussement nerveux.

Le regard indigné de la grosse dame s'arrêta sur le bouquet de cerises posé sur ses genoux.

— Mais… mais elles viennent de mon chapeau, si je ne m'abuse. Auriez-vous essayé de me les voler pendant ma sieste?

Catherine retrouva aussitôt son sérieux.

— Oh non, c'est un accident! Je suis tellement…

— Vous avez abîmé mon plus beau chapeau! Il m'a coûté plus de deux livres! Redonnez-les-moi imm…

Mais elle s'interrompit avec un cri étranglé quand, sautant sur les genoux de Catherine, Dodger s'empara des cerises et disparut à l'intérieur du sac de voyage.

La femme poussa un hurlement et se rua maladroitement hors de la voiture.

Cinq minutes plus tard, Catherine et le sac étaient éjectés sans cérémonie de la diligence. Debout au milieu de la cour, assaillie par un mélange puissant d'odeurs – fumier, urine, parfums de viande rôtie et de pain chaud venant de la taverne –, elle regarda le cocher remonter sur son siège en ignorant ses protestations outrées.

— Mais j'ai payé pour aller jusqu'à Londres ! s'écria-t-elle.

— Vous avez payé pour un passager, pas deux. Deux passagers, ça fait la moitié du voyage.

Le regard incrédule de Catherine passa successivement du visage buté du cocher au sac qu'elle tenait à la main.

— *Ceci* n'est pas un passager !

— Nous avons un quart d'heure de retard à cause de vous et de votre rat, lança l'homme en faisant claquer son fouet.

— Ce n'est pas mon rat, c'est... Attendez, comment vais-je aller à Londres ?

L'un des garçons d'écurie répliqua, implacable, tandis que la voiture s'ébranlait :

— La prochaine passe demain matin, mam'zelle. Peut-être qu'ils vous laisseront voyager en haut avec votre bestiole.

Catherine le foudroya du regard.

— Je ne veux pas voyager en haut ! J'ai payé pour voyager à l'intérieur jusqu'à Londres, et je considère cela comme une forme d'escroquerie ! Que vais-je faire jusqu'à demain matin ?

Le jeune homme haussa les épaules.

— Pouvez toujours demander s'il reste une chambre... Encore qu'ils aiment sans doute pas trop les clients avec des rats.

Il regarda derrière elle comme une autre voiture entrait dans la cour.

— Faut vous écarter, mam'zelle, pour pas risquer de vous faire renverser.

Furieuse, Catherine se dirigea à grands pas vers l'auberge. Un coup d'œil dans le sac lui apprit que Dodger jouait avec les cerises. Son exaspération s'accrut. Ce n'était donc pas suffisant d'avoir dû quitter une vie qu'elle aimait ? D'avoir passé la nuit entière à pleurer presque sans discontinuer ? Fallait-il vraiment que le sort s'acharne ainsi sur elle ?

— Tu es vraiment la goutte d'eau qui fait déborder le vase ! fulmina-t-elle. Voilà des années que tu m'embêtes, que tu passes ton temps à me voler mes jarretières et…

— Je vous demande pardon, fit une voix polie.

Catherine releva abruptement la tête, les sourcils froncés. L'instant d'après, elle vacilla, saisie d'un vertige momentané.

Devant ses yeux stupéfaits se tenait Leo, lord Ramsay. L'air amusé, les mains dans les poches, il approchait d'un pas détendu.

— J'ai le sentiment que je ne devrais pas poser la question. Mais… pourquoi hurlez-vous après votre sac ?

Ses manières désinvoltes ne l'empêchèrent pas de la détailler de la tête aux pieds d'un œil perçant.

Catherine avait du mal à respirer, soudain. Il était si séduisant, si familier, si cher à son cœur qu'elle faillit se jeter à son cou. Elle ne comprenait pas la raison de sa présence ici. Si seulement il avait pu s'abstenir de venir !

Jugeant que, tant qu'elle n'aurait pas réservé de chambre, il valait mieux garder secrète la présence de Dodger, elle referma le sac en hâte.

— Pourquoi êtes-vous ici, milord ? demanda-t-elle d'une voix mal assurée.

— Quand je me suis réveillé ce matin, après quatre heures et demie de sommeil, je me suis dit que ce serait agréable de sauter en voiture, d'effectuer le pittoresque voyage jusqu'à Haslemere et de visiter…

Leo s'interrompit le temps de jeter un coup d'œil à l'enseigne au-dessus de la porte.

— … l'auberge de *L'Aigle Éployée*. Drôle de nom !

Ses lèvres se retroussèrent sur un sourire devant l'expression déconcertée de Catherine, mais son regard était chaleureux. Tendant la main, il la glissa sous son menton pour lui relever le visage malgré sa résistance.

— Vous avez les yeux gonflés.

— C'est la poussière de la route, prétendit-elle.

Elle déglutit avec difficulté. Elle aurait voulu pousser le menton plus durement contre sa main, tel un chat affamé de caresses. Des larmes lui picotèrent les yeux.

Il lui fallait impérativement se ressaisir. S'ils restaient une minute de plus dans cette cour, elle allait perdre le peu de sang-froid qu'il lui restait.

— Vous avez eu un problème avec la diligence ? s'enquit-il.

— Oui. Et comme la prochaine passe demain matin, je dois trouver une chambre.

— Vous pourriez revenir dans le Hampshire avec moi, déclara-t-il sans la quitter des yeux.

Cette suggestion était plus désespérante qu'il ne pouvait l'imaginer.

— Non, je ne peux pas. Je vais à Londres voir mon frère.

— Et ensuite ?

— Ensuite, il est probable que je voyagerai.

— Vous voyagerez ?

— Je… oui. Je visiterai le Continent. Et je m'installerai en France ou en Italie.

— Toute seule ? interrogea Leo sans se soucier de cacher son scepticisme.

— J'engagerai une demoiselle de compagnie.

— Vous ne pouvez pas engager une demoiselle de compagnie, vous en êtes une.

— Je viens de quitter mon poste, riposta-t-elle.

L'espace d'un instant, le regard de Leo prit une intensité alarmante. Prédatrice. Dangereuse.

— J'ai une autre proposition à vous faire.

— Non, je vous remercie, dit-elle, le dos parcouru d'un léger frisson.

— Vous ne savez pas encore de quoi il s'agit.

— Ce n'est pas nécessaire.

Étourdie, elle pivota sur ses talons et entra dans l'auberge.

L'aubergiste, un petit homme qui compensait son absence de cheveux par une épaisse barbe grise et d'énormes favoris, vint l'accueillir.

— Que puis-je pour vous ? s'enquit-il, regardant tour à tour Catherine et l'homme qui se tenait juste derrière elle.

Leo ne lui laissa pas le temps de placer un mot.

— J'aimerais une chambre pour ma femme et moi.

Sa *femme* ? Catherine tourna la tête pour lui adresser un regard outré.

— Je veux ma propre chambre. Et je ne suis pas…

— Elle ne veut pas vraiment une chambre pour elle seule, expliqua Leo à l'aubergiste avec un sourire navré qui en appelait à sa commisération. Vous savez ce que c'est… Une dispute conjugale. Elle est fâchée parce que je refuse que sa mère nous rende visite.

— Aaah… fit l'aubergiste en se penchant pour écrire dans son registre. Ne cédez pas, monsieur. Elles ne partent jamais, même si elles menacent de le faire. Quand ma belle-mère vient chez nous, les souris se jettent sur le chat en le suppliant de les dévorer. Votre nom ?

— M. et Mme Hathaway.

— Mais… commença Catherine, agacée.

Un remue-ménage dans son sac l'empêcha de poursuivre. Manifestement, Dodger en avait assez d'être enfermé.

— Très bien, dit-elle sèchement. Dépêchons-nous.

Leo sourit.

— Pressée de se réconcilier, ma chérie ?

Le regard qu'elle lui jeta aurait dû le pulvériser sur place.

Alors que Catherine trépignait d'impatience, il fallut encore une dizaine de minutes pour régler les détails, notamment trouver où loger le cocher et le valet de Leo. Puis ils attendirent qu'on monte ses bagages – deux volumineux sacs de voyage.

— Je pensais ne pas pouvoir vous rattraper avant Londres, expliqua Leo, qui eut la bonne grâce de paraître un peu confus.

— Pourquoi avez-vous réservé une seule chambre ? chuchota-t-elle avec véhémence.

— Parce que vous n'êtes pas en sécurité toute seule. Vous avez besoin de moi pour vous protéger.

Elle le foudroya du regard.

— C'est contre vous que je dois être protégée !

On les conduisit dans une chambre propre, mais chichement meublée. Il y avait là un lit en cuivre terni avec son couvre-lit en patchwork pâli par les lavages. Deux fauteuils, l'un capitonné, l'autre paillé, encadraient la minuscule cheminée. Dans un coin, une modeste table de toilette. Le sol était nu, de même que les murs peints à la chaux, à l'exception d'une épaisse feuille de papier enca-drée sur laquelle figurait, en lettres brodées, le proverbe : *Aucun homme ne peut mettre à l'attache le temps et la marée.*

Dieu merci, il n'y avait pas d'odeur incommo-dante dans la pièce ; simplement de légers effluves de viande rôtie provenant de la taverne à l'étage inférieur.

Dès que Leo eut refermé la porte, Catherine posa son sac par terre et l'ouvrit. Dodger sortit la tête, se tordit le cou pour inspecter les lieux, jaillit du sac et se faufila sous le lit.

— Vous avez emporté Dodger ? demanda Leo, l'air ébahi.

— Involontairement.

— Je vois. Est-ce la raison pour laquelle vous avez été obligée de descendre de la malle-poste ?

Il entreprit d'enlever son manteau, et Catherine, qui le regardait, sentit refluer son angoisse et sa colère. Une impression de calme, de chaleur, les remplaça. Tout était inconvenant dans cette situation, et pourtant, la bienséance semblait n'avoir plus aucune importance.

Elle lui raconta alors toute l'histoire, depuis le mouvement dans le sac jusqu'au vol des cerises sur le chapeau de la matrone. Quand elle en arriva au moment où Dodger avait affecté d'être une écharpe autour de son cou, Leo s'étranglait de rire. Il semblait s'amuser de si bon cœur, avec une gaieté si juvénile, que Catherine se moquait que ce fût à ses dépens ou non. Elle joignit même son rire au sien, en proie à des gloussements irrépressibles.

Mais ses gloussements se transformèrent vite en sanglots. Elle sentit les larmes lui monter aux yeux alors même qu'elle continuait de rire, et elle enfouit son visage entre ses mains pour tenter de se contenir. En vain. Elle devait avoir l'air d'une folle, à rire et à pleurer en même temps. Ce genre de manifestation émotionnelle débridée constituait son pire cauchemar.

— Je suis désolée, hoqueta-t-elle en secouant la tête. Partez, s'il vous plaît. Partez.

Mais Leo referma les bras autour d'elle. Il pressa son corps tremblant contre son torse et l'y maintint fermement. Elle sentit ses lèvres sur le lobe de son oreille. L'odeur de son savon à barbe lui chatouilla les narines – familier et réconfortant. Sans même s'en rendre compte elle ne cessait de répéter « je suis désolée », jusqu'à ce qu'il déclare d'une voix basse et infiniment tendre :

— Oui, vous pouvez l'être... mais pas de pleurer. Juste de m'avoir quitté sans un mot.

— J'ai... j'ai laissé une lettre, protesta-t-elle.

— Ce billet larmoyant ? Vous ne pensiez tout de même pas que cela suffirait à m'empêcher de vous suivre ? Calmez-vous, à présent. Je suis ici, vous êtes en sécurité, et je ne vous laisserai pas partir.

Elle s'aperçut qu'elle essayait de se blottir encore davantage dans ses bras, de s'enfoncer dans la chaleur de son étreinte.

Quand ses pleurs se transformèrent en hoquets, Leo fit glisser la veste de son costume de voyage sur ses épaules. Dans son épuisement, elle se surprit à retirer les bras des manches tel un enfant obéissant. Elle ne protesta même pas quand il ôta les peignes et les épingles qui retenaient ses cheveux. Après l'avoir débarrassée de ses lunettes, Leo alla chercher un mouchoir dans la poche de son manteau.

— Merci, souffla Catherine.

Elle se tamponna les yeux avant de se moucher. Puis demeura debout au milieu de la pièce, en proie à une indécision enfantine, le mouchoir roulé en boule entre ses doigts.

Leo s'assit dans le plus large des fauteuils et, lui prenant la main, l'attira à lui.

— Venez ici.

— Oh, je ne peux... commença-t-elle.

Sans prêter attention à ses protestations, il la fit asseoir sur ses genoux. Elle posa la tête sur son épaule et, peu à peu, son souffle saccadé épousa le rythme régulier de celui de Leo, qui lui caressait doucement les cheveux. À une époque, elle se serait recroquevillée au contact d'un homme, même inoffensif. Mais dans cette pièce où ils étaient isolés du reste du monde, ni l'un ni l'autre ne semblait être vraiment lui-même.

— Vous n'auriez pas dû me suivre, finit-elle par murmurer.

— La famille tout entière voulait venir. À croire que les Hathaway ne peuvent survivre sans votre influence civilisatrice. J'ai donc été chargé de vous ramener.

Catherine faillit fondre de nouveau en larmes.

— Je ne peux pas retourner là-bas.

— Pourquoi?

— Vous le savez déjà. Lord Latimer a dû vous parler de moi.

— Il m'en a dit un peu, admit-il en suivant du dos des phalanges la ligne de son cou. La mère maquerelle, c'était votre grand-mère, n'est-ce pas?

Il parlait d'une voix neutre, comme s'il était tout à fait courant d'avoir une grand-mère propriétaire d'une maison close.

Catherine hocha la tête.

— Je suis allée vivre avec ma grand-mère et ma tante Althea quand ma mère est tombée malade. D'abord, je n'ai pas compris en quoi consistait l'affaire familiale. Mais après quelque temps, je me suis rendu compte de ce que travailler pour ma grand-mère signifiait. Althea finit par atteindre un âge où elle n'était plus très populaire parmi les clients. J'avais quinze ans, et c'était censé être mon tour.

« Althea m'a assuré que j'avais de la chance parce qu'elle avait été obligée de commencer à douze ans. J'ai demandé si je pouvais devenir institutrice, couturière, ce genre de chose. Mais Althea et ma grand-mère m'ont dit que je ne gagnerais jamais assez pour rembourser ce qu'on avait dépensé pour moi. Travailler pour elles était la seule solution.

« Je me suis creusé la tête pour essayer de trouver un endroit où aller, comment gagner ma vie. Mais impossible de me placer sans recommandation. J'ai supplié ma grand-mère de me laisser rejoindre mon père. Je savais qu'il ne m'aurait pas laissée là s'il avait été au courant de leur projet. Mais elle m'a dit...

Catherine s'interrompit, les doigts crispés sur la chemise de Leo.

Il les détacha doucement et les entrelaça aux siens, jusqu'à ce que leurs mains soient aussi fermement attachées que le fermoir d'un bracelet.

— Qu'a-t-elle dit, mon ange ?

— Qu'il le connaissait déjà, qu'il l'approuvait et qu'il toucherait un pourcentage de l'argent que je gagnerais. Je ne voulais pas le croire. Mais... il devait bien être au courant, non ? souffla-t-elle après avoir laissé échapper un soupir tremblant.

Leo garda le silence. Du pouce, il lui massait doucement la main. La question ne nécessitait pas de réponse.

Catherine serra les mâchoires pour réprimer un frisson de chagrin, et reprit :

— Althea a invité des messieurs à me rencontrer, un à la fois, et m'a demandé de me montrer charmante. De tous, c'est lord Latimer qui a fait l'offre la plus élevée. C'était celui que j'aimais le moins, avoua-t-elle avec une grimace. Il ne cessait de me faire des clins d'œil et de me dire qu'il me réservait des surprises coquines.

Leo jura à mi-voix.

— Continuez, murmura-t-il comme elle hésitait.

— Althea m'a expliqué à quoi je devais m'attendre. Elle pensait que je me débrouillerais mieux, si je savais. Mais les actes qu'elle décrivait, les choses que j'étais censée...

— Vous a-t-on obligée à en mettre certaines en pratique ?

— Non. Mais ça avait l'air si affreux!

— Bien sûr, dit-il, avec une pointe de compassion amusée dans la voix. C'est normal pour une fille de quinze ans.

Relevant la tête, Catherine le scruta. Il était trop séduisant pour son propre bien... et pour le sien. Même sans ses lunettes, elle distinguait les points sombres de ses favoris rasés, les griffes plus claires que le rire avait marquées au coin de ses yeux et, plus que tout, le bleu changeant de ses prunelles.

Leo attendit patiemment, les bras refermés autour d'elle, comme s'il n'y avait rien au monde qu'il préférât davantage.

— Comment êtes-vous partie? finit-il par demander.

— Un matin, alors que tout le monde dormait, je suis allée fouiller dans le bureau de ma grand-mère. Je cherchais de l'argent. Je comptais m'enfuir, trouver un emploi et un logement convenable. Il n'y avait pas un seul shilling. Mais dans une case de son secrétaire, je suis tombée sur une lettre qui m'était adressée. Je ne l'avais jamais vue auparavant.

— De Rutledge, je suppose.

— Oui. D'un frère dont j'ignorais jusqu'à l'existence. Harry m'écrivait que si un jour j'avais besoin de quelque chose, je devais m'adresser à lui. Je lui ai immédiatement écrit pour lui faire part de ma situation, et j'ai demandé à William de lui porter la lettre.

— Qui est William?

— Un petit garçon qui travaillait là. Il transportait des choses aux étages, nettoyait les chaussures, effectuait des commissions... Je pense que c'était l'enfant de l'une des pensionnaires. Un très gentil garçon. Il est allé chez Harry. J'espère qu'Althea ne l'a jamais su et qu'il n'a pas eu d'ennuis.

« Le lendemain, poursuivit-elle, on m'a envoyée chez lord Latimer. Mais Harry est arrivé juste à temps.

Après un silence songeur, elle ajouta :

— Ce jour-là, il m'a fait presque aussi peur que lord Latimer. Il était très en colère, et j'ai cru que c'était contre moi. À présent, je pense que c'était à cause de la situation.

— La culpabilité prend souvent la forme de la colère.

— Mais je n'ai jamais reproché à Harry ce qui m'était arrivé. Il n'était pas responsable de moi.

Le visage de Leo se durcit.

— Apparemment, personne n'était responsable de vous.

Catherine haussa les épaules, mal à l'aise.

— Harry ne savait pas quoi faire de moi. Comme je ne pouvais pas rester avec lui, il m'a demandé où j'aimerais vivre. Je voulais être loin de Londres. Nous avons arrêté notre choix sur une école appelée *Blue Maid's* à Aberdeen, en Écosse.

— Certains nobles y envoient leurs filles les plus turbulentes.

— Comment le savez-vous ?

— Je connais une femme qui a fréquenté *Blue Maid's*. Un endroit strict, m'a-t-elle dit. Nourriture simple et discipline.

— J'ai adoré y vivre.

Il esquissa un sourire.

— Ça ne m'étonne pas.

— J'y ai passé six ans, dont deux à enseigner.

— Rutledge vous y a rendu visite ?

— Une seule fois. Mais il nous arrivait de correspondre. Je ne suis jamais rentrée pendant les vacances parce que l'hôtel n'était pas vraiment un foyer et que Harry ne tenait pas à me voir. Il n'était pas vraiment gentil avant de rencontrer Poppy, avoua-t-elle avec une grimace.

— Je ne suis pas convaincu qu'il le soit désormais. Mais tant qu'il traite bien ma sœur, je n'irai pas lui chercher querelle.

— Oh, mais Harry adore Poppy! affirma Catherine. Vraiment.

L'expression de Leo s'adoucit.

— D'où tenez-vous cette certitude?

— Cela se voit. La manière dont il se comporte avec elle, son regard et… Qu'est-ce qui vous fait sourire?

— Les femmes. Vous interprétez tout comme de l'amour. Vous voyez un homme avec un air idiot, et vous supposez qu'il a été frappé par la flèche de Cupidon alors qu'il digère un navet mal cuit.

— Vous vous moquez de moi? demanda-t-elle, indignée.

Riant, Leo resserra les bras autour d'elle pour l'empêcher de se lever.

— Ce n'était qu'une observation.

— Vous considérez les hommes comme supérieurs, je suppose.

— Pas du tout. Plus simples, c'est tout. Une femme est une collection de divers besoins, alors qu'un homme n'en a qu'un. Non, ne vous sauvez pas! Dites-moi pourquoi vous avez quitté *Blue Maid's*.

— La directrice me l'a demandé.

— Vraiment? Pourquoi? J'espère que vous avez fait quelque chose de répréhensible et de choquant.

— Non. Je me conduisais très bien.

— Quel dommage…

— Mais Mlle Marks m'a fait appeler dans son bureau, un après-midi, et…

— Mlle Marks? Vous avez pris son nom?

— Oui, je l'admirais énormément. Je voulais lui ressembler. Elle était sévère mais bonne, et rien ne semblait jamais lui faire perdre son sang-froid. Je me suis rendue dans son bureau, elle a servi le thé et nous avons parlé pendant un long moment. Elle a déclaré que j'avais fait un excellent travail et que je pourrais revenir enseigner à *Blue Maid's* dans quelque temps. Mais d'abord, je devais quitter Aberdeen et découvrir un peu le monde. Quand je lui ai dit que je n'avais aucune envie de quitter l'école, elle a répliqué que c'était exactement la raison pour laquelle il fallait que je parte. Elle avait reçu une lettre d'une amie qui travaillait dans une agence de placement, à Londres. Une famille dans une… «situation singulière», comme elle l'écrivait, cherchait une femme capable de servir de préceptrice et de demoiselle de compagnie à deux sœurs, dont l'une venait d'être renvoyée d'une institution de jeunes filles.

— Beatrix, je suppose.

— Oui. La directrice pensait que je pourrais convenir aux Hathaway. Je n'aurais jamais imaginé qu'eux me conviendraient aussi bien. J'ai été convoquée pour un entretien, et j'ai trouvé toute la famille un peu folle – mais de la plus adorable des manières. J'ai travaillé pour eux pendant près de trois ans, et j'ai été si heureuse, et maintenant…

Elle s'interrompit et son visage se crispa.

— Non, non, fit aussitôt Leo en lui prenant la tête entre ses mains. Ne recommencez pas.

Catherine fut si choquée de sentir ses lèvres effleurer ses joues et ses paupières fermées que ses larmes se tarirent immédiatement. Quand elle se risqua à le regarder de nouveau, il affichait un faible sourire. Tout en lui caressant les cheveux, il scrutait son visage avec une attention grave qu'elle ne lui avait jamais vue auparavant.

Elle fut effrayée quand elle prit la mesure de ce qu'elle venait de lui révéler d'elle-même. Il connaissait à présent tout ce qu'elle s'efforçait de garder secret depuis si longtemps.

— Pourquoi m'avez-vous suivie? demanda-t-elle non sans difficulté. Que voulez-vous de moi?

— Je suis surpris que vous ayez à le demander, murmura-t-il. Je veux vous faire une proposition, Catherine.

« Évidemment », songea-t-elle avec amertume.

— D'être votre maîtresse?

Il répondit avec un calme identique au sien, ce qui donna à ses paroles un tour doucement ironique.

— Non, ça ne marcherait jamais. D'abord, votre frère me ferait assassiner ou, à tout le moins, estropier. Ensuite, vous êtes bien trop ombrageuse pour jouer le rôle de maîtresse. Celui d'épouse vous conviendra beaucoup mieux.

— L'épouse de qui? demanda-t-elle en se rembrunissant.

Leo la regarda droit dans les yeux

— La mienne, bien sûr.

18

À la fois blessée et outrée, Catherine se débattit avec une telle violence qu'il fut obligé de la lâcher.

— J'en ai assez de vous et de vos plaisanteries de mauvais goût ! cria-t-elle en bondissant sur ses pieds. Vous n'êtes qu'un butor…

— Je ne plaisante pas, bon sang !

Leo se leva à son tour. Il tendit la main pour l'attraper, mais elle fit un bond en arrière, si bien que quand il l'agrippa, elle bascula sur le lit.

Leo se laissa tomber sur elle en contrôlant sa descente. Elle le sentit écraser ses jupes, son poids l'obligeant à écarter les jambes. Des picotements d'excitation lui parcoururent le corps, et plus elle se contorsionnait pour se libérer, pire c'était. Elle finit par s'immobiliser, ses mains seules s'ouvrant et se fermant sur le vide.

Leo baissa le regard sur elle. Une étincelle malicieuse dansait dans ses prunelles. Mais il y avait aussi autre chose… Une détermination qui la troubla profondément.

— Réfléchissez, Marks. M'épouser résoudrait nos problèmes respectifs. Vous auriez la protection de mon nom. Vous n'auriez pas à quitter la famille. Et ils ne pourraient plus me harceler pour que je me marie.

— Je suis une enfant il-lé-gi-time, dit-elle, sépa-rant chaque syllabe comme si elle s'adressait à un étranger. Vous êtes vicomte. Vous ne pouvez pas épouser une bâtarde.

— Et le roi Guillaume IV ? Il a eu dix petits bâtards avec cette actrice… Comment s'appelait-elle déjà ?…

— Mme Jordan.

— C'est ça. Leurs enfants étaient tous illégi-times, mais certains d'entre eux ont épousé des nobles.

— Vous n'êtes pas Guillaume IV.

— C'est vrai. Il n'y a pas plus de sang bleu dans mes veines que dans les vôtres. J'ai hérité de ce titre par pur hasard.

— Peu importe. Si vous vous mariiez avec moi, ce serait scandaleux, inconvenant, et certaines portes vous seraient fermées.

— Sapristi, j'ai laissé deux de mes sœurs épouser des bohémiens ! Ces portes-là sont déjà fermées, verrouillées et condamnées.

Catherine ne parvenait plus à penser claire-ment. Elle entendait à peine Leo tant le sang lui bourdonnait aux oreilles. La détermination et le désir la tiraillaient avec une force égale. Comme il abaissait sa bouche vers elle, elle détourna le visage et lança, désespérée :

— La seule façon pour vous d'être certain de garder Ramsay House, c'est d'épouser Mlle Darvin.

Il eut un ricanement moqueur.

— C'est aussi la seule façon pour moi d'être certain de commettre un sororicide.

— Un quoi ?

— Un sororicide. Le meurtre de sa propre femme.

— Non, vous voulez dire « uxoricide ».

— Vous êtes sûre ?

— Oui. *Uxor* est le mot latin pour « épouse ».

— Dans ce cas, que signifie « sororicide » ?

— Tuer sa sœur.

— Oh, de toute façon, si je devais épouser Mlle Darvin, je finirais par en arriver là aussi ! Le problème, ajouta-t-il avec un grand sourire, c'est que je ne pourrais jamais avoir ce genre de conversation avec elle.

Il avait probablement raison. Catherine avait vécu avec les Hathaway suffisamment longtemps pour adopter leur manière de badiner, qui les conduisait d'ordinaire à commencer une conversation sur le problème de la saleté croissante de la Tamise et, par d'innombrables détours verbaux, de la terminer sur un débat dans lequel se posait la question de savoir si, oui ou non, il fallait attribuer l'invention du sandwich au comte de Sandwich. Elle réprima un rire navré à la pensée que, même si elle avait eu une légère influence civilisatrice sur les Hathaway, leur influence sur elle avait été beaucoup plus grande.

Leo inclina la tête et embrassa le côté de son cou avec une lenteur délibérée qui la fit se tortiller. De toute évidence, le sujet de Mlle Darvin avait perdu tout intérêt pour lui.

— Cédez donc, Catherine. Dites que vous allez m'épouser.

— Et si je ne pouvais pas vous donner de fils ?

— Il n'y a jamais de garantie.

Il releva la tête pour lui adresser un sourire.

— Mais songez combien nous nous amuserions à essayer.

— Je ne veux pas être responsable de la perte de Ramsay House.

— Personne ne vous en tiendrait responsable, assura-t-il en reprenant son sérieux. C'est une maison. Ni plus ni moins. Aucune ne dure éternellement. Mais une famille se prolonge…

Sentant soudain son corsage devenir lâche, elle s'aperçut que Leo l'avait déboutonné pendant qu'ils parlaient. Elle esquissa un geste pour l'arrêter, mais il avait déjà réussi à l'ouvrir, révélant son corset et sa chemise.

— En conséquence, continua-t-il d'une voix enrouée, votre seule responsabilité sera de venir au lit avec moi aussi souvent que je le souhaiterai, et de participer à mes efforts pour procréer.

Comme Catherine détournait le visage avec un cri étouffé, il se pencha pour lui chuchoter à l'oreille :

— Je vais vous donner du plaisir. Vous emplir. Vous séduire de la tête aux pieds. Et vous allez adorer cela.

— Vous êtes le plus arrogant et le plus absurde… Oh non, s'il vous plaît, ne faites pas cela !

Il explorait son oreille de la pointe de la langue. Ignorant ses protestations, il l'embrassa dans le cou. Elle gémit à nouveau :

— Arrêtez…

Mais, s'emparant de sa bouche, il la taquina à son tour de la langue, et Catherine fut comme enivrée par le contact de Leo, son odeur. Elle noua les bras autour de son cou et rendit les armes avec une faible plainte.

Après s'être repu tout son soûl de sa bouche, Leo releva la tête, et planta son regard dans le sien.

— Voulez-vous entendre la meilleure partie de mon plan ? Afin de faire de vous une honnête femme, il me faudra d'abord vous débaucher.

Catherine fut consternée de s'entendre glousser comme une sotte.

— Vous vous y entendez sûrement.

— Je suis même doué, assura-t-il. L'astuce, c'est de trouver ce qui vous plaît le plus et, ensuite, de ne vous en donner qu'un tout petit peu. Je vous tourmenterai jusqu'à ce que vous criiez grâce.

— Voilà qui ne paraît guère plaisant.

— Détrompez-vous? Vous serez surprise lorsque vous vous surprendrez à me supplier de recommencer.

De nouveau, Catherine gloussa malgré elle.

Immobiles, troublés, ils se regardèrent avec intensité.

— J'ai peur, murmura-t-elle.

— Je le sais, mon cœur. Mais il vous faudra me faire confiance.

— Pourquoi?

— Parce que vous le pouvez.

Leurs regards demeurèrent verrouillés. Catherine était paralysée. Ce que Leo lui demandait était impossible. S'abandonner totalement à un homme, à quiconque, était absolument contraire à sa nature la plus profonde. Par conséquent, il aurait dû lui être facile de refuser.

Sauf qu'au moment où elle essaya de former le mot «non», aucun son ne sortit de sa bouche.

Leo commença à la déshabiller. Quand il tira sur sa robe, Catherine le laissa faire. Mieux, elle l'aida en dénouant les cordons de ses mains tremblantes, en relevant les hanches, en libérant ses bras des manches. Il défit les crochets de son corset avec l'adresse que confère une grande pratique. Il ne se pressait pas, cependant. C'est avec des gestes lents, délibérés, qu'il lui ôtait une à une ses épaisseurs protectrices.

Finalement, Catherine n'eut plus pour la couvrir que sa peau claire marquée par les stries légères des coutures de son corset. Leo les suivit jusqu'au nombril d'un doigt paresseux, tel un voyageur traçant la carte d'un territoire inconnu. Son expression était tendre, absorbée, tandis que sa main lui caressait le ventre… descendait… effleurait les boucles de sa toison.

— Blonde partout, chuchota-t-il.

— Est-ce que… est-ce que cela vous plaît ? demanda-t-elle, gênée, avant de tressaillir lorsque sa main remonta vers sa poitrine.

— Catherine, tout est si adorable en toi que je peux à peine respirer, répondit-il, un sourire perçant dans sa voix.

Ses doigts s'attardèrent sur la pointe de son sein jusqu'à ce qu'elle durcisse et prenne une teinte rose foncé. Il se pencha alors pour l'aspirer dans sa bouche.

Le cœur de Catherine bondit quand un bruit retentit à l'étage inférieur – comme un plat qu'on aurait laissé tomber suivi d'une exclamation sonore. Comment imaginer que des personnes continuaient à vaquer à leurs taches quotidiennes alors qu'elle était nue dans un lit avec Leo ?

D'une main glissée sous ses hanches, il la plaça exactement contre l'éminence rigide sous son pantalon. Elle gémit sous ses lèvres tandis qu'une flèche de plaisir la transperçait. Si seulement elle pouvait rester ainsi contre lui pour toujours ! Tout en approfondissant son baiser, il imprima à ses hanches un rythme régulier qui éveilla en elle d'irrésistibles sensations, toujours plus intenses, toujours plus exigeantes… jusqu'au moment où il s'écarta. Elle ne put retenir un petit cri de frustration, son corps palpitant réclamant son dû.

Leo s'assit pour se débarrasser de ses vêtements, révélant un corps puissant, à la fois élancé et musclé. L'estomac de Catherine se contracta nerveusement devant la preuve arrogante qu'il était prêt à s'unir à elle.

Il s'allongea près d'elle. Avec hésitation, elle fit glisser ses doigts sur son torse. Sur son épaule, elle trouva la petite cicatrice laissée par leur chute dans les ruines et pressa les lèvres dessus. Il laissa échapper un brusque halètement et, encouragée par sa réaction, elle frotta le nez et la bouche contre la peau lisse de sa poitrine. À chaque point de contact de leurs corps, elle sentait les muscles de Leo se durcir en réponse.

Se remémorant les instructions données par Althea, longtemps auparavant, Catherine posa la main sur son sexe érigé. Fine, soyeuse, mobile, la peau ne ressemblait à rien de ce qu'elle connaissait. Elle se pencha et, timidement, embrassa le côté de sa virilité, qui tressaillit sous sa caresse. Elle leva la tête, adressa un regard interrogateur à Leo.

Ce dernier éprouvait la plus grande difficulté à respirer. Un tremblement lui agitait la main quand il la passa sur les cheveux de Catherine.

— Tu es la femme la plus adorable, la plus douce…

Il sursauta quand elle l'embrassa de nouveau et, avec un rire incertain :

— Non, mon ange… C'est assez pour le moment, dit-il en l'attirant à son côté

Il se montra alors plus insistant, plus autoritaire, et, de manière étrange, Catherine se détendit complètement, abandonna toute initiative à celui qui avait été son si farouche adversaire. À peine lui écarta-t-il les cuisses, avant même qu'il ne la touche, elle se sentit devenir humide. Il taquina d'abord l'enfonçure sensible à travers les boucles protectrices, puis glissa un doigt en elle. Elle rejeta la tête en arrière, les yeux fermés, haletante.

Rassuré par sa réaction, Leo happa l'extrémité d'un sein dans sa bouche et le mordilla doucement, le lécha, le suçota tout en faisant aller et venir le doigt en elle. Ce fut comme si tout le corps de Catherine épousait ce rythme caressant, son pouls, ses muscles, ses pensées se heurtant, s'amalgamant jusqu'au moment où la sensation à son apogée déferla en une exquise vague de plaisir.

Quand celle-ci reflua, la laissant faible et tremblante, elle referma les bras autour de Leo pour l'attirer tout contre elle. Une brûlure soudaine la traversa comme il se pressait à l'orée de son intimité. Il s'enfonça davantage. Cette intrusion lente, inexorable, c'en était trop pour elle. Sa chair résistait. Il s'immobilisa alors et sema une pluie de doux baisers sur son visage.

L'intimité de cet instant, cette sensation de l'accueillir en elle, étaient stupéfiantes. Tout en murmurant son prénom, elle lui caressa le dos pour l'inviter à continuer. Il commença à se mouvoir avec précaution. C'était douloureux, et pourtant, cette possession lente avait quelque chose d'apaisant. Elle s'ouvrit à lui d'instinct, se préparant à l'accueillir au plus profond d'elle-même.

Elle adorait les sons qui lui échappaient, les grognements étouffés, les mots hachés, les halètements rauques. À chaque poussée, elle s'arquait naturellement pour faciliter sa progression dans le fourreau glissant et palpitant. Il fut parcouru d'un long tremblement, un grondement semblable à un cri de douleur jaillit de sa gorge.

— Catherine… Catherine…

Leo se retira brusquement d'elle et se répandit sur son ventre, la tenant étroitement enlacée, le visage enfoui au creux de son épaule.

Ils restèrent ainsi un long moment, le souffle court. Alanguie, les membres lourds, Catherine savourait une délicieuse impression de plénitude. En cet instant, il lui semblait impossible de s'inquiéter de quoi que ce soit.

— C'est vrai, finit-elle par dire d'une voix ensommeillée. Vous êtes doué, milord.

Leo s'allongea lourdement à son côté, comme si le geste lui demandait un effort considérable. Il lui embrassa l'épaule et, sur sa peau, elle devina l'esquisse d'un sourire.

— *Tu* es doué, *Leo*, corrigea-t-il dans un chuchotement. Et toi, tu es absolument délicieuse. C'était comme faire l'amour à un ange.

— Sans halo, murmura-t-elle.

Elle fut récompensée d'un rire étouffé. Touchant la tache humide sur son ventre, elle demanda :

— Pourquoi l'avoir fait ainsi ?

— En me retirant, tu veux dire ? Je ne voudrais pas te faire un enfant si tu n'es pas prête.

— Tu veux des enfants ? Je veux dire… indépendamment du problème de Ramsay House.

Leo réfléchit un instant.

— De manière abstraite, pas spécialement. Avec toi, cependant… ça ne me dérangerait pas.

— Pourquoi avec moi ?

Il se mit à jouer avec les longues mèches blondes.

— Je ne sais pas trop. Peut-être parce que je peux t'imaginer en mère.

— Ah bon ? s'étonna Catherine qui ne s'était personnellement jamais vue ainsi.

— Oh, oui. Le genre de mère raisonnable qui t'oblige à manger tes navets et te gronde parce que tu cours avec un objet pointu.

— C'est ainsi qu'était ta mère ?

— Oui. Et j'en remercie le ciel. Mon père était un érudit très brillant et pas loin d'être fou. Il fallait bien que quelqu'un ait les pieds sur terre.

Après s'être étiré, il se hissa sur le coude et étudia le visage de Catherine. Du plat du pouce, il dessina l'arc de son sourcil.

— Ne bouge pas, mon cœur. Je vais te chercher un linge.

Les genoux relevés, Catherine le suivit des yeux. Devant la table de toilette, il s'empara d'un linge, l'humidifia avec de l'eau qu'il tira d'une cruche et se nettoya avec des gestes efficaces. Il mouilla ensuite copieusement un autre linge et revint vers le lit. Pressentant qu'il avait l'intention de s'occuper d'elle, elle le lui prit des mains et murmura timidement :

— Je vais le faire moi-même.

Il en profita pour enfiler sous-vêtement et pantalon, puis, torse nu, s'approcha de nouveau du lit.

— Tes lunettes, murmura-t-il en les lui posant avec précaution sur le nez.

Il s'aperçut qu'elle réprimait un frisson et remonta le couvre-lit jusqu'à ses épaules avant de s'asseoir au bord du matelas.

— Marks, reprit-il, non sans une certaine gravité, ce qui vient de se passer… Dois-je le considérer comme un « oui » à ma proposition ?

Catherine hésita. Puis elle secoua la tête et lui adressa un regard prudent mais résolu, comme pour lui signifier que rien ne la ferait changer d'avis.

À travers le couvre-lit, il lui pressa doucement la hanche.

— Je promets que ce sera mieux pour toi, une fois que tu seras moins endolorie…

— Non, ce n'est pas ça. J'y ai pris du plaisir. Beaucoup de plaisir, précisa-t-elle en rougissant. Mais nous ne nous entendons pas en dehors de la chambre. Nous nous querellons si terriblement.

— Ce sera différent à l'avenir. Je serai gentil. Je te laisserai gagner, même quand j'aurai raison… Tu n'es pas convaincue, je vois, ajouta-t-il avec un sourire amusé. À quels sujets crains-tu que nous nous disputions ?

Catherine baissa les yeux sur le couvre-lit et suivit d'un doigt machinal le relief d'une couture.

— Il est bien vu dans l'aristocratie que le mari prenne des maîtresses et sa femme des amants. Je ne pourrai jamais accepter cela.

Comme il ouvrait la bouche pour argumenter, elle ajouta d'une seule traite :

— Et tu n'as jamais caché ton aversion pour le mariage. Que tu aies changé aussi vite d'avis... c'est impossible à croire.

— Je comprends, dit Leo qui lui prit la main et la serra avec force. Tu as raison : j'ai été opposé à l'idée de mariage depuis que j'ai perdu Laura. Et j'ai inventé toutes sortes d'excuses pour éviter de prendre de nouveau un tel risque. Mais je ne peux nier plus longtemps que tu en vaux largement la peine. Je ne t'aurais pas demandé ta main si j'avais eu le moindre doute sur ta capacité à combler tous mes désirs, et sur la mienne à combler les tiens.

Il glissa les doigts sous son menton et l'obligea à le regarder.

— Quant à la fidélité... cela ne me posera pas de problème. Le fardeau de mes péchés passés pèse suffisamment lourd sur ma conscience, ajouta-t-il avec un sourire ironique. Je doute qu'elle puisse en supporter davantage.

— Tu finirais par te lasser de moi, contra-t-elle, anxieuse.

— Manifestement, tu n'as pas la moindre idée de la diversité prodigieuse des moyens qu'un homme et une femme ont pour se divertir. Je ne me lasserai pas. Et toi non plus.

Il lui caressa la joue d'un doigt léger, son regard plongé dans le sien.

— Si j'allais dans le lit d'une autre femme, je trahirais deux personnes : mon épouse et moi-même. Je ne nous ferais pas ça.

Un silence, puis :

— Tu me crois ?

— Oui, souffla-t-elle. Je t'ai toujours considéré comme digne de confiance. Exaspérant mais fiable.

Une lueur d'amusement brilla dans les yeux de Leo.

— Dans ce cas, donne-moi ta réponse.

— Avant de prendre la moindre décision, je voudrais m'entretenir avec Harry.

— Bien sûr. Il a épousé ma sœur. À présent, c'est moi qui veux épouser la sienne. S'il présente une objection, je lui dirai que ce n'est que justice.

Tandis qu'elle le contemplait, assis près d'elle, une mèche brune retombant sur son front, Catherine avait du mal à croire que Leo Hathaway tentait de la convaincre de l'épouser. Si elle ne doutait pas de sa sincérité, elle savait aussi que certains rompaient parfois leur promesse alors même qu'ils n'en avaient pas l'intention.

Comme s'il lisait en elle, Leo l'entoura de ses bras et l'attira contre lui.

— Je pourrais te dire de ne pas avoir peur, mais ce n'est pas toujours possible, murmura-t-il. D'un autre côté... tu as déjà commencé à me faire confiance. Arrêter maintenant ne servirait à rien.

19

En apprenant que tous les cabinets privés de l'auberge avaient été réservés, Leo demanda que l'on monte un plateau dans leur chambre ainsi qu'un bain chaud.

Catherine s'assoupit en l'attendant. Elle ne releva une paupière que lorsque la porte s'ouvrit et qu'une certaine agitation se fit dans la chambre : chaises déplacées, cliquetis de plats et de couverts, choc d'un tub en zinc sur le plancher.

Une boule de fourrure chaude était lovée contre son épaule – Dodger s'était glissé sous le couvre-lit. Quand Catherine tourna la tête vers lui, il entrouvrit ses petits yeux brillants, bâilla et se roula davantage en boule.

Se souvenant qu'elle ne portait que la chemise de Leo, Catherine s'enfonça un peu plus sous le couvre-lit tout en observant les deux femmes de chambre qui préparaient le bain. Soupçonnaient-elles ce qui venait d'arriver entre Leo et elle ? Elle se prépara à affronter un regard complice ou accusateur, peut-être un ricanement de mépris. Mais les deux filles semblaient trop concentrées sur leurs tâches pour lui prêter attention. Après avoir versé deux seaux d'eau fumante dans la bassine, elles allèrent en chercher deux autres, puis posèrent des serviettes pliées sur un tabouret bas.

Les femmes de chambre auraient quitté la pièce tranquillement si Dodger, attiré par l'odeur de nourriture, n'avait émergé de sous le couvre-lit. Dressé de toute sa hauteur, il observa le plateau déposé sur la petite table, les moustaches frémissantes. « Oh, quelle bonne idée, je commençais justement à avoir faim ! » semblait-il dire.

Quand l'une des filles l'aperçut, son visage se crispa de terreur.

— Aaaaah ! s'étrangla-t-elle en tendant vers lui un doigt tremblant. C'est un rat ou une souris ou…

— Non, c'est un furet, expliqua Leo d'un ton apaisant. Une créature inoffensive et hautement civilisée – l'animal favori des monarques, en fait. La reine Elizabeth avait un furet apprivoisé et… Vraiment, il n'est pas nécessaire de recourir à la violence…

La femme de chambre avait en effet ramassé un tisonnier et le brandissait pour parer une attaque éventuelle.

— Dodger ! Viens ici, lui intima Catherine.

Dodger se faufila jusqu'à elle et, avant qu'elle ait pu le repousser, il lui lécha la joue – un baiser à la mode furet.

L'une des femmes de chambre parut frappée d'horreur, l'autre sur le point de vomir.

S'efforçant visiblement de conserver son sérieux, Leo leur donna à chacune une demi-couronne et les fit sortir en hâte. Quand la porte fut refermée et verrouillée, Catherine souleva l'affectueuse bestiole de sa poitrine et la foudroya du regard.

— Tu es la créature la plus insupportable de la terre, et pas du tout civilisée !

— Tiens, Dodger, dit Leo en posant sur le sol une soucoupe contenant du bœuf et des panais.

Le furet ne se le fit pas dire deux fois. Pendant qu'il dévorait son repas, Leo vint vers Catherine, prit son visage entre ses mains et déposa un baiser sur ses lèvres.

— D'abord le bain ou le dîner ?

À la grande consternation de la jeune femme, ce fut son estomac qui répondit d'un gargouillement sonore.

Leo eut un large sourire.

— Le dîner, apparemment.

Le repas consistait en boulettes de bœuf servies avec une purée de panais, le tout accompagné d'une bouteille d'épais vin rouge. Catherine mangea avec voracité, allant même jusqu'à essuyer son assiette avec une croûte de pain.

Leo se montra un compagnon divertissant. Il lui raconta des histoires amusantes, lui fit quelques confidences et veilla à remplir son verre de vin. À la lueur de l'unique bougie posée sur la table, son visage apparaissait d'une beauté presque austère.

Catherine se rendit compte qu'il s'agissait du premier repas qu'elle prenait seule avec lui. Il y a peu, elle aurait redouté cette perspective, sachant qu'elle aurait dû se tenir sur ses gardes à chaque seconde. Mais la conversation se déroulait avec fluidité, sans conflit. Extraordinaire ! Elle regretta presque qu'une des sœurs Hathaway ne se trouve pas dans les parages afin de partager avec elle cette découverte : « Votre frère et moi venons de dîner ensemble sans nous disputer ! »

Il avait commencé à pleuvoir. Au fur et à mesure que le ciel s'obscurcissait, l'intensité de la pluie s'accrut jusqu'à oblitérer les bruits divers qui montaient de la cour. Bien qu'ayant revêtu l'épaisse robe de chambre de Leo, Catherine frissonna.

— C'est l'heure du bain, décréta ce dernier en se levant.

Elle l'imita, inquiète à l'idée qu'il reste dans la pièce. Dans le doute, elle prit les devants.

— Je suppose que tu m'accorderas un peu d'intimité.

— Certainement pas. Tu pourrais avoir besoin d'aide.

— Je peux me laver seule. Et je préférerais qu'on ne me regarde pas.

— Mon intérêt est purement esthétique. Je t'imaginerai comme l'*Hendrickje Bathina* de Rembrandt, qui s'ébat avec innocence dans la rivière.

— Purement ? répéta-t-elle, dubitative.

— Oh, j'ai une âme très pure ! Ce ne sont que mes parties intimes qui m'ont valu des ennuis.

Catherine ne put s'empêcher de rire.

— Tu peux rester dans la chambre à condition de te retourner.

— À ta guise.

Tandis qu'il allait se poster devant la fenêtre, Catherine reporta le regard sur le tub. Jamais elle n'avait été aussi impatiente de prendre un bain. Après avoir attaché ses cheveux au sommet du crâne, elle se débarrassa de la robe de chambre et de la chemise, ôta ses lunettes et posa le tout sur le lit. Elle jeta alors un coup d'œil vers Leo, qui paraissait prendre un vif intérêt à l'activité de la cour. L'odeur de la pluie pénétrait par la fenêtre qu'il avait entrouverte.

— Ne regarde pas, lui recommanda-t-elle avec anxiété.

— Ne t'inquiète pas. Encore que tu devrais mettre ta pudeur de côté. Elle pourrait te gêner pour succomber à la tentation.

Catherine s'assit avec précaution dans le tub cabossé.

— Je dirais que j'ai succombé assez complètement aujourd'hui.

Elle soupira d'aise quand l'eau chaude apaisa divers picotements et élancements intimes.

— Et j'ai été enchanté de te prêter assistance.

— Tu ne m'as pas prêté assistance, répliqua-t-elle. C'est toi, la tentation.

Elle l'entendit s'esclaffer.

Comme promis, Leo garda ses distances tandis qu'elle se baignait. Lorsqu'elle se fut lavée et rincée, elle était si fatiguée que ses jambes tremblèrent lorsqu'elle se redressa.

Alors qu'elle essayait d'attraper une serviette sur le tabouret, Leo devança son geste, et l'enveloppa dans le grand linge comme dans un cocon. Il la tint un instant serrée contre lui.

— Laisse-moi dormir avec toi, cette nuit, murmura-t-il, la bouche tout contre ses cheveux.

Catherine s'écarta pour lui jeter un regard perplexe.

— Que ferais-tu si je refusais ? Tu demanderais une autre chambre ?

— Non. Je m'inquiéterais trop pour toi si j'étais dans une chambre différente. Je préférerais dormir par terre.

— Non, nous partagerons le lit.

Elle pressa la joue contre sa poitrine, totalement détendue entre ses bras. Dieu que c'était agréable ! songea-t-elle avec émerveillement. Elle se sentait tellement en sécurité avec lui.

— Pourquoi n'était-ce pas ainsi auparavant ? s'enquit-elle d'une voix rêveuse. Si tu avais été comme tu es à présent, je ne me serais pas disputée avec toi à tout propos.

— J'ai essayé de me montrer gentil avec toi à une ou deux reprises. Mais ça ne s'est pas bien passé.

— Vraiment ? Je ne m'en suis jamais aperçue. J'étais soupçonneuse, admit-elle en rougissant. Méfiante. Et toi... tu représentais tout ce dont j'avais peur.

En entendant cet aveu, Leo resserra son étreinte. Il abaissa sur elle un regard pensif, comme s'il commençait lentement à y voir plus clair. Jamais le bleu de ses yeux n'avait été aussi chaleureux, nota Catherine.

— Concluons un accord, Marks. À partir de maintenant, au lieu d'imaginer le pire l'un sur l'autre, nous allons essayer de supposer le meilleur. D'accord?

Catherine hocha la tête, bouleversée par sa douceur. Ces quelques phrases simples semblaient porteuses d'un changement plus grand que tout ce qui s'était passé auparavant.

Leo la relâcha avec précaution. Elle se mit au lit pendant qu'il se lavait maladroitement dans ce tub pas du tout conçu pour un homme de son gabarit. Allongée entre les draps frais, Catherine le contemplait, somnolente. Et en dépit de tous les problèmes qui l'attendaient, elle sombra dans un profond sommeil.

En rêve, elle revit le jour de ses quinze ans. Elle vivait alors depuis cinq ans avec sa grand-mère et sa tante Althea. Sa mère était décédée entre-temps. Catherine n'avait jamais su exactement à quelle date, car on ne l'en avait pas informée. Un jour qu'elle demandait à Althea l'autorisation de rendre visite à sa mère, celle-ci lui avait répondu qu'elle était déjà morte. Même si Catherine savait qu'elle souffrait d'une maladie incurable, qu'il n'y avait aucun espoir, cette nouvelle fut un choc. Elle fondit en larmes, ce qui lui attira cette remarque impatiente de sa tante:

— Inutile de pleurer. C'est arrivé il y a long-temps, et il y a belle lurette qu'elle est en terre.

Catherine éprouva alors une impression décon-certante de retard, de décalage, comme le specta-teur qui, au théâtre, applaudit au mauvais moment. Elle ne pouvait pleurer sa mère comme elle l'aurait dû parce qu'elle avait manqué le moment opportun pour avoir du chagrin.

Elle habitait avec sa grand-mère et sa tante Althea une maison modeste, mais respectable, dans le quartier de Marylebone, coincée entre un cabinet dentaire qui avait pour enseigne une mâchoire avec toutes ses dents, et une bibliothèque de prêt financée par des fonds privés. C'était sa grand-mère qui possédait cette bibliothèque, et elle s'y rendait tous les jours pour travailler.

Cette bâtisse très fréquentée, avec ses vastes collections de livres, attirait irrésistiblement Catherine. Elle la contemplait depuis sa fenêtre, imaginant combien il serait délicieux de se perdre dans ces pièces tapissées de vieux volumes, qui devaient fleurer bon le vélin, le cuir et la poussière. Quand elle déclara à Althea qu'elle aimerait y travailler un jour, celle-ci la gratifia d'un curieux sourire, et lui promit que ce jour arriverait à coup sûr.

Toutefois, malgré l'enseigne qui la proclamait bibliothèque pour gentlemen distingués, l'endroit possédait une singularité dont Catherine prit peu à peu conscience. Personne n'en repartait jamais avec le moindre livre.

Quand elle s'en étonna, sa tante et sa grand-mère se fâchèrent, exactement comme quand elle leur avait demandé si son père reviendrait un jour la chercher.

Le jour de son anniversaire, on lui donna deux nouvelles robes : une bleue et une blanche, avec de longues jupes jusqu'au sol et la taille marquée à sa place, contrairement à celle des petites filles. À dater de ce jour, déclara Althea, il lui faudrait relever ses cheveux et se conduire en femme. Fière de cette promotion, Catherine avait cependant ressenti de l'inquiétude. Qu'attendait-on d'elle, à présent ?

Althea avait entrepris de le lui expliquer. Son long visage étroit était encore plus dur que d'habitude, et elle avait été incapable de croiser le regard de Catherine. Comme celle-ci le soupçonnait, l'établissement voisin n'était pas une bibliothèque de prêt. C'était une maison close, dans laquelle Althea travaillait depuis l'âge de douze ans. Une occupation assez facile, assura-t-elle à Catherine.

— Tu laisses l'homme faire ce qui lui plaît, tu penses à autre chose et tu prends son argent. C'est rarement douloureux dès lors que tu ne résistes pas.

— Je ne veux pas faire ça, protesta Catherine, livide, quand elle comprit la raison de ces conseils.

Althea haussa ses sourcils artificiellement redessinés.

— Tu es faite pour quoi d'autre, à ton avis ?

— Tout, mais pas ça.

— Espèce de tête de pioche, tu sais combien nous avons dépensé pour ton entretien ? Tu as la moindre idée du sacrifice que cela représentait de te prendre chez nous ? Non, bien sûr : tu penses que tout t'est dû. Mais le moment est venu de rembourser. On ne te demande pas de faire quoi que ce soit que je n'aie pas fait. Tu crois que tu vaux mieux que moi ?

— Non, répondit Catherine tandis que des larmes de honte roulaient sur ses joues. Mais je ne suis pas une prostituée.

— Nous sommes tous nés dans un but, ma chérie, répliqua Althea d'un ton calme, presque gentil. Certaines personnes sont nées avec des privilèges, d'autres avec des talents artistiques ou une intelligence naturelle. Toi, malheureusement, tu es moyenne en tout... Un esprit moyen, une intelligence moyenne, pas de talent particulier. Tu as cependant hérité d'une évidente beauté et d'un tempérament de putain. En conséquence, nous savons quel sera ton but, non ?

Catherine tressaillit. Elle essaya de paraître posée, mais sa voix la trahit.

— Être moyenne dans beaucoup de domaines ne signifie pas que j'ai l'étoffe d'une prostituée.

— Tu te mens à toi-même, ma petite. Tu es issue de deux familles de femmes légères. Ta mère était incapable d'être fidèle à quiconque. Les hommes la trouvaient irrésistible, et elle ne résistait jamais à qui la désirait. Et de notre côté… Ton arrière-grand-mère était entremetteuse et elle a appris le métier à sa fille. Puis ce fut mon tour et, à présent, c'est le tien. De toutes les filles qui travaillent pour nous, tu seras la plus chanceuse. Pour toi, pas de passe avec le premier venu. Tu seras l'étoile de notre petit commerce. Un seul client à la fois, pour une période arrangée d'avance. Tu dureras bien plus longtemps de cette manière.

Catherine eut beau faire, elle se retrouva bientôt vendue à Guy, lord Latimer. Avec son haleine aigre, son visage vérolé et ses mains baladeuses, c'était un étranger pour elle, comme tous les autres hommes. Il essayait de l'embrasser, passait les mains sous ses vêtements et, amusé par sa résistance, lui susurrait à l'oreille tout ce qu'il allait lui faire. Elle le méprisait. Elle méprisait tous les hommes.

— Je ne te ferai pas de mal… si tu ne te débats pas, lui avait-il dit en lui attrapant la main pour la poser de force sur son entrejambe. Tu aimeras ça. Tu verras quand je l'enfilerai dans ta petite…

— Non, ne me touchez pas, ne…

Elle s'éveilla en sanglotant, repoussant à deux mains un torse dur.

— Non…

— Catherine, c'est moi. Calme-toi, c'est moi.

Une main chaude se posa sur son dos. La voix était profonde, familière.

— Leo?

— Oui. C'était juste un cauchemar. C'est fini. Laisse-moi te prendre dans mes bras.

Le sang lui cognait aux tempes. Elle était bouleversée, nauséeuse, glacée de honte. Leo la serra contre lui. Quand il s'aperçut qu'elle tremblait, il se mit à lui caresser doucement les cheveux.

— De quoi rêvais-tu ?

Catherine secoua la tête en frissonnant.

— Ç'avait un rapport avec Latimer, n'est-ce pas ?

Après une longue hésitation, elle s'éclaircit la voix et murmura :

— En partie.

Tout en lui massant le dos d'un geste apaisant, il embrassa sa joue mouillée de larmes, puis :

— Tu as peur qu'il ne te recherche ?

— Pire que cela.

— Tu ne peux pas m'en parler ? demanda-t-il avec douceur.

Catherine s'écarta de lui, se tourna de l'autre côté, et se recroquevilla sur elle-même.

— Ce n'est rien. Je suis désolée de t'avoir réveillé.

Leo se pressa contre elle, épousant la forme de son corps. Elle frémit au contact de son torse ferme contre son dos, de ses longues jambes glissées sous les siennes, de son bras musclé qui l'enserrait. Elle sentait tout avec acuité : sa peau, son odeur, les battements de son cœur, son souffle sur sa nuque.

C'était mal de sa part d'éprouver un tel plaisir. Tout ce qu'Althea avait dit à son sujet était probablement vrai. Elle possédait un tempérament de putain, elle aspirait à être l'objet d'attentions masculines… elle était bien la fille de sa mère. Elle avait réprimé et ignoré cet aspect de sa personnalité pendant des années. Mais à présent, il se révélait à elle aussi sûrement qu'un reflet dans un miroir.

— Je ne veux pas être comme elle, chuchota-t-elle malgré elle.

— Comme qui ?

— Ma mère.

— À en croire ton frère, tu es on ne peut plus différente d'elle. En quoi crains-tu de lui ressembler ?

Catherine garda le silence. Sa respiration saccadée trahissait ses efforts pour ne pas pleurer. Comment supporter cette tendresse nouvelle qu'il manifestait ? Elle aurait préféré, et de loin, avoir affaire à l'ancien Leo et à ses moqueries. Elle semblait n'avoir aucune défense contre celui-ci.

Il déposa un baiser dans le creux derrière son oreille.

— Ma douce, chuchota-t-il, ne me dis pas que tu te sens coupable d'avoir pris plaisir à des relations sexuelles ?

Qu'il parvienne à cette conclusion aussi rapidement ne fit qu'ébranler davantage Catherine.

— Peut-être un petit peu, admit-elle d'une voix étouffée.

— Doux Jésus, je suis au lit avec une puritaine !

Leo la fit basculer sur le dos et, ignorant ses protestations, l'obligea à allonger son corps raide sous le sien.

— Pourquoi serait-ce mal pour une femme d'y prendre plaisir ?

— Je ne pense pas que ce soit mal pour les autres femmes.

— Ça ne l'est que pour toi, alors ? répliqua-t-il d'une voix gentiment ironique. Pourquoi ?

— Parce que je représente la quatrième génération d'une famille de prostituées. Et que, selon ma tante, j'ai un penchant naturel pour cela.

— Comme tout le monde, mon cœur. Sinon le monde serait dépeuplé.

— Non, pas pour ça. Pour la prostitution.

Leo eut un ricanement de dérision.

— Ça n'existe pas, un penchant naturel pour vendre son corps. La prostitution est imposée aux femmes par une société qui ne leur offre pratiquement aucun moyen de subvenir à leurs besoins. Quant à toi... je n'ai jamais rencontré de femme plus éloignée de ça.

Il se mit à jouer avec les mèches emmêlées de ses cheveux.

— Je crains de ne pas comprendre ta logique. Ce n'est pas un péché d'aimer les caresses d'un homme, et cela n'a rien à voir avec la prostitution. Tout ce que ta tante a pu te dire n'était que pure manipulation – pour des raisons évidentes.

Il déposa une série de baisers le long du cou de Catherine.

— Tu ne dois pas te sentir coupable, surtout lorsque c'est si peu pertinent.

— C'est pertinent en terme de moralité, protesta-t-elle avec un reniflement.

— Ah, voilà le problème ! Nous avons la moralité, la culpabilité et le plaisir en même temps...

Il referma la main en coupe sur l'un de ses seins. Une onde ardente se propagea au creux des reins de Catherine.

— Il n'y a rien de moral à refuser le plaisir, et rien de mal à le rechercher. Ce dont tu as besoin, c'est de t'accorder plusieurs nuits de luxure débridée en ma compagnie. Cela chasserait tout sentiment de culpabilité. Et si ça ne marche pas, au moins, je serai heureux.

Sa main descendit plus bas, son pouce effleura la naissance du triangle bouclé au creux de ses cuisses. Sous sa paume, son ventre se crispa.

— Que fais-tu ? demanda-t-elle comme ses doigts poursuivaient leur exploration.

— Je t'aide à résoudre ton problème. Non, ne me remercie pas, cela ne me dérange aucunement.

Ses lèvres souriantes frôlèrent la bouche de Catherine, puis elle le sentit se déplacer dans l'obscurité.

— Quel mot utilises-tu pour ceci, mon cœur ?

— Pour quoi ?

— Cet endroit délicieux… là.

Sous sa caresse tendre, elle sursauta. Elle articula avec difficulté :

— Je n'ai pas de mot.

— Dans ce cas, comment y fais-tu référence ?

— Je n'y fais pas référence !

Il eut un petit rire.

— Je connais plusieurs mots. Mais ce sont les Français – ce qui n'a rien d'étonnant – qui ont le plus mignon : la chatte.

— La chatte ? répéta-t-elle, abasourdie.

— Oui, le même mot désigne le petit félin et l'endroit le plus doux chez la femme. La chatte… le minou… la fourrure la plus douce… Non, ne sois pas timide. Demande-moi de te caresser.

Ces paroles lui coupèrent le souffle. Elle ne put que protester faiblement :

— Leo !

— Demande et je le ferai, insista-t-il en retirant ses doigts pour aller chatouiller le creux sensible derrière son genou.

Elle ravala un gémissement.

— Demande, chuchota-t-il d'un ton enjôleur.

— S'il te plaît.

Leo lui embrassa la cuisse. Sa bouche était chaude et douce, les poils de sa barbe naissante lui râpaient délicieusement la peau.

— S'il te plaît quoi ?

Oh, l'homme perfide ! Catherine se tordit et se couvrit le visage des mains, alors même qu'ils se trouvaient dans une obscurité complète.

— S'il te plaît, caresse-moi là, murmura-t-elle, sa voix étouffée par l'écran de ses doigts.

Il l'effleura d'abord si légèrement que ce fut à peine si elle le sentit.

— Comme cela ?

— Oui, oh oui…

Ses hanches se cambrèrent en une invitation on ne peut plus explicite. Il joua avec les pétales humides de son sexe, les massa délicatement, et si habilement que tout son corps se mit à trembler d'un désir qui exigeait d'être satisfait.

— Que puis-je faire d'autre ? chuchota Leo.

Il soufflait à présent doucement sur sa toison, chaleur contre moiteur, et elle s'arqua malgré elle, offerte.

— Fais-moi l'amour.

— Non, dit-il, et le regret était perceptible dans sa voix. Tu es trop endolorie.

— Leo ! implora-t-elle dans un gémissement.

— À la place, veux-tu que je t'embrasse ? Ici ?

Catherine écarquilla les yeux dans l'obscurité. À la fois abasourdie et enflammée par cette proposition, elle humecta ses lèvres sèches.

— Non. Je ne sais pas… Oui, finit-elle par bredouiller.

— Demande-le-moi gentiment.

— Te demander de… Oh, je ne peux pas !

Les doigts qui taquinaient la fente glissante cessèrent leur jeu affolant.

— Nous nous rendormons, alors ?

Elle referma les mains sur la tête de Leo.

— Non !

— Tu sais comment demander, dit-il, inflexible.

Elle ne pouvait pas. Les syllabes honteuses demeuraient coincées dans sa gorge et elle gémit de frustration.

Leo, ce butor monstrueux, étouffa un rire contre sa cuisse.

— Je suis vraiment ravie que cela t'amuse, lâcha-t-elle, furieuse.

— Beaucoup, assura-t-il. Oh, Marks, nous avons encore tellement de chemin à parcourir !

— Ne te donne pas cette peine, répliqua-t-elle en essayant de s'écarter.

Mais il lui cloua les jambes sur le lit, les y maintenant sans peine.

— Inutile de faire ta mauvaise tête. Allez, dis-le. Pour moi.

Un long silence s'écoula. Catherine déglutit, puis réussit à murmurer :

— Embrasse-moi.

— Où ?

— Là... en bas, balbutia-t-elle, horriblement gênée. Sur mon minou. S'il te plaît.

Ce fut tout juste si Leo n'émit pas un ronronnement approbateur.

— Quelle vilaine coquine tu fais !

Il inclina la tête, fouailla son intimité, couvrit de sa bouche la partie la plus sensible de son anatomie pour un baiser mouillé, lèvres ouvertes, et le monde s'embrasa.

— C'est bien ce que tu voulais ? l'entendit-elle demander.

— Plus ! cria-t-elle en se tordant.

Elle se tendit comme un arc quand il commença à la lécher, à la sucer délicatement, alternant les caresses en une ronde voluptueuse. Elle s'ouvrait un peu plus à chaque coup de langue, et son plaisir allait croissant. Glissant les mains sous elle, il donna à ses hanches l'inclinaison parfaite pour sa bouche experte. Catherine s'arc-bouta et laissa échapper un cri, le corps secoué de spasmes délicieux. L'espace d'un instant, elle sentit sa langue la pénétrer pour lui soutirer quelques ultimes frissons.

L'air chargé de pluie qui pénétrait dans la chambre par la fenêtre entrouverte ne tarda pas à rafraîchir sa peau. Croyant que Leo allait satisfaire à son tour ses propres besoins, elle se tourna vers lui, incertaine. Mais il l'installa au creux de son bras et tira drap et couverture sur eux. Comblée, repue de fatigue, Catherine se sentit glisser dans le sommeil.

— Dors, l'entendit-elle chuchoter. Et si jamais tu fais d'autres cauchemars, je les chasserai d'un baiser.

20

À la nuit pluvieuse succéda une matinée humide. Leo s'éveilla au bruit des chevaux que l'on attelait dans la cour. Des pas étouffés retentissaient dans le couloir – les voyageurs quittaient leur chambre pour aller se restaurer dans la taverne.

Le moment que Leo préférait lors des rendez-vous amoureux se situait juste avant l'amour, quand l'excitation était à son comble. Celui qu'il redoutait survenait le lendemain, quand sa première pensée allait au moyen de s'éclipser le plus vite possible sans se montrer offensant.

Ce matin, néanmoins, c'était tout à fait différent. Il avait découvert en ouvrant les yeux qu'il se trouvait au lit avec Catherine Marks, et il n'aurait pour rien au monde souhaité se trouver ailleurs. Elle dormait encore profondément, allongée sur le flanc, une main entrouverte dont les doigts un peu recourbés, évoquaient une orchidée. Elle était belle ainsi, détendue, les cheveux emmêlés, les joues rosies par le sommeil.

Leo la contempla, fasciné. Jamais il ne s'était autant confié à une femme. Mais il savait qu'avec elle, ses secrets étaient en sécurité, de même que les siens avec lui. Tous deux étaient bien assortis et, quoi qu'il arrive désormais, leurs disputes appartenaient au passé. Ils en savaient trop l'un sur l'autre.

Malheureusement, la question de leurs fiançailles était loin d'être réglée. Catherine ne partageait pas sa conviction quant à la justesse de leur union. En outre, ils allaient devoir tenir compte de l'opinion de Harry Rutledge, or, jusqu'à présent, Leo avait rarement partagé les opinions de Harry. Il n'excluait même pas que celui-ci encourage Catherine à voyager outre-Manche, comme elle l'avait envisagé.

Le visage de Leo s'assombrit quand il songea qu'elle avait dû se débrouiller dans l'existence pratiquement sans protection. Comment une femme aussi digne d'affection avait-elle pu en recevoir si peu ? Il voulait rattraper le temps perdu, lui donner tout ce dont elle avait été privée. Encore fallait-il la convaincre de le laisser faire.

Un léger mouvement se produisit au pied du lit quand Dodger se hissa sur le matelas et se faufila le long du corps de Catherine. Elle remua, bâilla et posa une main tâtonnante sur le furet, lequel se roula en boule contre sa hanche et ferma les yeux.

Catherine s'éveilla lentement, s'étira, puis, ouvrant les paupières, regarda Leo avec une surprise manifeste. Ses admirables yeux gris étaient d'une innocence désarmante tandis qu'elle essayait de rassembler ses esprits. Elle finit par tendre une main hésitante vers la joue de Leo.

— Tu piques autant que le hérisson de Beatrix, murmura-t-elle.

Leo lui embrassa la paume. Catherine se blottit contre lui.

— Allons-nous à Londres aujourd'hui ? s'enquit-elle.

— Oui.

Elle garda le silence un moment. Puis, abruptement :

— Veux-tu toujours m'épouser ?

— Je l'exige, même.

Elle avait la tête tournée de telle manière qu'il ne pouvait voir ses traits.

— Mais… je ne suis pas comme Laura.

— Non, reconnut-il avec franchise, une fois sa surprise passée.

Laura était issue d'une famille aimante et avait vécu une vie idyllique dans un petit village. Elle n'avait connu ni la peur ni la douleur qui avaient façonné l'enfance de Catherine.

— Tu ne ressembles pas plus à Laura que je ne ressemble au garçon que j'étais alors, continua-t-il. Pourquoi cette remarque ?

— Tu serais peut-être mieux avec quelqu'un comme elle. Avec quelqu'un que tu…

Elle s'interrompit. Leo s'appuya sur le coude et sonda son regard gris-bleu.

— Quelqu'un que j'aime ? acheva-t-il à sa place.

Elle se mordilla la lèvre inférieure, mal à l'aise. Il aurait aimé croquer doucement dans cette petite bouche parfaite comme dans une prune mûre. Mais il se contenta d'en dessiner le contour du bout de l'index.

— Je te l'ai déjà dit, je deviens comme fou quand j'aime. Jaloux, possessif, excessif… Je suis absolument insupportable.

Il laissa ses doigts glisser le long de sa gorge, où il perçut la pulsation rapide de son pouls, puis une contraction légère lorsqu'elle déglutit. En fin connaisseur des signes d'excitation féminine, il laissa sa main courir sur le devant de son corps, effleurer la pointe durcie d'un sein avant de descendre sur son flanc.

— Si je t'aimais, Catherine, je te harcèlerais au petit déjeuner, au déjeuner et au dîner. Je ne te laisserais jamais en paix.

— Je mettrais des limites. Et je t'obligerais à les respecter. Tu as besoin d'une main ferme, voilà tout.

Elle émit un son étouffé quand il écarta le drap pour la découvrir. Mécontent d'être dérangé, Dodger sauta du lit et alla se réfugier dans le sac de Catherine.

Leo enfouit le visage entre ses seins, puis en taquina tour à tour les pointes de la langue.

— Tu as peut-être raison, admit-il en lui prenant la main pour la poser sur son sexe rigide.

— Je… je ne voulais pas dire…

— Oui, je sais. Mais je suis du genre à prendre les choses au pied de la lettre.

Il lui montra comment le toucher, le caresser de la manière qu'il aimait. Leurs souffles s'accélérèrent tandis qu'allongée à côté de lui, elle explorait sa chair de ses doigts attentifs. Combien de fois n'avait-il pas imaginé cet instant où Marks – si prude, si collet monté – serait nue dans son lit ! C'était glorieux !

Quand elle resserra les doigts autour de sa virilité, la délicieuse pression faillit lui faire perdre tout contrôle.

— Seigneur… non, non, attends ! dit-il avec un rire étranglé en lui écartant la main.

— J'ai fait quelque chose qu'il ne fallait pas ? demanda Catherine, désolée.

— Non, pas du tout, mon cœur. Mais il est préférable de tenir plus de cinq minutes, surtout si la dame n'a pas encore obtenu satisfaction. Comme tu es belle… continua-t-il en lui pressant doucement le sein. Remonte un peu, que je l'embrasse…

Comme elle hésitait, il referma le pouce et l'index sur le bourgeon durci et le pinça légèrement. Elle tressaillit de surprise.

— Trop fort ? demanda Leo d'un air contrit, les yeux fixés sur son visage. Dans ce cas, fais ce que je te demande et je le consolerai.

Ni le battement rapide de ses paupières ni la brusque accélération de son souffle ne lui échappèrent. D'un geste lent, il promena les mains sur les courbes douces de son corps, conscient d'en apprendre plus sur elle à chaque seconde.

— Tu es bel et bien insupportable, déclara-t-elle d'une voix mal assurée.

Elle obéit néanmoins à la pression de ses paumes qui l'incitaient à venir sur lui. Son petit buisson de boucles blondes chatouilla l'estomac de Leo quand il prit la pointe de son sein entre ses lèvres et la fit rouler sous sa langue, lui arrachant, comme malgré elle, des plaintes qui ressemblaient à des râles légers.

— Embrasse-moi, dit-il en refermant la main sur sa nuque pour attirer sa bouche à lui. Et pose tes hanches sur les miennes.

— Cesse de me donner des ordres, protesta-t-elle, haletante.

Et s'il la provoquait ? Cédant à son impulsion, Leo arbora un sourire arrogant et déclara :

— Ici, dans le lit, c'est moi le maître. Je donne les ordres et tu les suis sans poser de questions… Compris ?

Catherine se raidit. Jamais Leo ne s'était autant amusé qu'à la voir se débattre ainsi entre l'outrage et l'excitation. Il sentit la vague de chaleur qui montait en elle, perçut le tambourinement frénétique de son pouls. Elle prit alors une inspiration frémissante, puis toute tension sembla quitter son corps et ses membres se détendirent.

— Oui, finit-elle par murmurer sans le regarder.

Ce fut au pouls de Leo de s'emballer dangereusement.

— C'est bien, dit-il d'une voix sourde. À présent, écarte les cuisses, que je puisse te sentir contre moi.

Elle obéit lentement, l'air un peu perdu, le regard tourné vers l'intérieur comme si elle s'interrogeait sur ses propres réactions. En voyant ses yeux scintiller soudain – trouble et plaisir mêlés –, une flèche de désir violent fouailla les reins de Leo. Il voulait la combler au-delà de l'imaginable, il voulait découvrir et satisfaire chacun de ses besoins les plus secrets.

— Soulève ton sein, lui dit-il, et porte-le à ma bouche.

Elle s'exécuta et s'inclina vers lui, tremblante. Et alors, il fut perdu à son tour. Plus rien n'existait que l'instinct, l'élan primaire de réclamer, de conquérir, de posséder.

Il la fit s'agenouiller au-dessus de lui, suivit avec ivresse la trace humide, à l'imperceptible parfum salé, jusqu'à la tendre entrée de son corps, et y insinua la pointe de la langue, caressant, léchant, jusqu'à sentir les longs muscles fins de ses cuisses se contracter rythmiquement.

Avec un murmure rauque, Leo la souleva et, les mains serrées autour de sa taille, l'aida à le chevaucher. Elle frémit quand elle comprit son intention.

— Doucement, chuchota-t-il quand elle commença à s'empaler sur son sexe dur.

Il eut toutes les peines du monde à ravaler un grognement d'extase lorsque sa chair gonflée l'accueillit, palpitant autour de lui. Jamais rien ne lui avait donné plus de plaisir.

— Prends-le en entier… supplia-t-il.

— Je ne peux pas.

Elle se tortilla puis s'immobilisa, la mine dépitée.

Il était inconcevable qu'il puisse éprouver de l'amusement, alors que le désir le torturait impitoyablement, mais elle était si adorablement gauche, ainsi. Ayant réussi à réprimer son envie de rire, Leo posa ses doigts tremblants sur elle, la guida, la caressa.

— Si, tu peux, assura-t-il d'une voix rauque. Mets les mains sur mes épaules et incline ton joli petit corps en avant.

— C'est trop.

— Mais non.

— Si !

— C'est moi qui ai l'expérience. Toi, tu es la novice. Tu te souviens ?

— Ça ne change rien au fait que tu es trop… Oooh !

Au plus fort de leur échange, il avait donné le coup de reins nécessaire, et leurs corps s'emboîtaient à présent parfaitement.

— Oooh, répéta-t-elle, fermant à demi les yeux tandis que sa peau rougissait.

Les muscles intimes de Catherine se resserrèrent autour de lui en une danse rythmique, voluptueuse, qui menaçait de le rendre fou. Quand elle bougea timidement, la tendre friction les fit frémir à l'unisson.

— Catherine, attends… chuchota-t-il, les lèvres sèches.

— Je ne peux pas… Je ne peux pas…

Elle roula de nouveau des hanches, et il s'arcbouta, comme sur un chevalet de torture.

— Ne bouge plus.

— J'essaie.

Mais, d'instinct, elle avait commencé à aller et venir contre lui et, avec un grondement, il épousa son rythme, les yeux fixés sur ses lèvres entrouvertes d'où s'échappaient de délicieux halètements. Quand il sentit les spasmes de la jouissance la parcourir, l'afflux de sensations fut si puissant qu'il crut mourir.

Au prix d'un effort herculéen, il se retira et se répandit sur les draps, son souffle saccadé sifflant entre ses dents serrées. Ses muscles tétanisés protestèrent vigoureusement d'être ainsi privés du chaud fourreau qui l'avait accueilli. Haletant, clignant des yeux contre une pluie d'étincelles, Leo sentit Catherine se lover contre lui.

Elle glissa la main sur sa poitrine, à l'endroit où son cœur tambourinait follement.

— Je ne voulais pas arrêter, murmura-t-elle en lui effleurant l'épaule d'un baiser.

— Moi non plus.

Il l'enlaça, cachant un sourire de regret dans ses cheveux.

— Mais c'est le problème du *coïtus interruptus*… On doit toujours descendre une gare avant la destination finale.

21

Leo la demanda en mariage à deux nouvelles reprises durant le trajet jusqu'à Londres. Catherine refusa les deux fois, arguant du fait qu'elle était déterminée à procéder de manière raisonnable, et à discuter d'abord de la situation avec son frère. Quand il lui fit remarquer que s'enfuir de Ramsay House au beau milieu de la nuit ne constituait pas vraiment un comportement raisonnable, elle reconnut que, peut-être, elle n'aurait pas dû agir aussi impulsivement.

— Je répugne à l'admettre, lui dit-elle, mais je ne suis plus moi-même depuis le bal. Voir lord Latimer a été un tel choc. Quand il m'a agrippé le bras, je me suis sentie redevenir une enfant effrayée et je n'ai plus eu qu'une pensée : me sauver.

Elle observa un silence songeur avant d'ajouter :

— Mais la pensée que je pouvais me réfugier auprès de Harry me réconfortait.

— Moi aussi, j'étais là, fit remarquer Leo avec calme.

Elle le regarda fixement.

— Je ne le savais pas.

Il soutint son regard.

— Tu le sais, à présent.

« Laisse-moi jouer les grands frères », avait dit Harry à Catherine lors de leur dernière rencontre dans le Hampshire. Il était évident qu'il voulait essayer de nouer le genre de liens familiaux qu'ils n'avaient jamais connus. Non sans embarras, Catherine se fit la réflexion qu'elle allait le prendre au mot bien plus tôt qu'ils ne s'y attendaient tous deux. Ils étaient encore quasiment des étrangers.

Mais Harry avait beaucoup changé depuis qu'il était marié avec Poppy. Il se montrait bien plus gentil et avenant, et ne considérerait certainement plus Catherine comme une demi-sœur encombrante qui n'avait sa place nulle part.

Lorsqu'ils arrivèrent à l'hôtel Rutledge, Leo et Catherine furent aussitôt conduits dans les somptueux appartements privés que Harry et Poppy occupaient.

De tous les Hathaway, Poppy était la personne avec qui Catherine se sentait la plus à l'aise. C'était une jeune femme bavarde et chaleureuse qui adorait l'ordre et la routine. Son caractère paisible et joyeux fournissait un contrepoids indispensable à la nature entière et intense de Harry.

— Catherine ! s'exclama-t-elle en la serrant dans ses bras.

Puis elle recula, et la scruta d'un air inquiet.

— Pourquoi êtes-vous ici ? Quelque chose ne va pas ? Quelqu'un est malade ?

— Tout le monde va bien, la rassura Catherine en hâte. Mais il y a eu… un problème. Il a fallu que je parte.

Poppy se tourna vers Leo.

— Tu as fait quelque chose ?

— Pourquoi cette question ?

— Parce que s'il y a un problème, tu es en général impliqué.

— C'est vrai. Cette fois, cependant, je ne suis pas le problème, mais la solution.

Harry s'approcha d'eux, une lueur méfiante dans ses yeux verts.

— Si vous êtes la solution, Ramsay, je redoute d'apprendre quel est le problème.

Il jeta à Catherine un regard aigu et l'étonna en passant un bras protecteur autour de ses épaules.

— Que se passe-t-il, Catherine ? Qu'est-il arrivé ?

— Oh, Harry, balbutia-t-elle, lord Latimer est venu au bal à Ramsay House.

Cette unique phrase suffit à Harry.

— Je m'en charge, déclara-t-il sans hésiter. Je vais m'occuper de toi.

Catherine ferma les yeux et laissa échapper un long soupir.

— Harry, je ne sais pas quoi faire.

— Tu as eu raison de venir ici. Nous trouverons une solution ensemble.

Il jeta un coup d'œil à Leo.

— Je suppose que Catherine vous a parlé de Latimer.

— Croyez-moi, si j'avais été au courant de la situation un peu plus tôt, il ne l'aurait pas approchée.

Sans lâcher sa sœur, Harry fit face à Leo.

— Pourquoi ce salaud a-t-il été invité à Ramsay House ?

— C'est sa famille – honorablement connue dans le Hampshire – qui était invitée, et il est venu dans son sillage. Quand il a essayé de s'en prendre à Marks, je l'ai jeté dehors. Il ne reviendra pas.

Une lueur redoutable s'alluma dans les prunelles de Harry.

— Je glisserai un mot dans l'oreille adéquate. Demain soir, il regrettera de ne pas être mort.

L'estomac de Catherine se contracta nerveusement. Harry possédait une influence considérable, et pas seulement en raison du prestige de son établissement. Il avait accès à de nombreuses

informations hautement confidentielles et poten-
tiellement dangereuses.

— Non, Harry, intervint Poppy. Si ton intention
est de faire découper lord Latimer en morceaux,
il va te falloir envisager autre chose.

— Moi, ça me plairait assez, déclara Leo.

— Ce n'est pas ouvert au débat, répliqua Poppy.
Venez, asseyons-nous et discutons de solutions
raisonnables.

Elle se tourna vers Catherine.

— Vous devez être affamée, après un tel voyage.
Je vais demander que l'on nous monte du thé et
des sandwichs.

— Pas pour moi, merci, dit Catherine. Je n'ai
pas f…

— Si, elle veut des sandwichs, intervint Leo. Elle
n'a pris que du pain et du thé au petit déjeuner.

— Je n'ai pas faim ! protesta Catherine.

Si le regard qu'elle lui lança était agacé, celui
qu'il lui renvoya était implacable.

Avoir quelqu'un qui s'inquiétait de son bien-être
et remarquait une chose aussi banale que ce qu'elle
avait pris au petit déjeuner était une expérience
nouvelle. Après réflexion, Catherine dut s'avouer
qu'elle trouvait cela étrangement agréable, même
si elle supportait mal qu'on lui dicte sa conduite.
Elle avait assisté à des centaines d'échanges de
ce genre entre Cam et Amelia ou entre Merripen
et Winnifred, quand ils se montraient aux petits
soins l'un pour l'autre.

Une fois le thé commandé, Poppy revint dans le
salon et s'assit à côté de Catherine.

— Racontez-nous ce qui s'est passé, lui dit-elle.
Lord Latimer vous a abordée en arrivant ?

— Non, le bal battait son plein…

Les mains croisées sur les genoux, Catherine
relata les événements de la soirée.

— Le problème, conclut-elle, c'est que nous aurons beau essayer de l'en empêcher, lord Latimer révélera le passé. Un scandale est inévitable. Et le meilleur moyen pour ne pas l'attiser, c'est que je disparaisse de nouveau.

— Un nouveau nom, une nouvelle identité ? demanda Harry, qui secoua ensuite la tête. Tu ne peux pas fuir éternellement, Catherine. Nous allons affronter cela ensemble, comme nous aurions dû le faire il y a des années. Pour commencer, je vais te reconnaître publiquement comme ma sœur.

Catherine pâlit, atterrée. Les gens allaient être saisis d'une curiosité insatiable lorsqu'ils apprendraient que le mystérieux Harry Rutledge s'était découvert une sœur. Comment supporter les questions et les regards insistants ?

— On va m'identifier comme la préceptrice des Hathaway, dit-elle d'une voix étranglée. Les gens se demanderont pourquoi la sœur d'un riche hôtelier occupait un tel emploi.

— Ils en penseront ce qu'ils voudront, riposta Harry.

— Cela va rejaillir sur toi.

— Vu ses fréquentations, votre frère est habitué aux rumeurs peu flatteuses, commenta Leo avec flegme.

Il s'adressait à Catherine de manière si familière que Harry plissa les yeux.

— Je trouve assez intéressant que tu sois venue à Londres avec Ramsay comme compagnon de voyage, lui dit-il. Quand a-t-il été décidé que vous voyageriez ensemble ? Et à quelle heure êtes-vous partis cette nuit pour arriver à Londres à midi ?

Tout le sang qui avait déserté le visage de Catherine reflua d'un coup.

— Je... Il...

Elle glissa un coup d'œil à Leo. Lequel affichait une expression d'innocence intéressée comme si, lui aussi, désirait entendre son explication.

— Je suis partie seule hier matin, réussit-elle à articuler en reportant les yeux sur Harry.

— *Hier* matin ? s'écria-t-il. Où as-tu passé la nuit ?

Elle leva le menton, s'efforçant de paraître désinvolte.

— Dans un relais de poste.

— Te rends-tu compte du danger que constitue ce genre d'endroit pour une femme seule ? As-tu perdu la tête ? Quand je pense à ce qui aurait pu t'arriver...

— Elle n'était pas seule, intervint Leo.

Harry le fixa d'un air incrédule.

Le silence qui s'abattit était de ceux qui sont plus éloquents que des paroles. On pouvait presque voir travailler les rouages du cerveau de Harry, comme un de ces mécanismes compliqués qu'il aimait fabriquer à ses moments perdus. Et tous perçurent le moment où il parvint à une très désagréable conclusion.

Le ton avec lequel il s'adressa à Leo glaça Catherine.

— Même vous, vous n'abuseriez pas d'une femme effrayée, vulnérable et qui vient de subir un choc !

— Vous ne vous êtes jamais soucié d'elle, riposta Leo. Pourquoi commencer maintenant ?

Harry se leva, les poings serrés.

— Ô mon Dieu, murmura Poppy. Harry...

— Avez-vous partagé sa chambre ? Son lit ?

— Ce ne sont pas vos affaires, si je ne m'abuse.

— Ça l'est quand il s'agit de ma sœur et que vous étiez censé la protéger, pas la molester.

— Harry, intervint Catherine, il ne m'a pas...

— Je suis peu disposé à subir une leçon de morale, répliqua Leo, quand elle est donnée par quelqu'un qui s'y connaît encore moins que moi.

— Poppy, fit Harry sans cesser de fixer sur Leo un regard assassin, il faut que Catherine et toi quittiez la pièce.

— Pourquoi devrais-je sortir alors que c'est moi le sujet de la discussion ? demanda Catherine. Je ne suis pas une enfant.

— Venez, Catherine, dit Poppy avec calme en se dirigeant vers la porte. Laissons-les brailler et gesticuler comme seuls les hommes savent le faire. Vous et moi allons trouver un endroit tranquille pour discuter raisonnablement de votre avenir.

Une excellente idée, que Catherine approuva aussitôt. Elle emboîta donc le pas à Poppy, laissant Harry et Leo continuer à se foudroyer du regard.

— Je vais l'épouser, déclara Leo.

Harry eut l'air interdit.

— Vous vous méprisez mutuellement !

— Nous avons fini par trouver un terrain d'entente.

— Elle a accepté votre offre ?

— Pas encore. Elle veut en discuter d'abord avec vous.

— Dieu merci ! Parce que je vais lui dire qu'elle ne pourrait pas faire pire.

Leo arqua un sourcil.

— Vous doutez que je puisse la protéger ?

— Ce dont je ne doute pas, c'est que vous allez vous entre-tuer ! C'est qu'elle ne pourra jamais être heureuse dans des circonstances aussi incertaines. C'est qu'elle… Bon sang, je ne vais pas perdre mon temps à dresser la liste de toutes mes réserves, elle est beaucoup trop longue.

Il fixa sur Leo un regard glacial.

— La réponse est non, Ramsay. Je ferai le nécessaire pour prendre soin de Catherine. Vous pouvez retourner dans le Hampshire.

— Je crains fort qu'il ne soit pas aussi facile de vous débarrasser de moi. Vous ne l'avez peut-être pas remarqué, mais je n'ai pas demandé votre permission. Vous n'avez pas le choix. Certaines choses ont eu lieu qui ne peuvent être défaites. Me fais-je bien comprendre ?

À l'expression de Harry, il comprit qu'un cheveu seulement le séparait d'une mort certaine.

— Vous l'avez séduite délibérément, articula son beau-frère.

— Seriez-vous plus heureux si je prétendais que c'était un accident ?

— La seule chose qui me rendrait heureux, ce serait de vous lester de pierres et de vous jeter dans la Tamise.

— Je comprends. Et même, je compatis. Je ne peux imaginer ce que c'est que de se retrouver face à un homme qui a compromis votre sœur, de lutter contre l'envie de l'assassiner sur place. Oh, mais attendez…

Leo se tapota le menton d'un air songeur.

— Mais si, je peux l'imaginer… Parce que je suis passé par là il y a deux mois, figurez-vous !

— Ce n'était pas la même chose. Votre sœur était encore vierge lorsque je l'ai épousée.

— Quand je compromets une femme, répliqua Leo sans manifester le moindre repentir, je le fais correctement.

— C'en est trop ! gronda Harry en se jetant à sa gorge.

Ils roulèrent sur le sol, agrippés l'un à l'autre. Harry parvint à heurter le crâne de Leo sur le sol, mais le tapis épais amortit le plus gros du choc. Ils roulèrent deux fois sur eux-mêmes, essayant de se frapper à la gorge, aux reins, au plexus, comme il est d'usage dans les bagarres des bas quartiers.

— Cette fois, vous ne l'emporterez pas, Rutledge, haleta Leo tandis que tous deux bondissaient sur leurs pieds.

Il plongea pour éviter le poing de Harry, se redressa, fit mine de lui décocher un direct du gauche et lui envoya un crochet du droit qui fit un bruit agréable en entrant en contact avec sa mâchoire.

— Je ne suis pas comme ces ferrailleurs de vos amis qui font plus de bruit que de mal… poursuivit-il. Je me suis battu dans et hors de tous les tripots et de toutes les tavernes de Londres… Et pour couronner le tout, je vis avec Merripen qui a un uppercut du gauche à vous…

— Est-ce qu'il vous arrive d'arrêter de parler ? gronda Harry en le frappant à son tour, avant de faire un bond de côté pour éviter sa riposte.

— On appelle ça communiquer, rétorqua celui-ci. Vous devriez essayer.

Exaspéré, Leo finit par baisser sa garde et resta planté devant son beau-frère.

— Notamment avec votre sœur. Vous êtes-vous jamais donné la peine de l'écouter ? Bon sang ! Elle vient à Londres en espérant trouver conseil ou consolation chez son frère, et la première chose que vous faites, c'est de la faire sortir de la pièce !

À son tour, Harry baissa les poings. Il darda sur Leo un regard furibond mais, quand il parla, les remords perçaient dans sa voix.

— Je ne m'en suis pas occupé pendant des années. Vous croyez peut-être que je n'ai pas conscience de tout ce que j'aurais pu faire pour elle et que je n'ai pas fait ? Je donnerais n'importe quoi pour me racheter. Mais, bon Dieu, Ramsay… la dernière chose dont elle avait besoin dans cette situation, c'était qu'on s'attaque à son innocence alors qu'elle ne pouvait pas se défendre.

— C'est exactement ce dont elle avait besoin.

Harry secoua la tête avec incrédulité.

— Allez au diable !

Il fourragea dans ses cheveux et laissa échapper un rire curieusement étranglé.

— Je déteste me disputer avec les Hathaway. Tous autant que vous êtes, vous dites des choses insensées comme si elles étaient parfaitement logiques. Il est trop tôt pour un cognac ?

— Pas du tout. Je me sens bien trop sobre pour cette conversation.

Harry s'approcha d'une desserte et prit deux verres.

— Pendant que je les remplis, vous pourriez m'expliquer en quoi être déflorée par vous profite tellement à ma sœur.

Leo se débarrassa de sa veste, l'accrocha au dossier de son fauteuil et s'assit.

— Marks a été isolée et solitaire pendant beaucoup trop longtemps…

— Elle n'était pas seule, elle vivait chez les Hathaway.

— Même alors, elle restait en marge de la famille, le nez écrasé contre la vitre comme une orpheline de Dickens. Un faux nom, des vêtements sinistres, les cheveux teints… Elle a dissimulé son identité pendant si longtemps qu'elle sait à peine qui elle est. Mais la vraie Catherine émerge quand elle est avec moi. Nous avons percé nos armures respectives. Nous parlons le même langage.

Leo prit le cognac que Harry lui tendait et en avala une gorgée.

— Marks est une femme pleine de contradictions, mais plus je la connais, plus je les comprends. Elle a passé trop de temps dans l'ombre. Et elle a beau s'en défendre, elle a envie de trouver sa place, de fonder un foyer. Et, oui, elle a envie d'un homme dans son lit. Moi, en particulier. Elle s'épanouira en ma compagnie. Non pas parce que je suis l'incarnation éblouissante d'un idéal masculin vertueux, ce que je n'ai jamais prétendu être. Mais je suis fait pour elle. Je ne me laisse pas intimider par sa langue acérée, elle ne peut pas me manipuler, et elle le sait.

Assis en face de lui, Harry but son cognac en le dévisageant d'un air pensif.

— Que gagneriez-vous à cet arrangement ? finit-il par lui demander. J'ai cru comprendre que vous aviez besoin de vous marier et d'avoir un enfant très rapidement. Si Catherine échoue à vous donner un fils, les Hathaway perdront Ramsay House.

— Nous avons survécu à bien pire que de perdre une foutue maison. J'épouserai Marks et je prendrai le risque.

— Peut-être que vous tâtez la température de l'eau, hasarda Harry, le visage impassible. Que vous essayez de déterminer si elle est fertile avant de l'épouser.

Offensé, Leo s'obligea à se rappeler qu'il affrontait les inquiétudes légitimes d'un frère pour sa sœur.

— Je me moque comme d'une guigne qu'elle soit fertile ou pas, rétorqua-t-il. Si cela peut vous rassurer, nous attendrons le temps qu'il faudra pour que la clause du testament soit caduque. Je veux Catherine, indépendamment de tout le reste.

— Et elle, que veut-elle ?

— La décision lui appartient. Quant à Latimer… Je lui ai déjà fait comprendre que j'avais des moyens de pression contre lui. Je les utiliserai s'il commence à créer des problèmes. Mais la meilleure protection que je puisse offrir à Catherine, c'est mon nom.

Ayant achevé son cognac, Leo reposa son verre.

— Que savez-vous de cette grand-mère et de cette tante ?

— La vieille bique est décédée il n'y a pas très longtemps. C'est la tante, Althea Hutchins, qui dirige l'établissement, à présent. J'ai envoyé Jake Valentine, mon assistant, prendre la mesure de la situation et il est revenu assez écœuré. Apparemment, dans l'espoir de relancer les affaires, Mme Hutchins s'est reconvertie dans le bordel à vices, où pratiquement toutes les perversions peuvent être satisfaites. Les malheureuses femmes qui travaillent là sont en général trop décaties pour trouver du travail dans d'autres maisons.

Harry termina son cognac avant de conclure :

— Il semblerait que la tante soit malade, très vraisemblablement d'une maladie vénérienne qui n'a pas été soignée.

— Vous l'avez dit à Marks ? voulut savoir Leo.

— Non, elle ne m'a jamais posé de questions. Je ne crois pas qu'elle veuille savoir.

— Elle a peur.

— De quoi ?

— De ce qui a failli lui arriver. Et des choses qu'Althea lui a dites.

— De quel genre ?

Leo secoua la tête.

— Il s'agit là de confidences qu'elle m'a faites. Vous la connaissez depuis des années, Rutledge, ajouta-t-il avec un mince sourire devant l'irritation évidente de ce dernier. De quoi diable parliez-vous quand vous étiez ensemble ? Des impôts ? Du temps qu'il fait ?

Il se leva et reprit sa veste.

— Si vous voulez bien m'excuser, je vais réserver une chambre.

— Au Rutledge ?

— Oui, bien sûr.

— Et la maison que vous louez habituellement ?

— Fermée pour l'été. Mais même si elle ne l'était pas, je descendrais ici. Considérez cela comme une autre chance de découvrir les joies d'une famille unie.

— La joie était bien plus grande quand la famille restait dans ce foutu Hampshire, lâcha Harry alors que Leo quittait l'appartement.

22

— Harry avait raison sur un point, commença Poppy, tandis que Catherine et elle se promenaient dans le jardin situé à l'arrière de l'hôtel.

Contrairement aux jardins romantiques alors en vogue, foisonnants et comme livrés aux caprices de la nature, les parterres du Rutledge étaient ordonnés et solennels, avec des haies tracées au cordeau encadrant statues et fontaines classiques.

— Il est grand temps qu'il vous présente à la société comme sa sœur, continua Poppy. Et que l'on vous connaisse sous votre véritable nom. Quel est-il, au fait ?

— Catherine Wigens.

— Ce doit être parce que je vous ai toujours connue comme Mlle Marks… mais je préfère Marks, déclara Poppy après réflexion.

— Moi aussi. Catherine Wigens était une fille effrayée en butte à une situation difficile. J'ai été bien plus heureuse en tant que Catherine Marks.

— Plus heureuse ? releva gentiment Poppy. Ou simplement moins effrayée ?

— J'ai beaucoup appris sur le bonheur, ces dernières années, avoua Catherine avec un sourire. À l'école, j'ai trouvé la paix, même si ce n'était pas l'endroit rêvé pour se faire des amies. Ce n'est que lorsque je suis venue travailler chez les Hathaway que j'ai été témoin des relations quotidiennes entre gens qui s'aiment. Et puis, cette année, j'ai finalement connu des instants de vraie joie. Avec ce sentiment que, pour un moment en tout cas, tout est comme il doit être, et qu'il n'y a rien d'autre à demander.

— Des instants tels que… ?

De délicieux effluves de fleurs chauffées par le soleil les accueillirent à leur entrée dans la roseraie.

— Les soirées dans le salon, quand toute la famille était réunie et que Winnifred faisait la lecture. Les promenades avec Beatrix. Ou ce jour de pluie dans le Hampshire, quand nous avons tous pique-niqué dans la véranda. Ou…

Elle s'interrompit brusquement, embarrassée.

— Ou ? insista Poppy, qui s'était arrêtée pour humer une rose resplendissante.

Sans relever la tête, elle lança à Catherine un regard pénétrant. Même s'il lui était difficile de révéler ses pensées les plus intimes, celle-ci s'obligea à admettre la vérité, aussi gênante fût-elle.

— Lorsque lord Ramsay s'est blessé à l'épaule dans les ruines… Le lendemain, il avait de la fièvre et il a gardé le lit… et je suis restée près de lui pendant des heures. Nous parlions pendant que je faisais du raccommodage, et je lui ai lu Balzac.

— Leo a dû énormément apprécier. Il adore la littérature française.

— Il m'a parlé de son séjour en France. Il m'a dit que les Français ont une façon merveilleuse de simplifier les choses.

— Oui, et il en avait vraiment besoin. Quand il est parti en France avec Winnifred, c'était une épave. Vous ne l'auriez pas reconnu. Nous ne savions pas pour qui nous inquiéter le plus : Winnifred et ses poumons malades, ou Leo qui cherchait à se détruire.

— Mais ils allaient bien quand ils sont rentrés.

— Oui. Mais ils étaient différents.

— À cause de la France ?

— Sans doute. Mais aussi à cause des combats qu'ils avaient menés. Selon Winnifred, ce n'est pas d'être au sommet de la montagne qui vous améliore, mais son ascension.

Catherine sourit en pensant à Winnifred, que son courage patient avait soutenue durant ses années de maladie.

— Cela lui ressemble tout à fait, commenta-t-elle. Elle est perspicace. Et forte.

— Leo aussi est comme cela, fit remarquer Poppy. Simplement, il se montre beaucoup plus irrévérencieux.

— Et cynique.

— Oui, cynique… mais aussi enjoué. C'est peut-être un étrange mélange, mais c'est ainsi qu'est mon frère.

Le sourire de Catherine s'attarda sur ses lèvres. Il y avait tant d'images de Leo dans son esprit… S'acharnant avec patience à secourir un hérisson tombé dans un trou… Travaillant sur les plans d'une ferme, une expression d'austère concentration sur les traits… Gisant blessé dans son lit, les yeux voilés par la douleur, quand il avait murmuré : « Vous n'êtes pas de taille. »

« Si, avait-elle répliqué, je le suis. »

— Catherine, commença Poppy après une hésitation, le fait que Leo soit venu à Londres avec vous… Je me demandais si… C'est-à-dire, j'espère… Y a-t-il des fiançailles dans l'air ?

— Il m'a demandée en mariage, admit Catherine, mais je…

— C'est vrai ? s'exclama Poppy qui, à sa grande surprise, se jeta à son cou. Oh, c'est trop beau pour être vrai ! Je vous en prie, dites que vous allez accepter !

— Je crains que la situation ne soit pas aussi simple, répondit Catherine à regret. Il y a beaucoup de choses à prendre en compte, Poppy.

L'enthousiasme de Poppy retomba aussitôt, et elle plissa le front, l'air soucieux.

— Vous ne l'aimez pas ? Mais avec le temps, cela viendra, j'en suis sûre. Il y a tellement de choses en lui dignes...

— Ce n'est pas une question d'amour, coupa Catherine.

— Le mariage n'est pas une question d'amour ?

— Si, bien sûr. Ce que je voulais dire, c'est que l'amour ne suffit pas à surmonter certaines difficultés.

— Donc, vous l'aimez ? risqua Poppy, pleine d'espoir.

Catherine sentit qu'elle s'empourprait.

— Lord Ramsay possède de nombreuses qualités que j'estime.

— Et il vous rend heureuse, vous l'avez dit.

— Eh bien, ce jour-là, j'admets que...

— « Un instant de vraie joie », ce sont vos propres paroles !

— Sapristi, Poppy, j'ai l'impression de subir un interrogatoire.

— Je suis désolée, fit celle-ci avec un grand sourire. C'est juste que je souhaite tellement cette union ! Pour le bien de Leo, pour le vôtre, et pour celui de toute la famille.

La voix ironique de Harry se fit entendre derrière elles.

— Il semblerait que nous soyons en désaccord, ma chérie.

Les deux femmes se retournèrent d'un même mouvement. Harry les enveloppa d'un regard chaleureux, mais il semblait préoccupé.

— Le thé et les sandwichs attendent, annonça-t-il. Et la bagarre est terminée. Nous retournons dans l'appartement ?

— Qui a gagné ? s'enquit Poppy avec malice, arrachant à Harry l'un de ses rares sourires.

— Une conversation s'est engagée au beau milieu de la bagarre. Ce qui fut une bonne chose, indubitablement, car il se trouve que ni l'un ni l'autre ne savons nous battre en gentleman.

— Tu pratiques l'escrime, fit remarquer Poppy. C'est une manière très distinguée de se battre.

— L'escrime n'est pas vraiment un combat. Cela ressemble plus à un jeu d'échecs où l'on risque une perforation.

— Eh bien, je suis heureuse que vous ne vous soyez pas blessés, déclara joyeusement Poppy. Car il y a de grandes chances pour que vous deveniez beaux-frères.

— Nous sommes déjà beaux-frères.

— Beaux-frères au carré, dans ce cas.

Poppy glissa son bras sous le sien. Quand tous les trois se mirent en marche, Harry jeta un coup d'œil en direction de Catherine.

— Tu n'as encore rien décidé, n'est-ce pas ? Au sujet du mariage avec Ramsay ?

— Certainement pas. C'est le chaos dans ma tête. J'ai besoin de temps pour réfléchir.

— Harry, intervint Poppy, quand tu prétends que nous sommes en désaccord, j'espère que cela ne signifie pas que tu es contre l'idée d'un mariage entre Catherine et Leo.

— Pour le moment, répondit-il, paraissant choisir ses mots avec soin, je pense que la prudence est de mise.

— Tu ne veux pas que Catherine devienne un membre de ma famille ? insista Poppy, perplexe. Elle aurait la protection des Hathaway et se rapprocherait de toi.

— Cela me plairait beaucoup. Sauf qu'il faudrait que Catherine épouse Ramsay, et que je ne suis pas du tout persuadé que ce soit ce qu'il y a de mieux pour elle.

— Je croyais que tu aimais bien Leo, s'étonna Poppy.

— C'est vrai. S'il y a un homme à Londres possédant plus de charme ou d'esprit, je ne l'ai pas encore rencontré.

— Alors, comment peux-tu avoir la moindre objection ?

— Son passé ne le recommande pas comme un mari fiable. Catherine a été trahie à de nombreuses reprises dans sa vie.

Se tournant vers sa sœur, il ajouta d'un air grave :

— Je suis l'un de ceux qui t'ont laissé tomber. Je ne veux pas que tu souffres de nouveau de cette manière.

— Harry, protesta Catherine d'une voix vibrante, tu te montres bien trop sévère envers toi-même.

— Ce n'est pas le moment d'essayer d'adoucir des vérités déplaisantes, répliqua-t-il. Si je pouvais changer le passé, je reviendrais sur mes pas sans hésiter. Mais tout ce que je peux faire, c'est d'essayer de me racheter et de mieux me conduire à l'avenir. Et je dirais la même chose de Ramsay.

— Tout le monde mérite une seconde chance, objecta Catherine.

— Je suis d'accord. Et j'aimerais croire qu'il a tourné la page. Mais cela reste à voir.

— Tu as peur qu'il ne retombe dans ses errements passés.

— Il ne serait pas le premier. Cela dit, il approche de l'âge où le caractère d'un homme est plus ou moins fixé. S'il persiste dans son renoncement aux pratiques libertines, je pense qu'il fera un bon mari. Mais tant qu'il n'a pas fait ses preuves, je préfère que tu ne risques pas ton avenir en épousant un homme qui se révélera peut-être incapable de respecter ses vœux.

— Il respectera ses vœux, insista Poppy.

— Comment le sais-tu ?

— Parce que c'est un Hathaway.

— Il a de la chance de t'avoir pour le défendre, ma douce, fit Harry en lui souriant. Et j'espère que tu as raison.

Son regard se posa ensuite sur le visage tourmenté de sa sœur.

— Je me trompe, Catherine, ou tu partages mes doutes ?

— Je trouve difficile de faire confiance à un homme, quel qu'il soit, reconnut-elle.

Tous trois longèrent en silence une haie soigneusement taillée.

— Catherine, commença Poppy, puis-je vous poser une question exceptionnellement intime ?

Catherine fit mine de lui jeter un regard effarouché avant de sourire.

— Je peux difficilement imaginer quelque chose de plus intime que ce que nous venons d'évoquer. Oui, bien sûr.

— Mon frère vous a-t-il dit qu'il vous aimait ?

Catherine hésita longuement.

— Non, répondit-elle, les yeux fixés sur le chemin. En fait, je l'ai récemment entendu dire à Winnifred qu'il n'épouserait une femme que s'il était certain de ne pas l'aimer.

Elle glissa un coup d'œil à Harry qui, Dieu merci, s'abstint de tout commentaire.

— Il ne le pensait peut-être pas, suggéra Poppy. Leo s'amuse souvent à dire le contraire de ce qu'il pense vraiment. On ne sait jamais, avec lui.

— C'est précisément là le problème, observa Harry d'un ton neutre. On ne sait jamais, avec Ramsay.

Une fois que Catherine, son appétit revenu, eut dévoré une assiette de sandwichs, elle se rendit dans la suite que Harry lui avait réservée.

— Plus tard, quand vous vous serez reposée, lui dit Poppy, je vous enverrai une femme de chambre avec quelques-uns de mes vêtements. Ils seront un peu larges pour vous, mais on pourra les reprendre facilement.

— Oh, ce n'est pas la peine ! assura Catherine. Je demanderai qu'on m'envoie ceux que j'ai laissés dans le Hampshire.

— Il vous faudra vous habiller, entre-temps. Et j'ai des monceaux de robes neuves. Harry se montre ridiculement excessif lorsqu'il s'agit de dépenser de l'argent pour moi. En outre, vous n'avez plus besoin de toutes ces tristes robes de vieille fille. J'ai toujours rêvé de vous voir porter de jolies couleurs... du rose... du vert jade...

L'expression de Catherine la fit sourire.

— Vous serez comme le proverbial papillon qui sort de sa chrysalide, conclut-elle.

En dépit de son anxiété, Catherine parvint à répondre avec humour :

— L'état de chenille me convenait très bien, en fait.

Poppy alla trouver Harry dans son cabinet de curiosités, où il se réfugiait souvent pour réfléchir à un problème particulier ou pour travailler en étant certain de ne pas être dérangé. Seule sa femme était autorisée à y pénétrer librement.

Tout autour de la pièce, des étagères supportaient des objets exotiques, des pendules, des figurines, et autres curiosités offertes par des visiteurs étrangers ou rapportées de voyages.

Assis en bras de chemise derrière son bureau, Harry tripotait des engrenages, des ressorts et des morceaux de fils de fer, comme chaque fois qu'il était plongé dans ses pensées. En s'approchant de lui, Poppy éprouva un pincement de plaisir à observer ses mains en mouvement – des mains qui savaient si bien jouer de son corps.

Harry leva la tête, le regard à la fois attentif et songeur. Après avoir mis de côté les objets métalliques, il fit pivoter son siège, prit Poppy par la taille et l'attira entre ses jambes.

Elle glissa les doigts dans ses boucles brunes.

— Je te dérange ? s'enquit-elle avant de se pencher pour l'embrasser.

— Oui, murmura-t-il contre sa bouche. Continue.

Le rire de Poppy fondit entre leurs lèvres comme le sucre dans du thé chaud. Relevant la tête, elle s'efforça de se rappeler la raison de sa venue.

— Mmm… arrête, souffla-t-elle quand il posa la bouche sur sa gorge. Je ne peux pas penser quand tu fais cela. J'allais te demander quelque chose…

— La réponse est oui.

Elle recula pour le regarder, les bras toujours noués autour de son cou.

— Que penses-tu vraiment de la situation entre Catherine et Leo ?

— Je ne sais pas trop, avoua-t-il en jouant avec les boutons qui garnissaient le devant de son corsage.

— Harry, ne tire pas dessus, le prévint-elle. Ils ne sont que décoratifs.

— Quel intérêt d'avoir des boutons qui ne servent à rien ? demanda-t-il, perplexe.

— C'est la mode.

— Comment vais-je te retirer cette robe ?

Intrigué, Harry commença à chercher des agrafes cachées. Poppy frotta le bout de son nez contre le sien.

— C'est un mystère, chuchota-t-elle. Je ne te laisserai le découvrir que lorsque tu m'auras dit ce que tu as l'intention de faire au sujet de Catherine.

— Un scandale se consume plus rapidement si on l'ignore. Toute tentative pour l'étouffer ne fait qu'attiser les flammes. Je vais donc présenter Catherine comme ma sœur, expliquer qu'ayant été élève à *Blue Maid's*, elle s'est engagée chez les Hathaway pour vous rendre service, à ta sœur et à toi.

— Et les questions désagréables ? Comment y répondrons-nous ?

— À la manière des politiciens : on répond volontairement à côté et on élude.

— Je suppose que c'est la seule solution, convint-elle après un instant de réflexion. Et la demande en mariage de Leo ?

— À ton avis, elle doit l'accepter ?

Poppy hocha vigoureusement la tête.

— Je ne vois pas à quoi servirait d'attendre. On ne sait jamais quel genre de mari fera un homme avant de l'épouser. Et alors, il est trop tard.

— Pauvre petite femme, murmura Harry en lui tapotant les fesses. Il est bien trop tard pour toi, si je comprends bien.

— Eh bien, oui. Je me suis résignée à subir ma vie durant tes assauts passionnés et ta brillante conversation.

Elle soupira avant d'ajouter :

— Mais je me dis que c'est toujours mieux que d'être vieille fille.

Harry se leva, l'attira contre lui et l'embrassa jusqu'à ce qu'elle ait les joues en feu et la tête qui tourne.

— Harry, insista-t-elle alors qu'il déposait un baiser sous son oreille, quand donneras-tu ta bénédiction à une union entre Catherine et mon frère ?

— Lorsqu'elle me dira que, quelles que soient mes objections, elle l'épousera envers et contre tout.

Relevant la tête, il plongea son regard dans celui de Poppy.

— Allons dans l'appartement faire la sieste.

— Je n'ai pas sommeil, souffla-t-elle, ce qui lui valut un grand sourire.

— Moi non plus.

S'emparant de sa main, il l'entraîna hors de la pièce.

— Au sujet de ces boutons...

23

Le lendemain matin, Catherine fut réveillée par une domestique qui ranima le feu et lui apporta son petit déjeuner. L'un des plaisirs d'un séjour au Rutledge, c'était la nourriture délicieuse préparée par son chef renommé. Catherine soupira d'aise devant le plateau sur lequel étaient disposés du thé, des œufs brouillés à la crème accompagnés de leurs mouillettes, des petits pains ovales et une salade de fruits rouges.

— Il y avait un billet sous la porte, mademoiselle, lui apprit la domestique. Je l'ai posé sur le côté du plateau.

— Merci.

Avec un tressaillement de plaisir, Catherine reconnut l'écriture nette de Leo sur la petite carte scellée.

— Sonnez quand vous en aurez fini avec le plateau, mademoiselle, et je viendrai le chercher. Et si vous avez besoin d'aide pour vous habiller ou arranger vos cheveux, n'hésitez pas.

Catherine attendit qu'elle fût repartie pour décacheter le billet.

Sortie mystérieuse prévue ce matin. Sois prête à 10 heures précises. Porte des chaussures de marche.

R

Le sourire aux lèvres, elle observa Dodger qui se hissait sur le lit et humait l'air de ses minuscules narines frémissantes.

— Sortie mystérieuse, dit-elle à voix haute. Qu'a-t-il bien pu prévoir ? Non, Dodger, inutile de te faire des illusions. Tu ne partageras pas mon petit déjeuner ! Attends que j'aie fini.

Apparemment sensible à son ton sévère, le furet s'étira et se mit à rouler sur lui-même en travers du matelas.

— Et sache qu'il ne s'agit pas d'un arrangement définitif, ajouta Catherine en versant du sucre dans son thé. Je ne m'occupe de toi que le temps de te renvoyer à Beatrix.

Elle était si affamée qu'elle dévora tout le contenu de l'assiette, hormis la petite quantité qu'elle réserva pour le furet. Les œufs étaient onctueux à souhait, les mouillettes divinement croustillantes. Quand elle eut terminé sa part, elle versa le reste dans une soucoupe, ajouta quelques baies et posa la soucoupe par terre pour Dodger. Après avoir tourné autour de ses chevilles avec une impatience joyeuse, il accepta une caresse, puis se rua sur le festin.

Catherine venait de terminer sa toilette lorsqu'on frappa à la porte. C'était Poppy, accompagnée de la jeune domestique qu'elle avait vue un peu plus tôt. Poppy avait les bras chargés d'au moins trois robes, et la femme de chambre portait un panier rempli de linges, bas, gants et autres fanfreluches.

— Bonjour ! lança gaiement Poppy en déposant les robes sur le lit.

Quand elle aperçut le furet en train de manger, elle secoua la tête et sourit.

— Coucou, Dodger !

— Toutes ces choses sont pour moi ? s'enquit Catherine. Sincèrement, je n'ai pas besoin de tant de...

— Je vous les impose, rétorqua Poppy, et n'essayez pas de me rendre quoi que ce soit. J'y ai inclus quelques nouveaux dessous de chez la couturière, ainsi qu'un corset « amélioré ». Vous vous souvenez, nous l'avons vu à l'Exposition Universelle ?

— Bien sûr, répondit Catherine. Difficile d'oublier cette collection de sous-vêtements féminins exposés au vu et au su de tout le monde !

— Eh bien, il y a une bonne raison pour que Mme Caplin ait gagné une médaille d'or à l'exposition. Non seulement les corsets Caplin sont bien plus légers que les corsets traditionnels, mais ils n'ont pas autant de baleines rigides et pointues, et ils s'adaptent au corps au lieu de le contraindre à épouser une forme inconfortable. Harry a dit à la gouvernante, Mme Pennywhistle, que toutes les servantes qui le souhaitaient pouvaient s'en acheter un aux frais du Rutledge.

— Vraiment ? s'étonna Catherine.

— Oui, parce que cela leur offre une liberté de mouvements beaucoup plus grande. Et, au moins, on peut respirer.

Poppy souleva une robe vert d'eau et la lui présenta.

— Il faut que vous portiez celle-ci aujourd'hui. Je suis sûre qu'elle va vous aller. Nous sommes de la même taille. Vous êtes plus mince que moi, certes, mais il fallait que je me lace serré pour pouvoir entrer dedans.

— Vous êtes trop généreuse, Poppy.

— Ne dites pas de bêtises, nous sommes sœurs. Et nous pourrions renoncer à ce « vous » solennel. Que tu épouses ou non Leo, continua-t-elle en l'enveloppant d'un regard affectueux, nous serons toujours sœurs. Leo m'a parlé de votre sortie à 10 heures. T'a-t-il dit où vous alliez ?

— Non. Il vous… te l'a dit ?

— Oui, répondit Poppy avec un grand sourire.

— Où est-ce ?

— Je lui laisse te faire la surprise. Toutefois, sache que cette expédition a toute mon approbation, ainsi que celle de Harry.

Après les efforts conjugués de Poppy et de la servante, Catherine se retrouva vêtue de la fameuse robe dont la teinte était un parfait équilibre entre le vert et le bleu. Le long corsage ajusté se prolongeait en une jupe qui s'évasait au niveau du genou en une succession de volants. La veste assortie, cintrée à la taille, était bordée d'un liseré de soie dans les tons de vert, de bleu et d'argent. Un petit chapeau impertinent complétait la tenue, perché sur ses cheveux relevés en un chignon sophistiqué.

Catherine était restée si longtemps sans porter quoi que ce soit de joli ou d'élégant qu'elle fut prise au dépourvu en découvrant son reflet dans la glace.

— Oh, mademoiselle, vous êtes aussi jolie que les demoiselles peintes sur les boîtes de bonbons ! s'exclama la femme de chambre.

— Elle a raison, Catherine, approuva Poppy, l'air enchanté. Attends que mon frère te voie ! Il regrettera chacun des mots affreux qu'il t'a dits.

— Moi aussi, je lui ai dit des choses affreuses, répliqua doucement Catherine.

— Nous savions tous que cette animosité réciproque cachait quelque chose. Mais nous n'étions pas d'accord sur la nature du quelque chose en question. C'est Beatrix qui avait raison, bien sûr.

— C'est-à-dire ?

— Selon elle, Leo et vous étiez comme un couple de furets, qui se montrent assez bagarreurs durant la période prénuptiale.

— Beatrix est très intuitive, reconnut Catherine avec un sourire penaud.

— Je pensais que sa passion pour les animaux se calmerait avec l'âge, continua Poppy après avoir lancé un regard ironique en direction de Dodger. Mais je m'aperçois que son cerveau fonctionne toujours de la même manière. Elle fait très peu de différence entre le monde humain et le monde animal. J'espère seulement qu'elle rencontrera un homme capable de supporter son... individualité.

— Quelle manière pleine de tact de dire la chose, fit remarquer Catherine en riant. Tu entends par là un homme qui ne protestera pas quand il trouvera des lapereaux dans ses chaussures ou un lézard dans sa boîte à cigares ?

— Exactement.

— J'ai confiance, assura Catherine. Beatrix est bien trop adorable et digne d'être aimée pour rester célibataire.

— Tout comme toi, répliqua Poppy d'un ton éloquent.

Elle se pencha pour ramasser le furet, qui avait entrepris d'inventorier le contenu du panier.

— Je prends Dodger pour la journée. Je dois passer la matinée à faire de la correspondance, il pourra dormir sur mon bureau pendant que je travaille.

Le furet se laissa pendre de tout son long dans les bras de Poppy, et salua Catherine de son éternel sourire avant d'être emporté.

La veille au soir, Leo avait eu du mal à laisser Catherine seule. Il aurait voulu rester près d'elle, la veiller tel un griffon montant la garde à côté d'un trésor exotique. Lui qui n'avait jamais été enclin à la jalousie paraissait rattraper très vite le temps perdu. Que Catherine dépende autant Harry l'irritait tout particulièrement. Il était pourtant naturel qu'elle se fie à son frère, d'autant qu'il l'avait tirée autrefois d'une situation périlleuse, et qu'il était son seul soutien depuis des années. Même s'il n'avait pas fait preuve de beaucoup d'amour ou d'intérêt jusqu'à une date récente, il constituait sa seule famille.

Le problème, c'est que Leo brûlait du désir d'être *tout* pour Catherine. Il voulait être son confident exclusif, son amant, son ami le plus proche. Il voulait satisfaire ses besoins les plus intimes, la réchauffer de son corps quand elle avait froid, porter une tasse à ses lèvres lorsqu'elle avait soif, lui frotter les pieds lorsqu'elle était fatiguée. Il voulait unir sa vie à la sienne de toutes les manières possibles, des plus significatives aux plus ordinaires.

Toutefois, il ne lui suffirait pas d'un geste, d'une conversation, d'une nuit passionnée pour la conquérir. Il lui faudrait la gagner peu à peu, remporter de petites victoires stratégiques ici ou là jusqu'à ce que l'édifice de ses réticences s'effondre. Cela demanderait de la patience, de l'attention et du temps. Mais elle en valait la peine, et même bien plus.

Arrivé devant sa porte, Leo frappa discrètement et attendit. Catherine ouvrit promptement, un sourire aux lèvres.

— Bonjour, lui dit-elle avec un regard plein d'attente.

Les mots que Leo s'apprêtait à prononcer s'évanouirent. Il la détailla lentement, de la tête aux pieds. Elle lui rappelait l'une de ces exquises images féminines peintes sur les cartons à chapeau. Ou l'un de ces bonbons enveloppés dans un joli papier... qu'il aurait bien déballé sur-le-champ.

Son silence se prolongeant, Catherine fut obligée de parler de nouveau.

— Je suis prête pour notre sortie. Où allons-nous ?

— Je suis incapable de m'en souvenir, lâcha Leo sans cesser de la fixer.

Il s'avança, comme pour la repousser dans la chambre. Catherine l'arrêta en posant sa main gantée sur son torse.

— J'ai bien peur de ne pas pouvoir te laisser entrer. Ce ne serait pas convenable. Et j'espère que pour cette sortie, tu as loué une voiture ouverte et non fermée.

— Nous pouvons prendre une voiture si tu préfères, mais nous n'allons pas très loin, et la promenade par St James Park est agréable. Tu aimerais y aller à pied ?

Elle acquiesça aussitôt.

En sortant de l'hôtel, Catherine glissa la main sous le bras que Leo lui offrait, et tandis qu'ils cheminaient, elle lui raconta ce que Beatrix et elle avaient lu sur le parc : le roi dont il portait le nom y conservait de nombreux animaux dont des chameaux, des crocodiles et un éléphant, ainsi qu'un grand nombre d'oiseaux. L'allée le long de laquelle s'alignaient leurs cages avait été ensuite baptisée Promenade des volières. Ce qui conduisit Leo à lui parler de l'architecte John Nash, qui avait dessiné la large avenue traversant le parc pour rejoindre Buckingham Palace.

— À l'époque, on considérait Nash comme un insupportable fat, dit-il. Un homme arrogant, imbu de lui-même – des qualités indispensables pour un architecte de cette envergure.

— Ah bon ? Pourquoi cela ? s'enquit Catherine d'un air amusé.

— À cause des sommes colossales engagées. Il s'agit des deniers publics, ne l'oublions pas. C'est de l'impudence, vraiment, de croire que le dessin que tu as en tête mérite d'être construit à grande échelle. Dans le cas d'un tableau exposé, les gens peuvent aller le voir au musée s'ils le veulent, ou l'éviter dans le cas contraire. Mais on ne peut guère éviter un édifice monumental. Que Dieu ait pitié de nous si c'est une horreur!

Elle lui jeta un regard de biais.

— Rêves-tu de concevoir un palais ou un édifice public, comme M. Nash?

— Non, je n'ai pas l'ambition d'être un grand architecte. Simplement un architecte utile. J'aime concevoir des projets plus petits, comme les métairies du domaine. À mes yeux, elles ne sont pas moins importantes qu'un palace.

Il ralentit le pas pour s'adapter à celui de Catherine, et veilla à ce qu'elle franchisse sans encombre un passage irrégulier du trottoir.

— Quand je suis retourné en France, j'ai rencontré par hasard, en Provence, l'un de mes professeurs à l'Académie des beaux-arts. Un charmant vieux monsieur.

— Quelle merveilleuse coïncidence.

— Plutôt le destin.

— Tu crois au destin?

— Difficile de faire autrement quand on vit avec Rohan et Merripen, non? répliqua-t-il avec un sourire en coin.

— Je suis du côté des sceptiques. Pour moi, le destin, c'est ce que nous sommes et ce que nous faisons de ce qui s'offre à nous. Continue... Parlemoi de ce professeur.

— J'ai rendu de nombreuses visites au professeur Joseph par la suite, pour dessiner ou pour étudier dans son atelier. Nous discutions souvent en buvant un verre de chartreuse.

Leo fit une grimace mi-nostalgique mi-amusée avant de préciser:

— Je déteste ce truc

— De quoi parliez-vous?

— En général, d'architecture. Le professeur Joseph en avait une conception très pure. Pour lui, une petite maison parfaitement conçue avait autant de valeur qu'un grand édifice public. Et il parlait de choses auxquelles il n'avait jamais fait allusion à l'Académie : sa conviction qu'il existait des relations entre le physique et le spirituel... Qu'une création parfaite comme une peinture, une sculpture ou un bâtiment peut vous faire éprouver un instant de transcendance. Vous éclairer. Vous permettre d'entrevoir le paradis.

Leo s'interrompit en remarquant son expression troublée.

— Je t'ennuie. Pardonne-moi.

— Non, ce n'est pas du tout cela.

Ils marchèrent en silence pendant près d'une minute avant que Catherine ne lâche :

— Je ne te connais pas vraiment, en fait. Tu bouscules tant de choses que j'imaginais à ton sujet. C'est très déconcertant.

— Cela signifie-t-il que l'idée de m'épouser te séduit davantage ?

— Pas du tout.

— Tu y viendras, assura-t-il avec un grand sourire. Tu ne peux résister indéfiniment à mon charme.

Ils sortirent du parc pour emprunter une artère commerçante. Le nez levé sur les enseignes, Catherine demanda :

— Tu m'emmènes chez une mercière ? Une marchande de fleurs ? Dans une librairie ?

— Ici, répondit Leo en s'arrêtant devant une vitrine. Qu'en penses-tu ?

Les yeux plissés, elle examina le panneau derrière la vitre.

— *Télescopes*, déchiffra-t-elle avec perplexité. Tu veux que je me mette à l'astronomie ?

— Continue de lire, lui suggéra Leo.

— *Fournisseur de lunettes, lorgnettes et jumelles par lettres patentes de sa Majesté Royale*, lut-elle à voix haute. *Examens oculaires pratiqués par le Dr Henry Schaeffer selon des méthodes modernes permettant une correction scientifique de l'acuité visuelle.*

— Le Dr Schaeffer est le meilleur oculiste de Londres, précisa Leo. Certains disent même du monde. Il enseignait l'astronomie, quand son travail avec les lentilles l'a conduit à s'intéresser à l'œil humain. Il s'est formé à l'ophtalmologie et a fait faire à cette science des progrès remarquables. Je t'ai pris un rendez-vous avec lui.

— Mais je n'ai pas besoin du meilleur oculiste de Londres, protesta Catherine, stupéfaite que Leo se soit donné autant de mal.

— Allons, Marks, dit-il en l'entraînant vers la porte. Il est temps que tu aies des lunettes correctes.

Avec ses alignements de télescopes, de loupes, de jumelles et de toutes sortes d'instruments d'optique, l'intérieur de la boutique était étonnant. Un jeune employé les accueillit et alla chercher le Dr Schaeffer. Celui-ci ne tarda pas à arriver. C'était un homme jovial, expansif, avec une épaisse moustache blanche qui se relevait vers ses joues roses lorsqu'il souriait.

Il leur montra son magasin, s'arrêtant pour faire une démonstration de stéréoscope et expliquer comment était créée l'illusion de profondeur.

— Cet instrument a deux usages, dit-il, les yeux pétillants derrière ses lunettes. D'abord, les images stéréoscopiques peuvent aider à traiter les problèmes de convergence chez certains patients. Et puis, elles sont précieuses pour occuper les enfants impatients.

Il invita ensuite Catherine et Leo à le suivre à l'arrière du magasin.

Jusqu'alors, quand Catherine achetait des lunettes, l'opticien se contentait de lui apporter un assortiment de verres qu'elle plaçait tour à tour devant ses yeux, et lorsqu'elle jugeait avoir obtenu une vision suffisante, il les adaptait sur une monture.

Le Dr Schaeffer, quant à lui, lui fit lire des séries de lettres et de chiffres sur trois tableaux accrochés au mur. Il l'obligea à les relire plusieurs fois avec des verres différents jusqu'à ce que sa vision devienne presque miraculeuse de clarté.

Il insista ensuite pour pratiquer un examen avec ce qu'il appelait une « loupe cornéenne », après lui avoir instillé des gouttes dans les yeux pour dilater les pupilles. Il lui annonça alors qu'il n'y avait pas de signe de maladie ou de dégénérescence.

Au moment de discuter de la monture, Leo surprit à la fois Catherine et le Dr Schaeffer en prenant une part active à la conversation.

— Les lunettes que Mlle Marks porte en ce moment lui laissent une marque sur l'arête du nez.

— Il faut ajuster la forme du pont qui repose dessus.

— Sans aucun doute, acquiesça Leo tout en tirant de sa poche un morceau de papier qu'il posa sur la table. Toutefois, j'ai quelques idées à vous soumettre. Serait-il possible de concevoir le pont de telle manière qu'il tiendrait les verres un peu plus éloignés du visage ?

— Vous pensez à quelque chose qui ressemblerait au ressort d'un pince-nez ? demanda Schaeffer, songeur.

— Oui. Les lunettes seraient plus confortables et elles resteraient en place.

Schaeffer se pencha pour examiner avec attention le croquis de Leo.

— Je vois que vous avez dessiné des branches incurvées. Ce n'est pas courant.

— Le but, c'est que les lunettes soient plus fermement accrochées.

— C'est un problème, de les garder en place ?

— Oui, répondit Leo. C'est une femme très active. Elle pourchasse des animaux, tombe à travers des toits, charrie des pierres... Je vous décris là une de ses journées habituelles.

— Leo ! murmura Catherine.

Schaeffer sourit tout en examinant la monture tordue de ses lunettes.

— Vu leur état, mademoiselle Marks, je serais presque tenté de prêter foi aux propos de lord Ramsay. Avec votre permission, je vais demander au bijoutier avec lequel je travaille de fabriquer les montures que vous avez dessinées.

— Qu'il les fasse en argent, précisa Leo.

Il regarda Catherine avec un faible sourire et ajouta :

— En insérant un filigrane d'or sur les branches. Rien de vulgaire... que ce soit très discret.

Catherine secoua aussitôt la tête.

— Un tel ornement est coûteux et inutile.

— Faites-le néanmoins, dit Leo au docteur sans cesser de dévisager Catherine. Ton visage mérite d'être orné. Crois-tu que je mettrais un chef-d'œuvre dans un cadre ordinaire ?

Elle lui adressa un regard de reproche. Non seulement une flatterie aussi outrée ne lui plaisait pas, mais elle n'avait aucunement l'intention de succomber au charme de Leo. Ce dernier lui adressa alors un sourire irrésistible. Et tandis qu'il la couvait d'un regard malicieux, elle éprouva une douce mais douloureuse contraction au niveau du cœur, puis eut l'impression de perdre l'équilibre. Elle pressentait la chute sans toutefois parvenir à s'écarter du danger.

Elle était condamnée à rester là, suspendue entre désir et péril... incapable de se sauver elle-même.

24

M. Harry Rutledge, l'hôtelier londonien bien connu, a confirmé qu'une certaine Catherine Marks est en fait sa demi-sœur. Elle vivait jusqu'à présent une existence relativement retirée comme demoiselle de compagnie de la famille du vicomte Ramsay, du Hampshire. Lorsqu'on a demandé à M. Rutledge la raison pour laquelle la jeune femme n'avait pas été introduite plus tôt dans la société, il a expliqué qu'une telle discrétion était appropriée aux circonstances de sa naissance – Mlle Marks étant l'enfant naturelle de la mère de M. Rutledge et d'un gentleman inconnu. M. Rutledge a insisté sur le caractère plein de dignité et de raffinement de sa sœur, ainsi que sur sa propre fierté à reconnaître son lien de parenté avec une femme qu'il décrit comme « estimable à tous points de vue ».

— Comme c'est flatteur, commenta Catherine d'un ton léger en reposant l'exemplaire du *Times*. Puis elle se rembrunit.

— À présent, les questions vont commencer.

— Je me charge des questions, dit Harry. Tout ce que tu as à faire, c'est de te conduire de la manière digne et raffinée qu'évoque le journal lorsque Poppy et moi t'emmènerons au théâtre.

— Quand allons-nous au théâtre ? s'enquit sa femme en glissant dans sa bouche le dernier morceau d'un petit pain au miel.

— Demain soir, si cela vous convient.

Catherine hocha la tête en faisant de son mieux pour ne pas paraître troublée à cette perspective. On allait la dévisager, chuchoter, et une partie d'elle se rétractait à l'idée d'être ainsi exposée aux regards. D'un autre côté, il s'agissait d'une pièce, ce qui signifiait que l'attention du public serait surtout fixée sur la scène.

— Invitons-nous Leo ? demanda Poppy.

Harry et elle se tournèrent d'un même mouvement vers Catherine. Celle-ci haussa les épaules avec une indifférence qui, devina-t-elle, ne les trompa ni l'un ni l'autre.

— Tu y vois une objection ? s'enquit Harry.

— Non, bien sûr. C'est le frère de Poppy et mon ancien employeur.

— Et ton fiancé potentiel, murmura Harry.

— Je n'ai pas accepté sa demande.

— Tu y songes, néanmoins… n'est-ce pas ?

Le cœur de Catherine battit plus rapidement.

— Je ne sais pas.

— Je ne veux pas te harceler avec cela, mais combien de temps vas-tu attendre avant de donner une réponse à Ramsay ?

— Pas longtemps, répondit Catherine, les yeux fixés sur son thé. S'il veut avoir le moindre espoir de garder Ramsay House, lord Ramsay va devoir se marier bientôt.

Un coup frappé à la porte précéda l'entrée de Jake Valentine, le bras droit de Harry. Il lui apportait les rapports quotidiens de l'intendant ainsi qu'une pile de lettres. L'une d'elles était adressée à Poppy, qui la reçut avec un sourire chaleureux.

— Merci, monsieur Valentine.

— Je vous en prie, madame Rutledge, répondit-il en lui rendant son sourire.

Il s'inclina avant de partir. Il semblait un poil amoureux de Poppy, ce dont Catherine ne s'étonnait pas le moins du monde.

Poppy décacheta la lettre et, au fur et à mesure de sa lecture, ses sourcils se haussaient davantage.

— Bonté divine, voilà qui est curieux !

Le frère et la sœur tournèrent vers elle un regard interrogateur.

— C'est une lettre de lady Fitzwalter, avec qui j'organise des ventes de charité. Elle me demande avec la plus grande insistance de persuader mon frère de rendre visite à Mlle Darvin et à la comtesse Ramsay, qui se trouvent en ville. Et elle me fournit l'adresse de la maison qu'elles louent.

— Ce n'est pas si curieux que cela, observa Catherine d'un ton posé, même si cette nouvelle l'inquiétait. Après tout, une dame ne doit pas se rendre chez un homme pour quelque raison que ce soit. Ce n'est donc sans doute pas la première fois que l'on compte sur une connaissance commune pour arranger une rencontre.

— Oui, mais pourquoi Mlle Darvin veut-elle parler à Leo ?

— Peut-être à cause de Ramsay House, avança Harry. Qui sait si elle ne souhaite pas faire quelques concessions ?

— Je suis sûre qu'elle a l'intention de lui offrir quelque chose, déclara Catherine d'un air maussade.

Elle ne pouvait s'empêcher de revoir la magnifique jeune femme brune, et le couple saisissant qu'elle formait avec Leo quand ils valsaient.

— Cependant, poursuivit-elle, je doute qu'elle compte débattre de problèmes juridiques. Il s'agit de quelque chose de personnel, sinon elle aurait chargé les avoués de s'en occuper.

— Cam et Merripen ont été terrifiés par Mlle Darvin, raconta Poppy à Harry avec un grand sourire. Amelia m'a écrit que sa robe de bal était ornée de plumes de paon, ce que les bohémiens considèrent comme présageant d'un danger.

— Dans certaines sectes hindoues, répliqua Harry, les cris du paon sont associés à la saison des pluies et, donc, à la fertilité.

— Danger ou fertilité ? interrogea Poppy, ironique. Eh bien, ce sera intéressant de voir lequel des deux va échoir à Mlle Darvin.

— Pas question, répliqua Leo quand Poppy l'informa de la nécessité de rendre visite à Mlle Darvin.

— Peu importe, tu n'as pas le choix, répliqua sa sœur en le débarrassant de son manteau.

Voyant Catherine assise dans le salon, Dodger sur les genoux, Leo la rejoignit.

Il lui prit la main et la lui effleura d'un baiser. La sensation de ses lèvres sur sa peau fit s'accélérer son souffle.

— Puis-je ? demanda-t-il après avoir jeté un coup d'œil à la place vide à côté d'elle, sur le canapé.

— Oui, bien sûr.

Quand Poppy se fut installée dans un fauteuil près de la cheminée, Leo s'assit à côté de Catherine.

Elle lissa la fourrure de Dodger à plusieurs reprises, mais il ne réagit pas. Un furet endormi est si inerte et impossible à réveiller qu'on serait fondé à le croire mort. On peut le soulever, le secouer même, il continue de dormir.

Leo tendit la main pour jouer avec les pattes minuscules de Dodger, les soulevant doucement et les laissant ensuite retomber sur les genoux de Catherine. Tous deux se mirent à rire comme Dodger demeurait inconscient.

Détectant une odeur inhabituelle autour de Leo – un mélange de foin et d'animal –, Catherine renifla avec curiosité.

— Tu sens un peu… le cheval. Tu as fait une promenade ce matin ?

— C'est Eau de zoo, répondit-il, l'œil pétillant. J'avais rendez-vous avec le secrétaire de la société zoologique de Londres, et nous avons visité le pavillon le plus récent.

— Pourquoi ?

— On a chargé, à la demande de la reine, une vieille connaissance à moi – nous étions tous les deux stagiaires chez Rowland Temple – d'imaginer un enclos pour les gorilles du zoo. Ils sont enfermés dans de petites cages, ce qui est cruel. Quand mon ami s'est plaint de la difficulté de concevoir un espace suffisamment grand et sûr sans dépenser une fortune, je lui ai suggéré de creuser un fossé.

— Un fossé ? répéta Poppy.

Leo sourit.

— Les gorilles ne traversent pas les eaux profondes.

— Comment savais-tu cela ? demanda Catherine, amusée. Beatrix ?

— Naturellement. Et maintenant, ajouta-t-il avec une grimace, suite à ma suggestion, il apparaîtrait que j'ai été recruté comme consultant.

— Au moins, si tes nouveaux clients se plaignent, tu ne comprendras pas ce qu'ils disent, fit remarquer Catherine.

— Manifestement, tu n'as jamais vu ce que des gorilles sont capables de lancer lorsqu'ils sont mécontents ! Il n'empêche… Je préférerais passer mon temps avec des primates plutôt que d'aller rendre visite à Mlle Darvin et à sa mère.

La pièce donnée ce soir-là était d'une senti-mentalité dégoulinante, mais très divertissante. Le héros en était un jeune paysan russe qui souhaitait s'élever au-dessus de sa condition. Alors qu'il s'apprêtait à épouser celle qu'il aimait, la pauvre fille fut agressée par le prince. En s'évanouissant, elle se fit mordre par une vipère, mais avant que la mort l'emporte, elle parvint à raconter à son fiancé ce qui s'était passé, et ce dernier jura de se venger du prince. Pour cela, il prit l'identité d'un noble de la cour, où le hasard le mit en présence d'une femme qui res-semblait comme deux gouttes d'eau à son amour défunt. En fait, la femme était la jumelle de la jeune défunte et, pour compliquer les choses, elle était amoureuse de l'honorable fils du méchant prince.

C'est à ce stade qu'eut lieu l'entracte.

Malheureusement, le plaisir de Catherine et de Poppy fut un peu gâché par les commentaires moqueurs dont Harry et Leo accompagnaient les péripéties du drame. Dans les affres de la mort, la jeune femme mordue par le serpent se tenait le mauvais côté du corps... Et une personne ago-nisante n'aurait sans doute pas arpenté la scène de long en large en proférant de poétiques décla-rations d'amour.

— Il n'y a pas une once de romantisme dans ton âme, lança Poppy à Harry au moment de l'en-tracte.

— Dans mon âme, non, admit-il avec gravité. Toutefois, j'en ai beaucoup ailleurs.

Elle se mit à rire tout en lissant un pli imagi-naire sur sa cravate empesée.

— Mon chéri, tu pourrais demander qu'on apporte du champagne dans notre loge ? Catherine et moi avons soif.

— Je m'en charge, déclara Leo en se levant. J'ai besoin de me dégourdir les jambes après une heure et demie dans ce fauteuil ridiculement petit. Es-tu tentée par une promenade ? demanda-t-il à Catherine.

— Non, merci, je suis bien ici.

Elle se sentait plus en sécurité à l'intérieur de la petite loge qu'au milieu de la foule qui se pressait dans les couloirs.

À peine Leo eut-il franchi les rideaux qui fermaient le fond de la loge que deux femmes et un homme entrèrent pour saluer les Rutledge. Catherine se crispa quand Harry la présenta à lord et à lady Despencer, ainsi qu'à la sœur de cette dernière, Mme Lisle. Elle redoutait un accueil froid de leur part, voire une remarque dédaigneuse, mais tous trois se montrèrent parfaitement polis et affables. Peut-être devait-elle cesser d'attendre le pire des gens, songea-t-elle avec ironie.

Poppy demanda à lady Despencer des nouvelles d'un de ses enfants, qui avait été récemment malade. Tandis qu'elle égrenait la liste des soins et des précautions qui avaient permis le rétablissement de son fils, d'autres personnes entrèrent et attendirent leur tour pour s'entretenir avec les Rutledge. Afin de leur faire de la place, Catherine recula vers le fond de la loge, à côté du rideau, et prit son mal en patience. Les conversations se croisaient en un flot ininterrompu entre le parterre, les couloirs et les loges. Au brouhaha se mêlaient l'agitation et la chaleur des corps pressés dans l'espace confiné du théâtre, et Catherine, incommodée, pria pour que l'entracte s'achève bientôt.

Elle se tenait les mains derrière le dos quand elle sentit des doigts se refermer sur son poignet tandis qu'un corps masculin se pressait contre le sien. Elle esquissa un sourire malgré elle. Quel jeu Leo avait-il inventé ?

Mais la voix qui s'insinua dans son oreille n'était pas celle de Leo. C'était une voix issue de ses cauchemars.

— Comme tu es jolie, ornée de tes plus belles plumes, ma colombe.

25

Catherine se raidit, serra le poing, mais elle ne réussit pas à s'arracher à l'étreinte de lord Latimer. Il tordit son avant-bras ganté en le tirant un peu plus haut et continua de parler à voix basse.

Pétrifiée, Catherine n'entendit tout d'abord rien d'autre que les battements affolés de son propre cœur. Le temps sembla vaciller, s'arrêter, puis repartir au ralenti.

— ... tant de questions à ton sujet... disait-il d'une voix vibrante de mépris. Tout le monde veut en savoir plus sur l'énigmatique sœur de Rutledge... est-elle belle ou peu gâtée par la nature ? Accomplie ou vulgaire ? Riche ou pauvre ? Je devrais peut-être fournir les réponses... C'est une beauté, vais-je dire à mes amis curieux, formée par une maquerelle notoire. C'est une usurpatrice. Et surtout, c'est une putain.

Catherine se tenait immobile, les narines frémissantes. Impossible de provoquer un scandale lors de sa première sortie officielle en tant que sœur de Harry. Tout conflit avec lord Latimer entraînerait la révélation de leur lien passé, et précipiterait sa ruine.

— Pourquoi ne pas expliquer aussi que vous êtes un débauché immonde qui a essayé de violer une fille de quinze ans ? siffla-t-elle.

— Tss, tss… un peu de bon sens, Catherine. On ne reproche jamais ses passions à un homme, si perverses soient-elles. C'est la femme qui les a suscitées que l'on blâme. Tu n'iras pas loin en sollicitant de la compassion. Les gens méprisent les femmes persécutées, surtout lorsqu'elles sont jolies.

— Lord Ramsay va…

— Ramsay va se servir de toi puis te rejeter, comme il le fait avec toutes les femmes. Tu n'es quand même pas assez stupide ou vaniteuse pour penser que tu es différente des autres ?

— Que voulez-vous ? demanda-t-elle entre ses dents serrées.

— Ce pour quoi j'ai payé, il y a toutes ces années. Et je l'aurai. Il n'y a pas d'autre avenir pour toi, ma jolie. Tu n'as jamais été destinée à mener une vie respectable. Une fois que la rumeur sera passée par là, plus personne ne te recevra.

Les doigts d'acier lui lâchèrent le poignet, et son tourmenteur s'éclipsa.

Bouleversée, Catherine regagna son fauteuil en titubant et s'y laissa tomber. Les yeux fixés droit devant elle, elle s'efforça de se ressaisir. Elle tâcha d'examiner sa peur de manière objective pour tenter de la circonscrire. Ce n'était pas Latimer qu'elle craignait, en fait. Elle le méprisait, certes, mais il ne constituait plus la même menace qu'auparavant. Elle avait à présent suffisamment d'argent pour vivre comme elle l'entendait. Elle avait Harry, Poppy et les Hathaway.

Mais Latimer avait identifié ses craintes légitimes avec une cruelle acuité. On pouvait combattre un homme, mais pas une rumeur. On pouvait mentir au sujet du passé, la vérité finissait par refaire surface. On pouvait promettre fidélité et constance, mais de telles promesses étaient souvent rompues.

Une mélancolie irrépressible la submergea. Elle avait l'impression d'être… souillée.

Poppy s'assit à côté d'elle, tout sourire.

— Bientôt le deuxième acte. Crois-tu que le paysan aura sa revanche sur le prince ?

— Oh, sans aucun doute ! répondit Catherine avec une légèreté forcée.

Le sourire de Poppy s'évanouit et elle s'inclina vers elle.

— Tout va bien ? Tu es toute pâle. Il s'est passé quelque chose ?

Avant que Catherine puisse répondre, Leo réapparut, accompagné par un serveur chargé d'un plateau. Une clochette retentit dans la fosse d'orchestre, annonçant la fin prochaine de l'entracte. Au grand soulagement de Catherine, les visiteurs commencèrent à refluer vers le couloir.

— Et voilà, fit Leo en tendant une coupe de champagne à Poppy et à Catherine. Il est conseillé de le boire rapidement.

— Pourquoi ? demanda Catherine en s'obligeant à sourire.

— Le champagne s'évente beaucoup plus vite dans des coupes.

Catherine avala son verre avec une hâte peu féminine, les yeux fermés pour lutter contre le picotement des bulles.

— Je ne voulais pas dire aussi rapidement, reprit Leo en l'observant d'un air mi-amusé mi-inquiet.

L'éclairage commença à diminuer et les derniers retardataires regagnèrent leur place.

Catherine jeta un coup d'œil au seau en argent dans lequel se trouvait la bouteille de champagne entourée d'une serviette blanche.

— Je peux en avoir une autre ? chuchota-t-elle.

— Non, tu vas être pompette si tu en bois une deuxième tout de suite.

Leo lui retira sa coupe vide, la posa de côté, puis prit sa main gantée dans la sienne.

— Raconte-moi, dit-il doucement. À quoi penses-tu ?

— Plus tard, murmura-t-elle en libérant sa main. S'il te plaît.

Elle ne voulait pas gâcher la soirée de tout le monde, ni courir le risque que Leo se lance à la recherche de Latimer dans le théâtre. Il n'y avait rien à gagner à relater l'épisode maintenant.

L'obscurité se fit dans la salle et la pièce reprit. Mais son charme mélodramatique ne parvint pas à tirer Catherine de sa détresse. Elle fixait la scène d'un regard vide, entendait les répliques des comédiens comme s'il s'agissait d'une langue étrangère. Durant tout ce temps, son esprit s'acharnait à essayer de trouver une solution à son dilemme intime.

Les réponses, elle les connaissait déjà, mais cela semblait importer peu. La situation dans laquelle elle s'était retrouvée n'était absolument pas de son fait. Latimer, Althea et sa grand-mère étaient à blâmer, pas elle. De cela, elle en serait certaine jusqu'à la fin de ses jours. Et pourtant, son sentiment de culpabilité, la souffrance, le désarroi demeuraient. Comment pouvait-elle s'en débarrasser ? Qu'est-ce qui parviendrait à l'en libérer ?

Durant les dix minutes qui suivirent, Leo, préoccupé, jeta de fréquents coups d'œil en direction de Catherine. Elle tentait visiblement de se concentrer sur la pièce, mais il était manifeste qu'un problème la rongeait. Elle était distante, inatteignable, comme prisonnière d'un bloc de glace. Pour essayer de la réconforter, il lui prit de nouveau la main et passa le pouce au-dessus du bord de son gant. Sa peau était anormalement froide.

Perplexe, il se pencha vers Poppy.

— Que diable est-il arrivé à Marks ? chuchota-t-il.

— Je l'ignore. Harry et moi parlions avec lord et lady Despencer, et Catherine se tenait sur le côté. Puis nous nous sommes toutes deux rassises, et j'ai remarqué qu'elle paraissait souffrante.

— Je la ramène à l'hôtel, décréta-t-il.

Harry, qui avait surpris la dernière partie de l'échange, murmura :

— Nous allons tous rentrer.

— Il n'y a aucune raison de partir, protesta alors Catherine.

Sans lui prêter attention, Leo s'adressa à Harry.

— Il vaudrait mieux que vous restiez jusqu'à la fin de la pièce. Au cas où quelqu'un poserait une question, dites que Marks a eu des vapeurs.

— Ne dis à personne que j'ai eu des vapeurs ! siffla Catherine.

— Dans ce cas, dites que c'est moi, fit Leo à Harry.

Cela sembla tirer Catherine de sa prostration. Leo fut soulagé de l'entendre répliquer avec sa vivacité habituelle :

— Les hommes ne peuvent pas avoir de vapeurs. C'est une affection féminine.

— Il n'empêche que j'en ai, assura-t-il. Je peux même m'évanouir.

Comme il l'aidait à se lever, Harry se leva également et s'inclina vers elle avec sollicitude.

— C'est ce que tu veux, Catherine ? souffla-t-il.

— Oui, répondit-elle d'un air agacé. Sinon, il est capable de demander des sels.

Leo escorta Catherine hors du théâtre et héla un cabriolet de louage. C'était une voiture à deux roues, légère et à demi fermée par une capote mobile.

Alors qu'elle s'en approchait, Catherine eut la sensation d'être observée. Effrayée à l'idée que Latimer ait pu la suivre, elle tourna la tête, et aperçut un homme debout à côté d'une des colonnes massives qui marquaient l'entrée du théâtre. À son grand soulagement, ce n'était pas Latimer, mais un homme beaucoup plus jeune. Grand, décharné, il portait des vêtements élimés et un chapeau en loques qui lui donnaient l'allure d'un épouvantail. Il arborait cette pâleur caractéristique de ceux qui passent une grande partie de leur vie à l'intérieur, et dont la peau ne voit le soleil qu'à travers le filtre de l'air vicié de la capitale. Des sourcils très bruns barraient son visage émacié, creusé de rides précoces.

Il la regardait fixement.

Catherine s'immobilisa, vaguement consciente qu'il ne lui était pas inconnu. L'avait-elle déjà vu ? Elle n'avait aucune idée de l'endroit où ils auraient pu se rencontrer.

— Viens, fit Leo en lui prenant la main pour l'aider à monter en voiture.

Mais Catherine résista, subjuguée par la fixité des yeux sombres que l'étranger attachait sur elle.

Leo suivit la direction de son regard.

— Qui est-ce ?

Le jeune homme s'avança et ôta son chapeau, révélant une tignasse brune emmêlée.

— Mam'zelle Catherine ? dit-il gauchement.

— William, murmura-t-elle, n'en croyant pas ses yeux.

— Oui, mam'zelle.

Il esquissa un sourire et, après avoir effectué un autre pas hésitant vers elle, exécuta une espèce de salut maladroit.

— Qui est-ce ? répéta Leo en s'interposant entre Catherine et le jeune homme.

278

— Ce garçon dont je t'ai parlé… celui qui travaillait chez ma grand-mère.

— Le garçon de course ?

— C'est grâce à lui que j'ai pu prévenir Harry… il lui a porté ma lettre. Leo, laisse-moi lui parler.

— Tu serais la première à me dire qu'une dame ne s'attarde pas dans la rue pour s'entretenir avec un homme, rétorqua-t-il, le visage implacable.

— Voilà que *maintenant* tu t'inquiètes de l'étiquette ? dit-elle, irritée. Je vais lui parler.

Lisant son refus sur son visage, elle se radoucit et lui frôla fugitivement la main.

— Je t'en prie.

— Deux minutes, concéda Leo à contrecœur.

Il resta juste à côté d'elle, fixant William d'un œil froid.

L'air intimidé, ce dernier obéit à Catherine qui lui faisait signe de les rejoindre.

— Vous êtes devenue une dame, mam'zelle Catherine, dit-il avec un accent du sud de Londres à couper au couteau. N'empêche que j'savais que c'était vous… Vot'visage et ces petites lunettes tout pareilles. J'ai toujours espéré que ça avait bien tourné pour vous.

— Tu as changé plus que moi, William, fit-elle en s'efforçant de sourire. Comme tu es grand, maintenant ! Est-ce que… est-ce que tu travailles toujours pour ma grand-mère ?

— Elle est morte, y a deux ans de ça. Le docteur, il dit que son cœur a lâché, mais les filles ont dit que c'était pas possible, qu'elle en avait pas.

— Oh, murmura Catherine, qui eut l'impression que le sang quittait son visage.

Elle aurait dû s'y attendre, pourtant. Sa grand-mère souffrait d'une maladie cardiaque depuis des années. Alors qu'elle aurait dû éprouver du soulagement à cette nouvelle, elle se sentait seulement glacée.

— Et... ma tante ? Althea est toujours là ?

William jeta un regard méfiant autour d'eux.

— C'est elle, la patronne, maintenant, répondit-il à voix basse. Je travaille pour elle, un peu de tout, comme avec vot'grand-mère. Mais c'est plus pareil là-bas, maintenant, mam'zelle. C'est bien pire.

Catherine fut saisie de compassion. Quelle injustice de se retrouver prisonnier d'une telle vie sans avoir bénéficié de l'éducation qui lui aurait permis de faire un choix différent ! En son for intérieur, elle résolut de demander à Harry s'il n'y aurait pas un petit travail pour William à l'hôtel, quelque chose qui lui assurerait un avenir décent.

— Comment va ma tante ?

— Elle est malade, mam'zelle. Le docteur, il dit qu'elle a dû choper une sale maladie en son temps... Elle avait du mal à bouger, mais v'là que ça se met dans le cerveau. Elle est pas bien dans sa tête, vot'tante. Et elle y voit plus trop bien, non plus.

— Je suis désolée, murmura Catherine.

Alors qu'elle essayait d'éprouver de la pitié, c'était une boule de peur qui lui montait dans la gorge. Elle s'efforça de la ravaler, de poser d'autres questions, mais Leo l'interrompit abruptement.

— C'est assez. La voiture attend.

Catherine lança à son ami d'enfance un regard troublé.

— Y a-t-il quelque chose que je puisse faire pour t'aider, William ? As-tu besoin d'argent ?

Elle regretta sa question dès qu'elle vit la honte et la fierté blessée se peindre sur son visage. Si elle avait eu plus de temps, si les circonstances l'avaient permis, elle s'y serait prise autrement.

— J'ai besoin de rien, mam'zelle, assura-t-il avec raideur.

— Je vis à l'hôtel Rutledge. Si tu veux me voir, si tu as besoin de quoi que...

— J'vous dérangerais jamais, mam'zelle Catherine. Vous avez toujours été bonne pour moi. Vous m'avez soigné, la fois que j'étais malade, vous vous rappelez ? J'dormais sur une paillasse dans la cuisine, vous m'avez couvert avec une couverture de vot'lit. Et vous m'avez veillé assise par terre...

— Nous partons, coupa Leo en jetant une pièce à William.

Ce dernier l'attrapa au vol. Il baissa le poing et, le visage durci, regarda Leo avec un mélange de cupidité et de ressentiment. Quand il parla, son accent était exagérément prononcé.

— Bien l'merci, patron !

Leo guida Catherine vers le cabriolet d'une main ferme. Le temps qu'elle s'installe sur la banquette étroite et se retourne, William avait disparu.

Le siège était si étroit que les multiples volants de soie rose de ses jupes recouvrirent l'une des cuisses de Leo.

Observant son profil, Leo se fit la réflexion qu'elle paraissait sévère et agacée, comme l'ancienne Marks.

— Ce n'était pas la peine de me traîner de cette manière, dit-elle. Tu t'es montré grossier avec William.

Le regard qu'il lui jeta n'exprimait aucun regret.

— Je ne doute pas que, plus tard, après mûre réflexion, je me sentirai terriblement mal.

— J'avais encore des choses à lui demander.

— Oui, je suis certain qu'il y en avait encore beaucoup à apprendre sur les maladies vénériennes. Excuse-moi de t'avoir privée d'une conversation aussi éclairante. J'aurais dû vous laisser tous les deux évoquer le bon vieux temps du bordel alors que vous vous teniez sur la voie publique.

— William était un très gentil garçon. Il méritait de connaître un meilleur sort. Il a dû travailler dès qu'il a su marcher, il nettoyait les chaussures, il portait de lourds seaux d'eau du haut en bas de la maison… Il n'avait ni famille ni éducation… Tu n'éprouves donc aucune compassion pour les infortunés ?

— Les rues sont pleines d'enfants comme lui. Je fais ce que je peux pour eux au Parlement, et je contribue à des œuvres de bienfaisance. Oui, j'éprouve de la compassion pour eux. En ce moment précis, toutefois, je suis plus intéressé par ton infortune que par celle des autres. Et j'ai quelques questions à te poser, à commencer par celle-ci : que s'est-il passé pendant l'entracte ?

Comme Catherine ne répondait pas, il lui prit le menton d'un geste doux, mais ferme, et l'obligea à le regarder.

— Cessons de jouer.

Elle lui jeta un regard contraint.

— Lord Latimer m'a abordée.

Leo plissa les yeux, et sa main retomba.

— Pendant que tu étais dans la loge ?

— Oui. Harry et Poppy n'ont rien vu. Latimer m'a parlé à travers le rideau, à l'arrière.

Une rage violente s'empara de Leo. L'espace de quelques instants, il douta d'être capable de parler. Il aurait voulu rebrousser chemin et massacrer ce salaud.

— Qu'a-t-il dit ? finit-il par demander d'une voix rauque.

— Il m'a traitée de prostituée. D'usurpatrice.

— Je suis désolé que tu aies dû subir cela. Je n'aurais pas dû te laisser. Je ne pensais pas qu'il oserait t'approcher après l'avertissement que je lui avais donné.

— Je crois qu'il a voulu prouver que tu ne l'intimidais pas.

Elle prit une inspiration tremblante avant d'ajouter :

— Je crois aussi que le fait d'avoir payé pour quelque chose qu'il n'a pas obtenu a blessé sa fierté. Je devrais lui donner un peu de l'argent que Harry a placé pour moi. Ce serait peut-être suffisant pour qu'il me laisse tranquille et qu'il se taise.

— Non, cela ne servirait qu'à ouvrir la voie à un chantage prolongé. Et Latimer n'est pas du genre à se taire. Écoute-moi, Catherine... Harry et moi avons discuté de la manière de régler le problème. Sache simplement que dans quelques jours, Latimer se retrouvera dans une situation où il aura le choix entre finir en prison ou quitter l'Angleterre toutes affaires cessantes.

— Pour quel crime ? demanda-t-elle en ouvrant de grands yeux.

— La liste est longue. Il a essayé à peu près tout. Et je préfère ne pas évoquer le délit retenu parce qu'il n'est pas convenable pour les oreilles d'une dame.

— Tu peux lui faire quitter l'Angleterre ? Vraiment ?

— Vraiment.

À la façon dont ses épaules se relâchaient, il devina qu'elle se détendait un peu.

— Ce serait un soulagement, avoua-t-elle. Toutefois...

— Oui ?

Catherine détourna le visage pour échapper à son regard scrutateur.

— Cela ne change pas grand-chose. Parce que ce qu'il a dit n'était que la vérité. Je suis une usurpatrice.

— Qu'est-ce que tu racontes ! Tu étais une usurpatrice en tant qu'aspirante prostituée. En tant que demoiselle convenable et bien élevée, dotée d'un

283

irrésistible pouvoir de séduction sur les furets, tu es complètement authentique.

— Pas tous les furets. Uniquement Dodger.

— Preuve de son excellent goût.

— N'essaie pas de jouer de ton charme, maugréa-t-elle. Il n'y a rien de plus exaspérant que quelqu'un qui tente de vous remonter le moral alors que vous n'avez envie que de ruminer.

Leo s'obligea à ne pas sourire.

— Je suis désolé, prétendit-il d'un air contrit. Vas-y, rumine tout ton soûl. Tu faisais cela si bien avant que je t'interrompe.

— Merci.

Catherine soupira et attendit un moment.

— Flûte! finit-elle par s'exclamer. Je n'y arrive plus.

Elle glissa les doigts sous ceux de Leo, qui lui caressa le poignet du pouce.

— Je veux corriger quelque chose, reprit-elle. Je n'ai jamais été une aspirante prostituée.

— Tu aspirais à quoi?

— À vivre quelque part en paix et en sécurité.

— C'est tout?

— Oui, c'est tout. Et je n'y ai pas encore réussi. Quoique... ces dernières années ont été ce qu'il y avait de plus approchant.

— Épouse-moi, et tu pourras avoir les deux. Tu seras en sécurité et tu vivras dans le Hampshire. Et tu m'auras, moi, ce qui représente évidemment la cerise sur le gâteau.

Catherine s'esclaffa malgré elle.

— Une cerise un peu grosse pour le gâteau!

— Une cerise n'est jamais trop grosse, Marks.

— Leo, je crois que ce n'est pas tant m'épouser que tu veux sincèrement, mais parvenir à tes fins.

— Je veux t'épouser afin de ne pas toujours parvenir à mes fins, riposta-t-il. Ce n'est pas bon pour moi d'avoir toujours gain de cause. Et tu me dis « non » assez fréquemment.

284

Elle laissa échapper un petit rire.

— Je ne te l'ai pas assez dit, ces derniers temps.

— Dans ce cas, allons nous exercer dans ta chambre, à l'hôtel. J'essaierai de parvenir à mes fins avec toi, et tu essaieras de m'en dissuader.

— Non.

— Tu vois ? Tu fais déjà des progrès.

Leo demanda au cocher de les déposer dans la ruelle qui longeait les écuries, à l'arrière de l'hôtel. S'ils voulaient entrer discrètement, mieux valait éviter de traverser le grand hall. Ils empruntèrent l'escalier de service et débouchèrent dans le couloir menant à la chambre de Catherine. À cette heure, un silence extraordinaire régnait dans l'hôtel, les clients étant soit sortis, soit profondément endormis.

Arrivée devant la porte de sa chambre, Catherine chercha sa clé dans son petit réticule de soirée.

— Avec ta permission, fit Leo en la lui prenant des mains pour déverrouiller la porte.

Catherine le remercia, pivota face à lui et tendit la main pour récupérer sa clé. Baissant les yeux sur son visage délicat, Leo déchiffra sans peine les émotions qui se succédaient dans son regard : désespoir, refus, désir.

— Invite-moi à entrer, murmura-t-il.

Elle secoua la tête.

— Tu dois partir. Ce n'est pas convenable que tu restes ici.

— La nuit ne fait que commencer. Que vas-tu faire là-dedans, toute seule ?

— Dormir.

— Faux. Tu vas rester éveillée aussi longtemps que possible de peur d'avoir des cauchemars.

Sentant qu'il avait marqué un point, il poussa son avantage :

— Laisse-moi entrer.

26

Leo retira ses gants d'un geste désinvolte, comme s'il avait tout son temps. La bouche sèche, Catherine le regardait. Elle avait besoin de lui. Elle avait besoin de sentir ses bras autour d'elle, d'être réconfortée, et il le savait. Si elle lui permettait d'entrer dans sa chambre, il n'y avait aucun doute quant à ce qui se passerait ensuite.

Elle sursauta comme un bruit de voix résonnait à l'extrémité du long couloir. D'un geste vif, elle attrapa Leo par les revers de son manteau, l'attira à l'intérieur et referma la porte.

— Chut ! souffla-t-elle.

Posant les mains de chaque côté de son corps, Leo l'emprisonna contre la porte.

— Tu sais t'y prendre pour m'imposer le silence.

Les échanges se faisaient plus distincts au fur et à mesure que les gens approchaient.

Après lui avoir adressé un grand sourire, Leo commença d'une voix parfaitement audible :

— Marks, je me demande si…

Elle prit une inspiration exaspérée et écrasa sa bouche sur la sienne. Tout pour qu'il se taise ! Leo observa un silence obligeant, occupé qu'il était à l'embrasser voracement. Malgré les épaisseurs de vêtements entre eux, elle percevait la chaleur et la dureté de son corps. Tâtonnant avec impatience, elle glissa les mains sous son manteau afin de mieux les éprouver.

Un gémissement lui échappa. Des tressaillements de plaisir naquirent au creux de son ventre quand Leo approfondit son baiser. Les jambes flageolantes, elle se sentit vaciller. Délogées, ses lunettes tombèrent entre leurs visages. Leo s'en empara avec précaution, les fourra dans sa poche puis, avec une lenteur délibérée, il inséra la clef dans la serrure et la tourna. Catherine demeura muette, déchirée entre désir et prudence.

Dans le silence qui suivit, Leo alla allumer une lampe.

Elle entendit l'allumette craquer, vit le halo de lumière s'agrandir, puis la haute silhouette sombre revenir vers elle. Le désir la consumait, son corps se crispait autour d'un vide intime douloureux. Un frémissement la parcourut quand elle se remémora la manière dont il l'avait emplie, la douce pesanteur de son sexe en elle.

Telle une somnambule, elle se retourna pour lui permettre d'accéder aux crochets qui fermaient sa robe. Le tissu se tendit sur ses seins quand il les défit à petits coups adroits, puis devint lâche et glissa sur ses flancs. Il lui effleura la nuque des lèvres, son haleine chaude comme une caresse fugitive. Quand il repoussa la robe le long de ses hanches, elle l'aida d'une torsion, puis enjamba les flots de soie rose avant de se débarrasser de ses mules d'un coup de pied. Leo la fit pivoter de nouveau pour dégrafer son corset, non sans prendre le temps de lui embrasser les épaules.

— Dénoue tes cheveux.

Son souffle sur sa peau lui arracha un frisson.

Catherine obéit, et retira les épingles de son chignon, les rassemblant en un petit fagot qu'elle alla déposer sur la coiffeuse avant de grimper sur le lit. Elle attendit, tendue, pendant qu'il se déshabillait, regrettant de ne pas avoir ses lunettes tandis qu'elle plissait les yeux pour observer sa silhouette aux contours vagues, et le jeu d'ombre et de lumière sur sa peau.

— Ne cille pas trop fort, mon cœur. Tu vas te fatiguer les yeux.

— Je n'arrive pas à te voir.

— Et à cette distance, tu me vois ? demanda-t-il en s'approchant.

Elle le contempla avec application.

— Certaines parties.

Avec un rire rauque, Leo s'étendit sur elle, s'appuyant sur les bras pour ne pas l'écraser de son poids. Sous la mince chemise de linon, Catherine sentit se tendre les pointes de ses seins. Leurs ventres se joignirent, sa virilité se logea délicieusement dans le creux correspondant de son corps.

— Et maintenant ? chuchota Leo. Je suis assez près ?

— Presque, réussit-elle à articuler, les yeux fixés sur son visage pour en savourer chaque détail. Mais pas encore suffisamment… acheva-t-elle dans un halètement.

Quand Leo s'inclina pour capturer ses lèvres, un bouquet de sensations éclata en elle. Elle se perdit dans ce baiser qui donnait et prenait à la fois. Il la provoqua doucement, incitant sa langue à de timides avances. Pour la première fois, elle goûta l'intérieur de sa bouche et perçut son frémissement approbateur.

Avec un grondement étouffé, Leo saisit l'ourlet de sa chemise et aida Catherine à la faire passer par-dessus sa tête. Il dénoua ensuite les cordons de sa culotte avec une lenteur qui s'apparentait à de la torture, élargit l'ouverture du bout des doigts puis repoussa la fine mousseline sur ses hanches. Ses jarretières et ses bas suivirent bientôt, la laissant complètement exposée.

Catherine murmura son prénom, les bras noués autour de son cou pour tenter de l'attirer de nouveau sur elle. La bouche contre son oreille, il joua avec le lobe tendre avant de chuchoter :

— Catherine, je vais embrasser ton corps de haut en bas, puis dans le sens contraire. Et je veux que tu restes parfaitement immobile et que tu me laisses faire ce que je veux. Tu en es capable, n'est-ce pas ?

— Non, dit-elle en toute sincérité. Je ne crois pas.

Leo détourna un instant la tête. Quand il revint à elle, ses yeux pétillaient.

— En fait, c'était une question rhétorique.

— La réponse à une question rhétorique va de soi, et ce que tu demandes ne va pas...

Elle s'interrompit. Comment parler, comment penser alors qu'il lui mordillait et lui léchait le cou ? Sa bouche était chaude, sa langue aussi douce que du velours. Il descendit le long de son bras, s'attarda au creux de son coude, puis sur son poignet, là où affleure le pouls sous la peau fine. Le corps entier de Catherine commença à picoter d'une impatience heureuse.

De son bras, sa bouche passa à son sein, dessina autour de la pointe rose de petits cercles humides, sans la toucher, jusqu'à ce qu'un gémissement roule dans sa gorge.

— Leo, je t'en prie ! supplia-t-elle en glissant les mains dans ses cheveux pour le guider.

Il résista, lui saisit les poignets et les ramena sur le matelas.

— Tu ne bouges pas, lui rappela-t-il d'une voix suave. Ou je serai obligé de recommencer. C'est ce que tu veux ?

Elle ferma les yeux, et s'efforça de demeurer immobile, le souffle court. Leo eut le culot de rire doucement avant d'effleurer de ses lèvres la pointe érigée de son sein. Elle ne put retenir un cri quand il ouvrit la bouche pour s'en saisir et commença à la suçoter. Une onde de chaleur déferla dans son ventre, elle arqua les hanches mais, du plat de la main, il la contraignit à les reposer sur le matelas.

Il lui était impossible de ne pas bouger alors que Leo la tourmentait, l'excitait avec une habileté diabolique, sans offrir de soulagement en retour. Impossible d'endurer une telle torture... mais il refusait qu'il en soit autrement. Il descendit plus bas, chatouilla le creux de son nombril de la pointe de la langue avant de souffler légèrement dessus. Éperdue, moite de désir, Catherine frémit, le corps secoué d'un spasme de plaisir presque douloureux.

La bouche de Leo s'aventura entre ses cuisses. De la langue il se mit à titiller les pétales délicats... veillant soigneusement à éviter le centre humide et palpitant qui réclamait ses caresses.

— Leo, haleta-t-elle, ce... n'est pas très gentil de ta part.

— Je sais. Écarte un peu les jambes.

Elle obtempéra, frissonnante, le laissant la guider, ouvrir son corps pour le révéler encore davantage. La manière dont il utilisait sa bouche l'exaspérait tout en l'excitant... Il lui mordillait la cuisse, explorait les creux chatouilleux derrière les genoux, attachait une ronde de baisers autour de ses chevilles, suçait chacun de ses orteils tour à tour. Catherine ravala un gémissement suppliant, puis un autre, le corps grondant d'impatience.

Après ce qui lui parut une éternité, Leo revint enfin vers son cou. Catherine écarta les jambes, pressée de l'accueillir en elle. Aussi laissa-t-elle échapper un petit cri de frustration quand il la fit rouler sur le ventre.

— Petite impatiente, murmura Leo en lui caressant les fesses avant d'insinuer la main entre ses cuisses. Là, cela te satisfait-il pour le moment ?

Il écarta ses chairs gonflées, et elle se raidit de bonheur lorsqu'il enfonça les doigts dans l'ouverture humide. Tout en déposant une pluie de baisers le long de sa colonne vertébrale, il les maintint là, en elle, et elle se surprit à onduler, à se frotter contre sa main, haletante de plaisir. La jouissance était là... toute proche... pourtant elle se refusait...

Finalement, Leo la fit basculer sur le dos, et ce n'est qu'en voyant son visage dur, luisant de sueur, qu'elle comprit qu'il se torturait lui-même autant qu'il la torturait. Il lui cloua les bras au-dessus de la tête et lui écarta les cuisses. L'espace d'une seconde, elle fut saisie de panique à se sentir ainsi à sa merci. Puis il la pénétra d'un coup de reins fluide, et sa peur fut emportée par le flot du plaisir. Il glissa son bras libre sous sa nuque et, les yeux fermés, elle rejeta la tête en arrière tandis qu'il déposait une pluie de baisers sur son cou.

Elle n'était plus que sensations tandis que des vagues brûlantes la submergeaient successivement au rythme lent, régulier, des coups de boutoir dont il la gratifiait. Il continua encore et encore, jusqu'à l'explosion finale, lui soutirant jusqu'au dernier spasme de plaisir. Alors même qu'elle gisait, alanguie, il l'incita à accrocher l'une de ses jambes autour de sa taille et souleva l'autre afin de la caler sur son épaule. Cette position l'ouvrit davantage, changea l'angle entre eux, si bien que lorsqu'il donna une poussée, il caressa un endroit nouveau en elle. Une autre onde de plaisir naquit, si violente que Catherine en perdit presque le souffle. Une fois de plus l'extase la terrassa, mais avant que les derniers sursauts se soient calmés, il se retira brusquement et pressa son sexe palpitant contre son ventre pour jouir à son tour.

— Oh, Catherine... murmura-t-il après un moment, toujours sur elle, ses mains crispées sur les draps.

Elle tourna la tête. Un parfum érotique de sexe et de peau humide lui emplit les narines. Elle posa la main sur son dos, en caressa la surface dure, perçut son frisson de plaisir quand elle passa doucement ses ongles sur sa peau. Quand leurs pouls se furent un peu apaisés, Leo releva la tête pour la regarder.

— Marks, dit-il d'une voix mal assurée, tu n'es pas une femme parfaite.

— J'en ai conscience.

— Tu as un caractère de cochon, tu es myope comme une taupe, tu es un poète déplorable et, franchement, ton accent français mériterait d'être un peu travaillé.

Se dressant sur les coudes, Leo prit son visage entre ses mains.

— Mais quand j'additionne toutes ces choses aux autres, cela fait de toi la femme la plus parfaitement imparfaite que j'aie jamais connue.

Absurdement heureuse, Catherine lui sourit.

— Tu es belle au-delà des mots, continua Leo. Tu es gentille, amusante et passionnée. Tu es aussi dotée d'une intelligence brillante, mais je suis prêt à fermer les yeux là-dessus.

Le sourire de Catherine s'évanouit.

— Est-ce que tu te diriges vers une autre demande en mariage ?

— J'ai obtenu une dispense de bans de l'archevêché. Nous pourrions nous marier dans n'importe quelle église, quand nous le voulons. Nous pouvons être mariés demain matin si tu dis oui.

Catherine détourna le visage. Elle lui devait une réponse – elle lui devait d'être honnête.

— Je ne suis pas certaine d'être un jour capable de dire oui.

Leo resta parfaitement immobile.

— Tu veux dire uniquement à ma demande ou à celle de n'importe quel homme ?

— À celle de n'importe quel homme, admit-elle. Simplement, avec toi, c'est très difficile de refuser.

— Eh bien, voilà qui est encourageant, commenta-t-il d'un ton qui signifiait le contraire.

Leo quitta le lit et alla chercher un linge humide. Il le tendit à Catherine, mais au lieu de se recoucher, il demeura près du lit, à la regarder.

— Considère la chose ainsi, reprit-il. Le mariage ne changerait pratiquement rien entre nous, sauf que nos disputes se termineraient de manière bien plus satisfaisante. Et que, bien sûr, j'aurais des droits légaux étendus sur ton corps, tes possessions et toutes tes libertés individuelles. Mais je ne vois pas ce qu'il y a de si alarmant là-dedans.

Catherine faillit sourire de nouveau malgré son désespoir grandissant. Ses ablutions terminées, elle reposa le linge sur la table de nuit et remonta le drap sur elle.

— Si seulement les gens étaient comme les horloges et les mécanismes que Harry est si doué pour réparer, murmura-t-elle. Alors, je pourrais faire réparer ce qui ne va pas. Malheureusement, chez moi, les pièces défectueuses le resteront.

Leo s'assit au bord du lit, les yeux plongés dans les siens. Tendant son bras musclé, il referma la main sur la nuque de Catherine et la maintint tandis qu'il l'embrassait à lui en faire perdre le souffle.

Puis il releva la tête.

— J'adore toutes tes pièces exactement comme elles sont, déclara-t-il avant de suivre du doigt le contour de sa mâchoire crispée. Peux-tu au moins admettre que tu m'aimes beaucoup ?

Catherine déglutit.

— Je... C'est évident.

— Alors, dis-le, insista-t-il tandis que son doigt descendait le long de sa gorge.

— Pourquoi devrais-je dire ce qui est évident ?

Mais il persista, sans doute conscient de la difficulté que cela représentait pour elle.

— Ce ne sont que quelques mots... N'aie pas peur.

— Je t'en prie, je ne peux p...

— Dis-le.

Catherine était incapable de le regarder. Elle eut chaud, puis froid. Elle finit par prendre une profonde inspiration et balbutia :

— Je... je t'aime... beaucoup.

— Eh bien, voilà, souffla Leo en l'attirant à lui. C'était si terrible ?

Catherine n'aspirait qu'à se presser contre son torse accueillant, pourtant, elle mit les bras entre eux pour préserver une distance cruciale.

— Cela ne fait pas de différence, s'obligea-t-elle à dire. En fait, c'est même pire.

Il desserra son étreinte et lui adressa un regard interrogateur.

— Pire ?

— Oui, parce que je ne pourrais jamais te donner plus que cela. Et même si tu proclames le contraire, tu voudras le même genre de mariage que tes sœurs. La manière dont Amelia se comporte avec Cam, leur dévouement l'un vis-à-vis de l'autre, leur intimité... toi aussi tu voudras cela.

— Je ne veux pas d'intimité avec Cam.

— Ne plaisante pas, dit-elle d'un air misérable. C'est sérieux.

— Pardon. Quelquefois, les conversations sérieuses me mettent mal à l'aise, et j'ai tendance à recourir à l'humour... Catherine, enchaîna-t-il après une courte pause, je comprends ce que tu essaies de me dire. Et si je t'assurais que l'attirance et l'affection me suffisent ?

— Je ne te croirais pas. Je sais que cela te rendrait malheureux de voir les mariages de tes sœurs, de te rappeler celui de tes parents, et de te rendre compte que le nôtre ne serait qu'une contrefaçon en comparaison. Un simulacre.

— Qu'est-ce qui te rend si certaine que nous ne finirions pas par tenir l'un à l'autre de la même manière ?

— J'en suis sûre, c'est tout. J'ai regardé dans mon cœur, et il n'y a rien de tel. C'est ce que je voulais dire tout à l'heure. Je ne crois pas être capable de faire un jour suffisamment confiance à quelqu'un pour l'aimer. Même pas à toi.

L'expression de Leo ne se modifia pas, mais, sous l'apparent contrôle de soi, elle perçut l'ombre d'une colère, d'une exaspération contenues.

— Ce n'est pas que tu n'en sois pas capable, déclara-t-il. C'est que tu ne le veux pas.

Il la relâcha doucement et alla ramasser ses vêtements. Tout en se rhabillant, il s'adressa à elle d'un ton si plaisamment neutre qu'elle en fut glacée.

— Je dois m'en aller.

— Tu es en colère.

— Non. Mais si je reste, je finirai par te faire l'amour et par te demander en mariage, encore et encore. Et ma capacité à accepter les rejets a quand même ses limites.

Des mots de regrets et de repentir montèrent aux lèvres de Catherine. Mais elle les retint, consciente que cela ne ferait que le rendre furieux. Leo n'était pas homme à reculer devant un défi. Il commençait néanmoins à comprendre qu'il ne pouvait rien contre le défi qu'elle constituait.

Une fois vêtu, il revint auprès du lit.

— N'essaie pas de prédire ce dont tu es capable, murmura-t-il, les doigts glissés sous son menton.

Il se pencha pour lui effleurer le front des lèvres et ajouta :

— Tu pourrais te surprendre.

Il gagna la porte, l'ouvrit et jeta un coup d'œil dans le couloir.

— Ferme à clé derrière moi, lui lança-t-il par-dessus son épaule.

— Bonne nuit, articula-t-elle avec difficulté. Et… je suis désolée, Leo. Si seulement j'étais différente… Si seulement…

Elle s'interrompit et secoua la tête avec accablement.

Leo pivota à demi et lui jeta un regard amusé, mais sous-tendu par une mise en garde.

— Tu vas perdre cette bataille, Catherine. Et tu auras beau faire, tu seras très heureuse dans la défaite.

27

Leo se serait bien passé de la visite à Vanessa Darvin, le lendemain. Il était toutefois curieux d'en savoir plus sur la raison pour laquelle elle souhaitait le voir. L'adresse que Poppy lui avait donnée se trouvait dans Mayfair, non loin de l'endroit où lui-même louait une maison.

Il aimait énormément le quartier de Mayfair, non pas tant parce qu'il était à la mode que parce qu'au XVIIe siècle, le grand jury de Westminster le tenait pour un endroit « de débauches et de désordres ». Jeux, pièces de théâtre graveleuses, combats d'hommes ou d'animaux et autres divertissements étaient accusés de favoriser le crime et la prostitution. Au cours du siècle suivant, le quartier s'était peu à peu assagi, jusqu'à ce que John Nash parachève une respectabilité durement gagnée par la création de Regent Street et de Regent's Park. Aux yeux de Leo, toutefois, Mayfair serait toujours une dame respectable au passé sulfureux.

Une fois introduit dans la maison de style georgien – brique rouge et portique soutenu par quatre fines colonnes blanches –, il fut conduit dans un salon qui ouvrait sur un jardin en terrasses. Vanessa Darvin et la comtesse Ramsay l'accueillirent chaleureusement. Tandis qu'ils discutaient de la pluie

et du beau temps, comme il sied à des connaissances de fraîche date, Leo constata que sa
première impression, conçue lors du bal dans
le Hampshire, se vérifiait : la comtesse était une
vieille pie jacasseuse, et Vanessa Darvin une beauté
uniquement préoccupée d'elle-même.

Un quart d'heure s'écoula, puis une demi-heure.
Leo commençait à se demander si on allait lui
dire un jour pourquoi on avait insisté pour qu'il
vienne.

— Mon Dieu ! finit par s'écrier la comtesse,
j'ai oublié que je devais m'entretenir avec la cuisinière au sujet du dîner. Veuillez m'excuser, je
dois y aller immédiatement.

Comme elle se levait, Leo l'imita.

— Je devrais peut-être prendre congé, dit-il, heureux de saisir cette occasion pour s'échapper.

— Non, restez, milord, insista Vanessa, qui
échangea un regard avec sa mère avant que celle-ci
quitte la pièce.

Conscient que la cuisinière était un prétexte
pour les laisser seuls, Leo se rassit et se tourna vers
Vanessa en arquant un sourcil.

— Il y a donc une raison à cela.

— Il y a une raison, confirma la jeune femme.

Elle était vraiment très belle, avec ses boucles
brunes luxuriantes relevées en chignon et ses yeux
exotiques, d'un noir qui tranchait de manière sai-
sissante avec son teint de porcelaine.

— Je souhaite discuter d'une affaire extrême-
ment personnelle avec vous. J'espère que je peux
compter sur votre discrétion.

— Vous le pouvez, assura Leo, qui l'observa avec
une pointe d'intérêt.

Derrière la façade provocante et altière perçait
une tension teintée d'incertitude.

— Je ne sais quelle est la meilleure manière de
commencer.

— Soyez directe, suggéra-t-il. En général, je ne comprends pas les subtilités.

— Milord, j'aimerais vous faire une proposition qui satisferait nos besoins complémentaires.

— Comme c'est curieux ! Je ne me rendais pas compte que nous avions des besoins complémentaires.

— À l'évidence, le vôtre est de vous marier et d'avoir un fils rapidement, avant de mourir.

Leo fut pour le moins décontenancé.

— Je n'avais pas prévu d'expirer dans d'aussi brefs délais.

— Et la malédiction Ramsay ?

— Je ne crois pas à la malédiction Ramsay.

— Mon père n'y croyait pas non plus, souligna-t-elle.

— Eh bien, dans ce cas, répliqua Leo, mi-agacé, mi-amusé, et à la lumière de mon trépas imminent, nous ne devrions pas perdre un instant. Dites-moi ce que vous voulez, mademoiselle Darvin.

— J'ai besoin de trouver un mari le plus rapidement possible, sous peine de me retrouver bientôt dans une situation très désagréable.

Leo la dévisagea d'un œil aigu, sans mot dire.

— Bien que nous ne nous connaissions pas bien, poursuivit-elle, j'en sais beaucoup à votre sujet. Vos exploits passés ne sont pas vraiment un secret. Et je considère que tout ce qui ferait de vous un mari déplorable pour n'importe quelle femme ferait de vous un mari idéal pour moi. Voyez-vous, nous sommes très semblables, milord. Si j'en juge par ce que j'ai entendu, vous êtes cynique, amoral et égoïste.

Une pause délibérée, puis :

— Je le suis aussi. C'est la raison pour laquelle je n'essaierais jamais de changer quoi que ce soit en vous.

C'était fascinant ! Pour une fille qui n'avait guère plus de vingt ans, elle possédait un aplomb surnaturel.

— Le jour où vous décideriez d'aller voir ailleurs, enchaîna-t-elle, je ne me plaindrais pas. Je ne m'en apercevrais peut-être même pas, parce que je serais occupée de mon côté. Ce serait un mariage moderne. Je peux vous donner des enfants pour assurer le maintien du titre et du domaine Ramsay dans votre famille. Je peux aussi…

— Mademoiselle Darvin, coupa Leo d'un ton circonspect, ne continuez pas, je vous en prie.

L'ironie de la situation ne lui avait pas échappé : elle proposait un vrai mariage de convenance, libre de tout embrouillamini de désirs et de sentiments. À l'opposé exact du mariage qu'il voulait avec Catherine.

Il n'y a pas si longtemps, cela ne lui aurait peut-être pas déplu.

Se rencognant dans son fauteuil, Leo la regarda avec détachement.

— Je ne nie pas les histoires sur mes péchés passés. Mais malgré tout cela… ou peut-être à cause de tout cela… l'idée d'un mariage « moderne » ne m'attire pas le moins du monde.

Il devina au visage figé de Vanessa qu'il l'avait surprise. Elle prit son temps pour répondre.

— Cela le devrait pourtant, milord. Une femme meilleure ne tarderait pas à être déçue, à avoir honte, et elle en viendrait à vous haïr. Tandis que moi…

Elle posa la main sur sa poitrine d'un geste délibéré, attirant l'attention de Leo sur sa plénitude admirable.

— … je n'attendrais absolument rien de vous.

L'arrangement proposé par Vanessa Darvin promettait une parfaite félicité domestique. Ô combien aristocratique et civilisée !

— Mais j'ai besoin de quelqu'un qui attend quelque chose de moi, s'entendit-il répondre.

Ce fut comme si un éclair le traversait. Venait-il vraiment de dire cela ? Le pensait-il réellement ?

Oui. Seigneur Dieu !

Quand et comment avait-il changé ? Il avait dû livrer un combat effroyable pour laisser derrière lui l'excès de chagrin et de dégoût de soi. À un moment quelconque de ce combat, il avait cessé de vouloir mourir, ce qui n'était pas tout à fait la même chose que de vouloir vivre. Mais cela avait suffi pendant quelque temps.

Jusqu'à Catherine. Elle l'avait réveillé comme un seau d'eau froide en pleine figure. Elle lui donnait envie d'être meilleur, non pas simplement pour elle, mais pour lui, aussi. Il aurait dû savoir qu'elle le pousserait dans ses retranchements. Sapristi, elle l'y avait bien poussé ! Et il aimait cela. Il l'aimait, *elle*, sa petite guerrière à lunettes.

« Je ne vous laisserai pas tomber, lui avait-elle dit alors qu'il était blessé. Je vous empêcherai de vous détruire. » Elle était sérieuse, il l'avait crue, et cela avait marqué un tournant.

Il avait résisté de toutes ses forces à cet amour… et pourtant, c'était grisant. C'était comme si son âme s'enflammait, comme si chaque partie de lui-même brûlait d'une joie impatiente.

Conscient que le sang lui montait au visage, Leo prit une profonde inspiration, puis expira lentement. Il retint un sourire ; découvrir qu'il était amoureux d'une femme alors qu'il venait juste d'être demandé en mariage par une autre, voilà qui était particulièrement inopportun.

— Mademoiselle Darvin, votre suggestion m'honore. Mais c'est l'homme que j'étais que vous voulez. Pas l'homme que je suis devenu.

Une lueur malveillante s'alluma dans les yeux noirs.

— Vous prétendez vous être assagi ? Vous songez à renier le passé ?

— Pas du tout. Mais j'ai des espoirs quant à un avenir meilleur… En dépit de la malédiction Ramsay, ajouta-t-il après un silence voulu.

— Vous commettez une erreur, déclara Vanessa, dont les jolis traits se durcirent. Je savais que vous n'étiez pas un gentleman, mais je ne vous prenais pas pour un imbécile. Vous devriez partir, maintenant. Je pense que vous ne me serez d'aucune utilité.

Leo se leva avec obligeance. Avant de prendre congé, il lui adressa un regard pénétrant.

— Je ne peux m'empêcher de vous poser la question, mademoiselle Darvin : pourquoi ne pas épouser tout simplement le père du bébé ?

Il comprit qu'il avait deviné juste quand ses yeux flambèrent brutalement. Se dominant aussitôt, elle reprit son expression hautaine.

— Il est trop au-dessous de ma condition. Je fais preuve de beaucoup plus de discernement que vos sœurs, milord.

— Dommage, murmura Leo. Elles semblent très heureuses, avec leur manque de discernement.

Il s'inclina poliment.

— Au revoir, mademoiselle Darvin. Je vous souhaite bonne chance dans votre quête d'un mari qui ne soit pas au-dessous de votre condition.

— Je n'ai nul besoin de chance, milord. Je me marierai, et très bientôt. Et je ne doute pas que mon futur mari et moi serons très heureux le jour où nous prendrons possession de Ramsay House.

De retour à l'hôtel après un rendez-vous matinal chez la couturière avec Poppy, Catherine frissonna de plaisir en pénétrant dans le salon. Il pleuvait sans interruption, en un déluge de grosses gouttes glacées qui annonçaient l'approche de l'automne. En dépit des manteaux et des parapluies, Poppy et elle n'avaient pas été totalement épargnées. Toutes les deux s'approchèrent de la cheminée pour se réchauffer.

— Harry ne devrait pas tarder à rentrer de Bow Street, dit Poppy en repoussant une mèche de cheveux humide qui lui collait à la joue.

Il avait rendez-vous avec l'inspecteur en chef de la police et un magistrat pour discuter de lord Latimer. Jusqu'à présent, Harry avait gardé un silence exaspérant sur l'affaire, promettant de donner des détails après son rendez-vous avec les deux hommes.

— Et mon frère de chez Mlle Darvin, ajouta-t-elle.

Catherine ôta ses lunettes pour essuyer ses verres embués de sa manche. Elle entendit un gloussement, puis, surgi d'on ne sait où, Dodger se rua vers elle. Après avoir rechaussé ses lunettes, elle se pencha pour le ramasser.

— Espèce de rat infâme, murmura-t-elle tandis qu'il frétillait d'aise.

— Il t'aime, Catherine, déclara Poppy avec un sourire.

— Il n'empêche que je le rendrai à Beatrix à la première occasion.

Elle inclina néanmoins la tête furtivement pour que Dodger la gratifie d'un baiser de furet.

On frappa à la porte. Une voix masculine répondit à la femme de chambre qui se présentait dans l'entrée pour prendre manteau et chapeau, puis Leo parut, apportant avec lui une odeur de pluie et de laine mouillée. L'extrémité humide de ses cheveux bouclait légèrement dans son cou.

— Leo, tu es trempé! s'écria Poppy en riant. Tu n'avais donc pas de parapluie?

— Les parapluies ne sont guère utiles quand la pluie tombe de biais

— Je vais chercher une serviette.

Poppy se précipita hors de la pièce. Catherine resta seule avec lui. Quand leurs regards se croisèrent, le sourire de Leo s'évanouit, et il la fixa avec une intensité inquiétante. Pourquoi la regardait-il ainsi? Dans ses yeux d'un bleu démoniaque étincelait une flamme dangereuse. On aurait cru que quelque chose s'était soudain libéré en lui.

— Comment était ta rencontre avec Mlle Darvin? s'enquit-elle, se tendant comme il s'approchait d'elle.

— Éclairante.

Cette réponse brève agaça Catherine, qui fronça les sourcils.

— Que t'a-t-elle demandé?

— Elle m'a proposé un mariage de convenance.

Catherine battit des paupières. Elle s'y attendait, pourtant, un spasme de jalousie lui tordit le ventre.

Leo s'arrêta près d'elle. La lueur des flammes jouait sur son visage. De minuscules gouttes de pluie scintillaient sur sa peau hâlée telles des pierres précieuses. Elle aurait voulu toucher ce voile humide, y poser les lèvres, en goûter la saveur.

— Quelle a été ta réponse? se contraignit-elle à demander.

— J'étais flatté, bien sûr. On apprécie toujours d'être désiré.

Il savait qu'elle était jalouse. Il jouait avec elle. Ce fut au prix d'un effort surhumain qu'elle se retint d'exploser.

— Tu devrais peut-être accepter, déclara-t-elle froidement.

Il continua de soutenir son regard.

— Peut-être que j'ai accepté.

Catherine prit une brusque inspiration.

— Et voilà! lança joyeusement Poppy en entrant dans la pièce les bras chargés de linges pliés.

Sans remarquer la tension qui régnait entre eux, elle apporta une serviette à Leo, qui s'en saisit et se frotta le visage.

Catherine s'assit sur le canapé et laissa Dodger se pelotonner sur ses genoux.

— Que voulait Mlle Darvin? s'enquit Poppy.

— Elle m'a demandé en mariage, répondit Leo, la voix étouffée par la serviette.

— Dieu tout-puissant! Elle n'a manifestement pas la moindre idée de ce que cela représente de te supporter au quotidien.

— Dans sa situation, répliqua Leo, une femme ne peut guère se montrer difficile.

— Quelle situation? demanda spontanément Catherine.

Leo rendit la serviette à Poppy.

— Elle attend un enfant. Et elle n'a pas envie d'épouser le père. Cela ne sortira pas de cette pièce, bien sûr.

Les deux femmes gardèrent le silence. Catherine luttait contre un curieux mélange de sentiments: compassion, hostilité, jalousie, peur. Avec cette information, les avantages d'une union entre Leo et Mlle Darvin ne faisaient plus de doute.

Poppy fixa son frère d'un regard grave.

— Sa situation doit être assez désespérée pour qu'elle se confie à toi de cette manière.

L'arrivée de Harry empêcha Leo de répondre.

— Bonjour, dit-il avec un sourire.

La femme de chambre le débarrassa de son chapeau et de son manteau trempés, et Poppy s'approcha avec une serviette. Son regard alla de son pantalon taché de boue à son visage ruisselant.

— Tu es rentré à pied?

Elle entreprit de lui sécher le visage avec une sollicitude toute conjugale que Harry parut apprécier.

— À la nage, quasiment.

— Pourquoi n'as-tu pas loué un fiacre ou envoyé quelqu'un chercher la voiture ?

— Tous les fiacres ont été pris d'assaut dès que la pluie a commencé à tomber, répondit Harry. Et je n'étais pas loin. Seule une mauviette enverrait quelqu'un chercher sa voiture.

— Mieux vaut être une mauviette que d'attraper un refroidissement fatal, répliqua Poppy en le suivant vers la cheminée.

Harry sourit et se pencha pour lui voler un baiser tout en essayant de dénouer le nœud mouillé de sa cravate.

— Je ne prends jamais froid.

Il tira sur le long morceau de tissu humide, le jeta sur une chaise, puis adressa un regard interrogateur à Leo.

— Alors, votre rencontre avec Mlle Darvin ?

Leo s'assit et s'inclina en avant, les coudes sur les genoux.

— Plus tard. Racontez-nous votre visite à Bow Street.

— L'inspecteur Hembrey a étudié les renseignements que vous avez fournis, et il est prêt à lancer une enquête.

— Une enquête sur quoi ? voulut savoir Catherine, dont le regard passa de Harry à Leo.

Le visage de ce dernier demeura impassible quand il expliqua :

— Il y a quelques années, lord Latimer m'a proposé d'adhérer à un club exclusif. Une espèce de société secrète constituée de dépravés qui tiennent des réunions dans une ancienne abbaye.

Catherine ouvrit de grands yeux.

— Quel est le but de cette société ?

Harry et Leo gardèrent le silence. Finalement, Leo répondit d'une voix neutre, le regard fixé sur un point au-delà des vitres ruisselantes de pluie.

— Débauche débridée. Parodie de rituels religieux, agressions sexuelles, actes contre nature. Je vous épargne les détails. Je dirai juste qu'ils étaient si répugnants que même moi, qui touchais le fond, j'ai décliné l'offre de Latimer.

Catherine l'observait avec attention. Son visage était rigide, mais un petit muscle tressautait sur la joue.

— Latimer était persuadé que j'accepterais. Aussi s'est-il un peu étendu sur les activités criminelles auxquelles il prenait part. Et, par une chance extraordinaire, il se trouve que j'étais assez sobre pour me souvenir d'une grande partie de ce qu'il m'a raconté.

— Est-ce que cette information est suffisante pour donner lieu à des poursuites ? demanda Catherine. En tant que pair du royaume, lord Latimer n'est-il pas à l'abri de toute arrestation ?

— Seulement dans les affaires civiles, intervint Harry. Pas dans les affaires criminelles.

— Alors, vous pensez qu'il y aura un procès ?

— Non, cela n'ira pas jusque-là, répondit Leo d'un ton posé. Les membres de cette société ne peuvent pas se permettre de voir ses activités étalées sur la place publique. Quand ils s'apercevront que Latimer fait l'objet d'une enquête, ils l'obligeront probablement à quitter l'Angleterre avant qu'il soit poursuivi. Ou, mieux encore, ils veilleront à ce qu'on le retrouve en train de flotter dans la Tamise.

— Est-ce que l'inspecteur Hembrey voudra m'entendre ? risqua Catherine.

— Absolument pas, assura Leo. Il y a suffisamment de preuves pour que tu ne sois pas impliquée.

— Quoi qu'il en ressorte, Catherine, ajouta Harry, Latimer sera bien trop occupé pour continuer à te harceler.

— Merci, dit-elle à son frère, avant de tourner brièvement les yeux vers Leo. C'est un grand soulagement.

Après un silence embarrassé, elle répéta sans conviction :

— C'est un grand soulagement, vraiment.

— Tu ne sembles pas si soulagée que cela, fit remarquer Leo avec détachement. Qu'y a-t-il, Marks ?

Ce manque de compassion, ajouté à ses sarcasmes quand ils parlaient de Mlle Darvin, fut plus que les nerfs en pelote de Catherine pouvaient le supporter.

— Si tu étais dans ma situation, riposta-t-elle avec raideur, tu ne serais pas non plus en train de danser la gigue.

— Ta situation est plutôt plaisante. Latimer sera bientôt hors jeu, Rutledge t'a officiellement reconnue, tu as tes propres ressources financières, et tu n'as ni obligation ni engagement envers quiconque. Que pourrais-tu désirer de plus ?

— Rien du tout.

— En fait, je crois que tu es désolée d'avoir à cesser de t'enfuir et de te cacher. Parce que désormais, il te faudra affronter le fait désagréable que tu n'as rien… ni personne… qui t'attend.

— Cela me suffit pour rester tranquille, assura-t-elle froidement.

Leo sourit avec une insouciance provocatrice.

— Cela me remet en mémoire ce vieux paradoxe.

— Quel paradoxe ?

— Sur ce qui arrive quand une force irrésistible rencontre un objet inamovible.

Harry et Poppy les regardaient tour à tour sans mot dire.

— Je suppose que je suis l'objet inamovible ? lança Catherine, sarcastique.

— Si tu veux.

— Eh bien, je ne le veux pas, rétorqua-t-elle, parce que j'ai toujours pensé que c'était une question absurde.

— Pourquoi ?

— Parce qu'il n'y a pas de réponse possible.

Leurs regards se heurtèrent et se soutinrent.

— Si, bien sûr qu'il y en a une, fit Leo, qui paraissait jouir de sa fureur grandissante.

Harry se joignit au débat.

— Pas d'un point de vue scientifique. Un objet inamovible exigerait une masse infinie, et une force irrésistible une énergie infinie. Aucune des deux n'existe.

— Toutefois, d'un point de vue sémantique, il y a une réponse, objecta Leo avec un calme exaspérant.

— Naturellement, dit Harry avec flegme. Un Hathaway trouve toujours le moyen de discuter. Éclaire-nous donc... quelle est la réponse ?

Sans quitter des yeux le visage crispé de Catherine, Leo expliqua :

— La force irrésistible choisit le trajet de la moindre résistance et contourne l'objet... le laissant loin derrière.

Catherine comprit qu'il la défiait. Ce mufle arrogant et manipulateur se servait de la situation désespérée de la pauvre Vanessa Darvin non seulement pour la provoquer, mais aussi pour laisser entendre ce qui lui arriverait si elle ne lui cédait pas ! Contourner l'objet... Le laisser loin derrière... Vraiment !

Elle se leva d'un bond et le fusilla du regard.

— Pourquoi ne pas te précipiter pour l'épouser, dans ce cas ?

Après s'être saisie de son réticule et du furet inerte, elle sortit en trombe du salon.

Leo s'élança aussitôt à sa suite.

— Ramsay… commença Harry.

— Pas maintenant, Rutledge, cria Leo, qui referma la porte avec une telle force qu'elle trembla sur ses gonds.

Dans le silence qui s'ensuivit, Harry se tourna vers Poppy, éberlué.

— Je n'ai pas l'esprit lent, d'ordinaire, mais à quel sujet se chamaillaient-ils, bon sang ?

— Au sujet de Mlle Darvin, je pense, répondit Poppy, qui alla s'asseoir sur ses genoux et glissa les bras autour de son cou. Elle attend un enfant et veut épouser Leo.

— Oh, je vois, murmura-t-il en esquissant un sourire. Il s'en sert pour essayer de pousser Catherine à prendre une décision.

— Tu désapprouves, fit-elle en repoussant une mèche humide sur son front.

Il lui jeta un regard ironique.

— C'est exactement ce que je ferais dans sa situation. Évidemment que je désapprouve.

— Arrête de me suivre !

— Je veux te parler.

Leo n'avait aucune difficulté à talonner Catherine tandis qu'elle courait dans le couloir – une seule enjambée lui suffisait pour couvrir deux de ses pas précipités.

— Rien de ce que tu as à me dire ne m'intéresse.

— Tu es jalouse, lança-t-il d'un ton plus que satisfait.

— De Mlle Darvin et toi ? rétorqua-t-elle avec un rire forcé. Je vous plains tous les deux. Je n'imagine pas d'union plus mal engagée.

— Tu ne peux pas nier que c'est une femme très séduisante.

— À part son cou, ne put s'empêcher de faire remarquer Catherine.

— Que diable reproches-tu à son cou ?

— Il est d'une longueur anormale.

Leo essaya, en vain, d'étouffer un éclat de rire.

— C'est un défaut sur lequel je peux passer. Parce que si je l'épouse, je garderai Ramsay House et nous aurons déjà un bébé en route. Commode, non ? De plus, Mlle Darvin m'a promis que je pourrai courir la gueuse tout mon soûl et qu'elle fermera les yeux.

— Et la fidélité ? s'exclama Catherine, scandalisée.

— La fidélité... quelle notion dépassée ! C'est de la paresse, vraiment, que de ne pas se donner la peine de sortir et de séduire de nouvelles personnes.

— Tu m'avais dit que tu n'aurais aucun problème avec la fidélité !

— Oui, mais c'était quand nous parlions de *notre* mariage. Le mariage avec Mlle Darvin sera une tout autre affaire.

Leo s'arrêta à côté d'elle devant la porte de sa chambre. Comme Catherine tenait le furet endormi, il fouilla dans son réticule pour en sortir la clé. Elle ne lui accorda pas un regard quand il ouvrit la porte.

— Je peux entrer ? s'enquit-il.

— Non.

Ce qui n'empêcha pas Leo de franchir le seuil et de refermer la porte derrière eux.

— Je ne voudrais pas te retenir, grommela Catherine en allant déposer Dodger dans son petit panier. Je suis sûre que tu as beaucoup à faire. À commencer par changer le nom sur la dispense de bans.

— Inutile, elle ne vaut que pour toi. Si j'épouse Mlle Darvin, il faudra que j'en achète une nouvelle.

— J'espère que c'est très cher ! s'exclama-t-elle avec véhémence.

— Ça l'est, en effet, admit Leo qui, s'approchant par-derrière, referma les bras autour d'elle et l'attira contre lui. Et puis, il y a un autre problème.

— Lequel ? demanda-t-elle en se débattant.

— C'est toi que je veux, lui chuchota-t-il à l'oreille. Uniquement toi. Toujours toi.

Catherine s'immobilisa. Elle ferma les yeux comme les larmes lui picotaient les paupières.

— Tu as accepté sa proposition ?

Leo frotta tendrement son nez au creux de son cou.

— Bien sûr que non, espèce de petite dinde.

Elle ne put retenir un sanglot de colère et de soulagement mêlés.

— Alors, pourquoi as-tu sous-entendu le contraire ?

— Parce que tu as besoin qu'on te pousse un peu, sinon, tu vas faire traîner cette affaire jusqu'à ce que je sois trop décrépit pour te servir à quoi que ce soit.

Il tira Catherine jusqu'au lit, la souleva dans ses bras et la lâcha sur le matelas. Ses lunettes volèrent sur l'oreiller.

— Qu'est-ce que tu fais ?

Se démenant parmi les flots de ses jupes alourdies par la pluie, elle parvint à s'appuyer sur les coudes.

— Ma robe est mouillée !

— Je vais t'aider à l'enlever, proposa-t-il avec une sollicitude que contredisait la flamme malicieuse dans ses yeux.

Elle se débattit parmi les volants et les dentelles pendant que Leo la dégrafait avec une efficacité étonnante. À croire qu'il possédait plus de deux bras, vu la facilité avec laquelle il la tournait d'un côté et de l'autre ! Sans tenir compte de ses protestations, il tira sur sa lourde jupe doublée d'un jupon de mousseline empesée et laissa tomber le tout sur le sol. Il lui enleva ensuite ses chaussures qu'il jeta à côté du lit. Après l'avoir retourné sur le ventre, il s'attaqua aux lacets de son corsage.

— Je te demande pardon, mais je n'ai pas demandé à être épluchée comme un épi de maïs !

Elle se tortillait pour essayer d'échapper à ses mains diligentes, et poussa un cri aigu quand il trouva les cordons de sa culotte et les dénoua.

Étouffant un rire, Leo la coinça avec ses jambes, puis il s'inclina sur elle pour déposer un baiser sur sa nuque. Une vague de chaleur la traversa, et ses nerfs crépitèrent au contact de sa bouche sensuelle.

— Tu l'as embrassée ? lâcha-t-elle malgré elle, d'une voix assourdie par le matelas.

— Non, mon cœur. Je n'en ai pas été tenté le moins du monde.

Leo mordilla le muscle souple de son cou, en caressa la peau sensible avec sa langue. Quand il glissa la main à l'intérieur de sa culotte et lui tapota les fesses, Catherine tressaillit.

— Aucune femme ne pourrait m'exciter comme toi. Mais tu es une tête de mule, et bien trop apte à te protéger toi-même. Il y a des choses que je veux te dire… te faire… Que tu ne sois pas prête à les accepter va nous rendre fous tous les deux.

Il insinua la main un peu plus loin entre ses cuisses et, guidé par sa moiteur, dessina de doux petits cercles. Elle gémit et se tordit. Son corset étant encore étroitement lacé, la compression de sa taille semblait détourner toutes les sensations vers ses cuisses. Même si une part d'elle-même se rebellait à l'idée d'être maintenue de force et caressée, son corps ressentait un plaisir irrépressible.

— Je veux te faire l'amour, murmura Leo en lui taquinant l'intérieur de l'oreille de la pointe de la langue. Je veux aller aussi profond que tu peux m'accueillir, te sentir me serrer…

Il glissa un doigt en elle, puis un autre, et elle gémit doucement.

— Tu sais comme ce serait bon, chuchota-t-il en la caressant lentement. Cède-moi, et je t'aimerai sans m'arrêter. Je resterai en toi toute la nuit.

Catherine cherchait son souffle. Son cœur battait une chamade effrénée.

— Et je me retrouverais dans la même situation que Mlle Darvin, articula-t-elle. Enceinte et te suppliant de m'épouser.

— Seigneur, oui, j'adorerais cela.

Elle faillit s'étrangler d'indignation, alors même que, de ses doigts experts, il la titillait, dedans, dehors. Son corps commença à palpiter de désir. À cause des épaisseurs de tissu qui les séparaient encore, elle ne sentait que sa bouche sur sa nuque et sa main diaboliquement persuasive.

— Je n'ai jamais dit cela à quiconque auparavant, continua Leo, mais l'idée de toi enceinte est la chose la plus follement excitante que j'aie jamais imaginée. Ton ventre gonflé, tes seins lourds, la drôle de manière dont tu marcherais… Je te vénérerais. Je comblerais chacun de tes désirs. Et tout le monde saurait que c'est moi qui t'ai fait cela, que tu m'appartiens.

— Tu es… tu es tellement…

Comme elle échouait à trouver un mot adéquat, il partit d'un rire bref.

— Je sais. Cruellement primaire. Mais il faut le tolérer, parce que je suis un homme et que je ne peux vraiment pas m'en empêcher.

Il imprimait à ses doigts un mouvement si habile, si explicite, qu'une onde de chaleur liquide déferla en elle. Se redressant, il fit glisser sa culotte jusqu'aux genoux, et elle comprit qu'il défaisait les boutons de son pantalon. Un instant plus tard, elle sentit son poids descendre délicieusement sur elle. Une pression humide et ferme s'exerça entre ses cuisses, à l'orée de sa féminité. Ses sens s'enflammèrent, son corps se mit à trembler. La jouissance était près de la terrasser... si près...

— Tu as une décision à prendre, Catherine, chuchota Leo avant de lui baiser le cou. Soit tu me dis d'arrêter maintenant, soit tu me laisses te prendre jusqu'au bout. Parce que je n'en peux plus de me retirer au dernier moment. Je te désire trop. Et je te ferais probablement un enfant, mon cœur, parce que je me sens plutôt viril en ce moment. Alors, ce sera tout ou rien. Dis-moi oui ou non.

— Je ne peux pas !

En proie à une frustration insupportable, Catherine s'agita violemment quand elle le sentit s'écarter d'elle. Il la fit rouler sur le dos, et elle le fusilla du regard, ce qui ne l'empêcha pas de s'incliner sur elle et de l'embrasser avec fougue, lui arrachant malgré elle un gémissement.

— Quel dommage, haleta-t-il. J'avais des intentions fortement lascives...

Il se redressa et commença à se rattacher avec difficulté, tout en marmonnant quelque chose à propos de la blessure permanente qu'une telle entreprise risquait de lui infliger.

Catherine le fixa avec incrédulité.

— Tu ne veux pas finir ?

Il laissa échapper un soupir mal assuré.

— Comme je te l'ai dit, c'est tout ou rien.

Elle referma les bras autour d'elle, tremblant d'un tel désir que ses dents claquaient.

— Pourquoi essaies-tu de me torturer ?

— Il devient manifeste qu'une vie entière de patience ne suffirait pas à briser ta méfiance. Il faut donc que je tente autre chose.

Leo l'embrassa avec douceur et quitta le lit. Après avoir passé les mains dans ses cheveux en bataille et rajusté ses vêtements, il la gratifia d'un regard brûlant, suivi d'un sourire qui sem-

blait se moquer tout à la fois d'elle et de lui-
même.

— Je déclare la guerre, mon ange. Et la seule
manière de gagner une guerre de ce genre, c'est
de t'obliger à vouloir la perdre.

28

Seule une femme de pierre aurait pu résister à la campagne que Leo lança la semaine suivante. « Une cour en bonne et due forme », avait-il proclamé. Mais il aurait fallu inventer un autre mot pour décrire la manière dont il usait de son charme habilement subversif pour déstabiliser Catherine à chaque instant.

Il l'entraînait dans une discussion absurde et hautement divertissante et, l'instant d'après, se montrait gentil et tendre. Il lui chuchotait à l'oreille des vers ou des compliments fantaisistes, lui apprenait des mots grossiers en français et la faisait éclater de rire à des moments inopportuns.

Ce qu'il s'interdisait, en revanche, c'était de l'embrasser ou de l'étreindre. Tout d'abord, cette tactique évidente amusa Catherine; puis elle s'en offusqua secrètement; puis elle en fut intriguée. Elle se surprit à observer fréquemment sa bouche, si bien dessinée, si ferme… Elle ne pouvait s'empêcher de se rappeler leurs baisers et d'en rêver tout éveillée.

Lorsqu'ils assistèrent à une soirée musicale dans un hôtel particulier, Leo attira Catherine à l'écart pendant que leur hôtesse faisait visiter les lieux à un groupe d'invités. L'ayant suivi jusqu'à un recoin discret, protégé par de hautes fougères en pot, Catherine se jeta dans ses bras. Au lieu de l'embrasser, cependant, il se contenta de la tenir serrée contre lui, de lui caresser lentement le dos, et de chuchoter contre ses cheveux à voix si basse qu'elle ne comprit pas ce qu'il disait.

Ce que Catherine appréciait par-dessus tout, c'était de se promener avec lui dans les jardins du Rutledge, quand le soleil jouait à travers les feuilles des arbres et que la brise légère apportait un parfum d'automne. Ils avaient de longues conversations, sur des sujets sensibles parfois. Questions circonspectes, réponses difficiles. Et pourtant, ils semblaient tous deux lutter pour atteindre un même but, l'établissement d'un lien que ni l'un ni l'autre n'avait connu auparavant.

Il arrivait à Leo de s'écarter de Catherine pour la contempler en silence, comme on regarde une œuvre d'art dans un musée afin d'essayer d'en saisir la vérité. Cet intérêt qu'il lui portait était séduisant. Irrésistible. Et Leo se montrait un conteur merveilleux quand il lui narrait son enfance, sa vie au sein de la famille Hatha-way, ses séjours à Paris et en Provence. Catherine l'écoutait avec attention, collectant les détails telles les pièces d'un patchwork, les associant pour parvenir à une meilleure compréhension de l'un des hommes les plus complexes qu'elle eût jamais rencontrés.

Leo était un gredin peu sentimental, mais capable de compassion et d'une grande sensibilité. Il se servait des mots soit comme un baume, pour réconforter, soit comme le scalpel d'un chirurgien, pour disséquer. Quand cela l'arrangeait, il jouait le rôle de l'aristocrate blasé, dissimulant adroite-ment sa vive intelligence. Mais quelquefois, quand il n'y prenait garde, Catherine entrevoyait le garçon adorable qu'il avait été un jour, avant que l'expérience l'endurcisse.

— Par certains côtés, il ressemble beaucoup à notre père, lui confia Poppy. Père adorait positivement la conversation. C'était un homme sérieux, un intellectuel, mais il y avait une veine de fantaisie en lui.

Elle sourit en évoquant ces souvenirs.

— Ma mère disait toujours qu'elle aurait pu épouser un homme plus beau ou plus riche, mais jamais un homme qui aurait parlé comme lui. Et elle se savait incapable d'être heureuse avec un benêt.

Catherine la comprenait tout à fait.

— Est-ce que Leo a pris quelque chose de votre mère ?

— Oh, oui ! Elle avait un œil d'artiste, et elle l'a encouragé dans la voie de l'architecture.

Poppy observa un court silence avant d'ajouter :

— Je ne crois pas qu'elle aurait été heureuse d'apprendre que Leo hériterait d'un titre – elle n'avait pas une haute opinion de l'aristocratie. Et elle n'aurait certainement pas approuvé son comportement de ces dernières années ; cela dit, elle se serait réjouie de le voir décidé à se racheter.

— D'où lui vient ce côté espiègle qu'il a parfois ? voulut savoir Catherine. De votre père ou de votre mère ?

— Ça, répondit Poppy, ça n'appartient qu'à lui.

Presque chaque jour, Leo offrait un petit cadeau à Catherine : un livre, une boîte de bonbons, un col en dentelle de Bruges d'une finesse arachnéenne.

— C'est le plus joli ouvrage que j'aie jamais vu, avoua-t-elle en reposant avec soin le ravissant présent sur une table proche. Malheureusement, Leo, je crains…

— Je sais. Un gentleman n'est pas censé offrir des effets personnels à la dame qu'il courtise.

Il baissa la voix pour ne pas être entendu de Poppy et de la gouvernante, qui s'entretenaient sur le seuil de l'appartement.

— Mais je ne peux pas le reprendre – aucune autre femme ne pourrait le porter aussi bien que toi. Et puis, Marks, tu n'as pas idée de la retenue dont j'ai dû faire preuve. Je voulais t'acheter une paire de bas brodés de petites fleurs qui couraient le long de la jambe jusqu'au…

— Milord, vous vous oubliez ! chuchota Catherine en rougissant légèrement.

— Il y a quelque chose que je n'ai pas oublié, en tout cas… Les détails de ton corps magnifique. Je crois que je vais bientôt recommencer à te dessiner nue. Chaque fois que je pose un crayon sur une feuille de papier, je dois lutter contre la tentation.

— Tu m'as promis de ne plus le faire, protesta-t-elle en affectant un air sévère.

— Mais mon crayon est mû par sa propre volonté, prétendit-il d'un air grave.

La rougeur de Catherine s'intensifia alors même qu'elle se sentait sourire.

— Tu es incorrigible !

Il la regarda entre ses paupières mi-closes.

— Embrasse-moi, et je me conduirai comme il faut.

Elle ne put réprimer un petit soupir d'exaspération.

— C'est maintenant que tu veux m'embrasser, alors que Poppy et la gouvernante ne sont qu'à quelques pas ?

— Elles ne feront pas attention. Elles sont plongées dans une conversation fascinante sur le linge de toilette de l'hôtel.

Baissant la voix, il insista :

— Embrasse-moi. Un tout petit baiser. Juste là, dit-il en pointant l'index sur sa joue.

Peut-être était-ce parce qu'il ressemblait à un gamin tandis qu'il la taquinait, ses yeux brillant de malice, mais Catherine fut presque submergée par une sensation curieuse, nouvelle, comme un étourdissement dont la chaleur irradia dans tout son corps. Elle se pencha en avant et, au lieu de l'embrasser sur la joue, posa la bouche sur la sienne.

Après un imperceptible sursaut de surprise, Leo la laissa prendre l'initiative. Alors, succombant à la tentation, elle s'attarda plus qu'elle n'en avait eu l'intention, lui effleurant timidement les lèvres de la langue. Il laissa échapper un grognement sourd et l'enlaça. Elle sentit la chaleur monter en lui, et les désirs qu'il tenait si soigneusement en bride prêts à échapper à son contrôle.

Quand elle mit fin à leur baiser, Catherine s'attendait plus ou moins à voir Poppy et Mme Pennywhistle les fixer avec une expression scandalisée. Toutefois, quand elle jeta un coup d'œil par-dessus l'épaule de Leo, elle constata que la gouvernante leur tournait toujours le dos.

Poppy, en revanche, avait pris la mesure de la situation.

— Madame Pennywhistle, voulez-vous m'accompagner dans le couloir? dit-elle avec désinvolture en entraînant la gouvernante à sa suite. Je crois que j'ai vu une horrible tache sur le tapis, l'autre jour, et je voulais vous montrer... Était-ce là? Non, peut-être là-bas... Oh, sapristi, où est-elle?

Profitant de leur intimité temporaire, Catherine reporta son attention sur Leo.

— Pourquoi as-tu fait cela? demanda-t-il d'une voix rauque.

Elle s'efforça de trouver une réponse qui le divertirait.

— Je voulais que tu testes les fonctions supérieures de mon cerveau.

Il esquissa un sourire. Puis il prit une profonde inspiration, qu'il relâcha lentement.

— Si tu as une allumette quand tu entres dans une pièce obscure, commença-t-il, qu'est-ce que tu allumes d'abord ? La lampe à huile sur la table ou le petit bois dans la cheminée ?

Catherine réfléchit, les yeux plissés.

— La lampe.

— L'allumette, fit-il en secouant la tête. Marks, tu ne fais guère d'efforts, ajouta-t-il sur un ton de tendre réprimande.

— Un autre, commanda-t-elle.

Il s'exécuta sans hésiter. S'inclinant vers elle, il la gratifia d'un long baiser passionné. Elle se laissa aller contre lui, les doigts enfouis dans ses cheveux. Il mit fin à leur baiser avec une caresse sensuelle.

— Est-il légal ou illégal qu'un homme épouse la sœur de sa veuve ?

— Illégal, répondit-elle d'un ton langoureux en essayant d'attirer de nouveau sa tête vers elle.

— Impossible puisqu'il est mort.

Résistant à ses efforts, Leo la regarda avec un sourire en coin.

— Il est temps d'arrêter.

— Non, protesta-t-elle, le corps arqué contre le sien.

— Du calme, Marks, murmura-t-il. L'un de nous doit faire preuve d'un peu de maîtrise de soi et, franchement, ça devrait être toi.

Il lui frôla le front des lèvres.

— J'ai un autre cadeau pour toi.

— Qu'est-ce que c'est ?

— Regarde dans ma poche.

Il sursauta en riant quand elle commença à le fouiller.

— Non, espèce de petite coquine, pas dans la poche de mon pantalon !

Il lui emprisonna les poignets et les maintint en l'air, comme s'il tentait de maîtriser un chaton joueur. Apparemment incapable de s'en abstenir, il s'inclina pour s'emparer de nouveau de sa bouche. Il y a peu, qu'il l'embrasse en lui tenant ainsi les poignets aurait affolé Catherine. Aujourd'hui, cela lui paraissait délicieux.

Leo s'arracha à sa bouche avec un rire un peu haletant.

— La poche de ma veste. Mon Dieu, je voudrais… non, je ne le dirai pas. Oui, c'est ton cadeau.

Catherine déballa avec précaution l'objet enveloppé dans un tissu soyeux. C'était une nouvelle paire de lunettes. En argent, parfaites, brillantes, avec des verres ovales qui étincelaient. Émerveillée par la finesse du travail, Catherine suivit du doigt l'une des branches ornée d'un élégant filigrane.

— Elles sont magnifiques ! souffla-t-elle.

— Si elles te plaisent, nous en ferons faire une autre paire en or. Donne, je vais t'aider…

Leo lui retira doucement ses anciennes lunettes. Catherine chaussa la nouvelle paire. Elles reposaient sur l'arête de son nez, à la fois légères et fermement maintenues en place. Quand elle regarda autour d'elle, tout lui apparut merveilleusement net. Dans son excitation, elle courut jusqu'au miroir suspendu au-dessus de la console, dans l'antichambre, et examina son reflet avec attention.

— Comme tu es jolie ! fit Leo, dont la haute silhouette se profila derrière elle. J'aime vraiment beaucoup qu'une femme porte des lunettes.

Catherine croisa son regard dans la glace.

— Ah bon ? s'étonna-t-elle. C'est un goût curieux.

— Pas du tout.

Il posa les mains sur ses épaules et les caressa lentement.

— Elles mettent en valeur tes beaux yeux. Elles donnent l'impression que tu es pleine de secrets et de surprises – ce qui, comme nous le savons, est le cas. Et ce que j'aime le plus, ajouta-t-il à voix basse, c'est te les enlever... pour te culbuter sur le lit.

Sa franchise la fit frissonner. Elle ferma à demi les yeux quand il l'attira contre lui et posa la bouche au creux de son cou.

— Elles te plaisent? murmura-t-il.

— Oui, répondit-elle en s'offrant à la caresse de ses lèvres. Je... je ne sais pas pourquoi tu t'es donné tant de mal. C'est très gentil de ta part.

Leo releva la tête et croisa son regard voilé dans le miroir. Il posa les doigts là où sa bouche s'était promenée, et lui massa doucement la peau comme pour y imprimer le dessin de ses lèvres.

— Ce n'était pas gentil, assura-t-il avec un sourire. Je voulais simplement que tu y voies clair.

« Je commence à y voir clair », fut-elle tentée de lui dire, mais le retour de Poppy l'en empêcha.

Cette nuit-là, Catherine dormit mal. Elle bascula de nouveau dans ce monde cauchemardesque qui semblait aussi réel, si ce n'est plus, que le monde infiniment plus plaisant où elle vivait lorsqu'elle était éveillée.

La scène appartenait tout autant au rêve qu'à ses souvenirs: elle courait dans la maison à la recherche de sa grand-mère, jusqu'au moment où elle la trouva dans son bureau, assise devant un livre de comptes.

Sans réfléchir, Catherine se jeta aux pieds de la vieille dame et enfouit le visage dans ses volumineuses jupes noires. Elle sentit les doigts squelettiques glisser sous son menton pour lui relever le visage.

Les couches de poudre donnaient à la figure de sa grand-mère une pâleur livide qui contrastait avec ses cheveux et ses sourcils artificiellement noircis. À la différence d'Althea, elle ne portait pas de rouge à lèvres, mais un simple baume incolore.

— Althea t'a parlé, dit-elle d'une voix qui évoquait un froissement de feuilles sèches.

Catherine lutta pour contrôler ses sanglots.

— Oui… Et je ne compr… comprends pas…

Sa grand-mère répondit d'un raclement de gorge et pressa la tête de Catherine sur ses genoux.

— Althea n'a pas su t'expliquer les choses correctement ? demanda-t-elle en lissant les cheveux de Catherine. Allons, tu n'es pas très vive, mais tu n'es pas non plus stupide. Qu'est-ce que tu ne comprends pas ? Cesse de pleurer, tu sais que je déteste ça.

Catherine serra ses paupières avec force pour empêcher les larmes de couler.

— Je veux autre chose, n'importe quoi, balbutia-t-elle d'une voix enrouée par l'angoisse. Je veux avoir le choix.

— Tu ne veux pas être comme Althea ?

La question fut posée avec une douceur déconcertante.

— Non !

— Et tu ne veux pas être comme moi ?

Catherine hésita, puis secoua légèrement la tête, craignant de dire « non » une seconde fois. Elle avait appris qu'avec Grand-mère, il valait mieux user de ce mot avec parcimonie. Il ne manquait jamais de l'irriter, quelles que fussent les circonstances.

— Mais tu l'es déjà, déclara la vieille dame. Tu es une femme. Toutes les femmes ont une vie de putain, mon enfant.

Catherine se figea, n'osant plus esquisser un geste. Les doigts de sa grand-mère devinrent des serres, leur caresse se transforma en une sorte de griffure lente, rythmique, sur son cuir chevelu.

— Toutes les femmes se vendent aux hommes, continua-t-elle. Le mariage lui-même est une transaction dans laquelle la valeur d'une femme ne tient qu'à sa capacité à copuler et à se reproduire. Nous, au moins, dans notre profession consacrée par l'usage, nous sommes honnêtes à ce sujet.

Son ton se fit songeur.

— Les hommes sont des créatures brutales et répugnantes. Mais ce sont eux qui possèdent le monde et il en sera toujours ainsi. Pour tirer tout ce que tu peux d'eux, seule compte la soumission. Tu réussiras très bien, Catherine. J'ai remarqué que tu possédais cet instinct. Tu aimes qu'on te dise ce que tu dois faire. Tu aimeras encore plus cela lorsque tu seras payée pour.

Elle ôta sa main de la tête de Catherine.

— À présent, ne m'ennuie plus. Tu peux poser à Althea toutes les questions que tu veux. Et dis-toi bien que lorsqu'elle a commencé sa carrière, ta tante n'était pas plus heureuse que toi. Mais elle a très vite compris les avantages de sa situation. Après tout, nous devons tous assurer notre gagne-pain, non ? Même toi, ma chérie. Être ma petite fille ne te donne aucun droit particulier. Et en quinze minutes sur le dos, tu gagneras plus que les autres femmes en deux ou trois jours. Mais n'oublie pas la soumission, Catherine.

Hébétée, comme si elle venait juste de chuter d'une grande hauteur, Catherine quitta le bureau de sa grand-mère. Un instant, l'envie folle de se précipiter vers la porte d'entrée la submergea. Mais sans endroit où aller, sans argent, une fille seule n'avait aucune chance de s'en sortir à Londres.

Les sanglots comprimés dans sa poitrine se transformèrent en frissons.

Elle remonta dans sa chambre. C'est alors que
le rêve changea, et que les souvenirs se métamor-
phosèrent en sombres délires... En cauchemar.
L'escalier sembla se multiplier, l'ascension se fit de
plus en plus difficile dans une obscurité à chaque
instant plus profonde. Seule et tremblant de froid,
Catherine atteignit sa chambre qu'éclairait seulement la lueur argentée de la lune.

Un homme était assis sur la fenêtre. En fait, il
chevauchait le chambranle, une jambe appuyée
fermement sur le sol, l'autre se balançant avec
désinvolture à l'extérieur. Elle le reconnut au
dessin de sa tête, aux lignes puissantes de sa
silhouette, à sa voix grave qui lui donna la chair
de poule.

— Te voilà... Viens ici, Marks.

Catherine fut submergée par le soulagement
et le désir. Elle courut vers lui.

— Leo! Que fais-tu ici? s'écria-t-elle.

— Je t'attendais, répondit-il en refermant les
bras autour d'elle. Je vais t'emmener loin d'ici...
Cela te plairait?

— Oh oui, oui!... Mais comment?

— Nous allons partir par cette fenêtre. J'ai une
échelle.

— Est-ce bien prudent? Es-tu certain...

Il pressa doucement la main contre sa bouche
pour lui imposer le silence.

— Fais-moi confiance. Je ne te laisserai pas tomber.

Elle essaya de lui dire qu'elle irait n'importe
où avec lui, qu'elle ferait tout ce qu'il dirait, mais
il appuyait sur sa bouche avec trop de force pour
qu'elle puisse parler. La pression se fit de plus en
plus douloureuse, il lui comprimait la mâchoire,
elle ne pouvait plus respirer.

Catherine ouvrit brusquement les yeux. Le cauchemar s'évanouit, révélant une réalité bien pire. Elle se débattit contre le poids qui l'écrasait et tenta de crier malgré la main calleuse qui l'étouffait.

— Vot'tante, elle veut vous voir, fit une voix dans l'obscurité. Fallait que je le fasse, mam'zelle. J'avais pas le choix.

En l'espace de quelques minutes, ce fut fini.

William la bâillonna avec un morceau de tissu, un gros nœud lui écrasant la langue. Après lui avoir lié les pieds et les mains, il alla allumer une lampe. Même sans ses lunettes, Catherine s'aperçut qu'il portait l'uniforme bleu foncé des employés de l'hôtel Rutledge.

Si seulement elle pouvait prononcer quelques mots, supplier ou négocier avec lui. Mais le tampon d'étoffe l'empêchait d'émettre le moindre son. Un goût désagréable lui vint dans la bouche à cause de l'odeur épouvantablement âcre qui s'en dégageait. À l'instant où elle comprit que le bâillon était imprégné d'une substance, elle se sentit perdre pied. Son cœur engourdi pompa son sang empoisonné, le distribua dans ses membres qui s'amollirent, et elle eut la sensation que son cerveau gonflait, se dilatait, jusqu'à devenir trop gros pour sa boîte crânienne.

William s'approcha d'elle avec un sac de la buanderie de l'hôtel. Il entreprit de le remonter sur elle en commençant par les pieds. Tout à sa tâche, il ne leva pas une seule fois les yeux sur son visage. Catherine l'observait avec passivité, remarquant qu'il prenait soin de maintenir l'ourlet de sa chemise de nuit autour de ses chevilles. Dans un recoin distant de son cerveau, elle s'étonna de cette petite gentillesse qui consistait à ménager sa pudeur.

Un remue-ménage se fit soudain dans les draps et Dodger surgit en babillant avec fureur. Vif comme l'éclair, il se jeta sur la main de William et lui infligea une série de morsures profondes. Catherine n'avait jamais vu le furet se comporter ainsi. William laissa échapper un grondement de surprise, puis il lança violemment le bras en arrière en jurant entre ses dents. Dodger fut projeté durement contre le mur et retomba sur le sol, inerte.

Catherine gémit derrière le bâillon, les yeux brûlés par des larmes acides.

Le souffle bruyant, William examina sa main ensanglantée, puis alla ramasser un linge sur la table de toilette pour s'en faire un pansement improvisé, avant de revenir vers Catherine. Il remonta le sac plus haut, encore plus haut, jusqu'au-dessus de sa tête.

Elle comprit qu'Althea ne voulait pas vraiment la voir. Althea voulait la détruire. Peut-être que William l'ignorait. Ou peut-être qu'il trouvait plus gentil de lui mentir. Quelle importance… Elle ne ressentait rien, ni peur ni angoisse, même si les larmes ne cessaient de couler au coin de ses yeux. Quel terrible destin que de quitter le monde sans ressentir quoi que ce soit ! Elle n'était rien de plus qu'un tas de membres en désordre dans un sac, une poupée écervelée, sans plus de souvenirs, sans plus de sensations.

Quelques pensées trouèrent néanmoins ce néant, telles des pointes d'épingle de lumière dans l'obscurité.

Leo ne saurait jamais qu'elle l'avait aimé.

Elle revit ses yeux au bleu si changeant. Une constellation du plein été lui revint en mémoire, avec ses étoiles qui dessinaient la silhouette d'un lion. « L'étoile la plus brillante marque son cœur. »

Il aurait du chagrin. Si seulement elle pouvait lui épargner cela.

Oh, tout ce qu'ils auraient pu avoir ! Une vie ensemble, une chose aussi simple que de regarder son beau visage se buriner avec le temps. Elle devait admettre maintenant qu'elle n'avait jamais été plus heureuse que lorsqu'elle était avec lui.

Son cœur battait faiblement contre ses côtes. Il était lourd, douloureux de sentiments retenus – un noyau dur qui résistait à l'engourdissement.

« Je ne voulais pas avoir besoin de toi, Leo, songea-t-elle. J'ai lutté tellement fort pour rester à la marge de ma propre existence... alors que j'aurais dû avoir le courage d'entrer dans la tienne. »

29

Tard dans la matinée, Leo revint d'une visite chez son ancien employeur, Rowland Temple. À présent professeur à l'université de Londres, l'architecte avait récemment reçu une médaille d'or pour couronner ses travaux de recherches sur l'architecture. Leo avait été amusé, mais pas vraiment surpris, de découvrir un Rowland Temple plus impérieux et irascible que jamais. Le vieil homme considérait les aristocrates comme des mécènes utiles d'un point de vue financier, ce qui ne l'empêchait pas de mépriser leur attachement à un style traditionnel et dépourvu d'imagination.

— Vous, vous n'êtes pas l'un de ces ânes incultes, lui avait-il dit d'un ton emphatique, ce que Leo supposa être un compliment.

Puis, plus tard :

— Mon influence sur vous est impossible à éradiquer, n'est-ce pas ?

Leo avait évidemment abondé dans son sens, lui assurant qu'il se souvenait et faisait grand cas de tout ce qu'il avait appris de lui. Il n'avait pas osé mentionner l'influence bien plus grande qu'exerçait sur lui le vieux professeur Joseph, en Provence.

Un jour, dans son atelier, celui-ci lui avait dit :

— L'architecture nous permet de nous réconcilier avec les difficultés de la vie.

Le vieux monsieur était en train de rempoter des plantes sur une longue table de bois et Leo s'efforçait de l'aider.

— Non, ne touche pas à ça, mon fils, tu tasses trop la terre et les racines ne sont plus assez aérées. Pour être un architecte, avait-il enchaîné, tu dois accepter ton environnement, quel qu'il soit. Alors, en pleine connaissance de cause, tu prends tes idéaux et tu les façonnes en structure.

— Est-ce que je peux me passer des idéaux ? avait risqué Leo, en plaisantant à moitié. Je me suis rendu compte que je n'arrivais pas à être à leur hauteur.

— Tu ne peux pas non plus atteindre les étoiles, avait répliqué le professeur Joseph avec un sourire. Il n'empêche que tu as besoin de leur lumière. Tu as besoin d'elle pour naviguer, non ?

Prendre ses idéaux et les façonner en structure…. C'était la seule façon de concevoir une maison solide, un bâtiment solide… ou une vie solide.

Et Leo avait finalement découvert la pierre angulaire, la pièce essentielle sur laquelle édifier le reste.

Une pierre angulaire très têtue !

Il sourit tandis qu'il réfléchissait à ce qu'il allait faire aujourd'hui avec Catherine, la manière dont il la courtiserait ou dont il l'asticoterait – puisqu'elle semblait apprécier les deux à part égale. Peut-être qu'il commencerait par une petite dispute, puis qu'il l'embrasserait pour l'obliger à capituler. Et peut-être qu'il la demanderait de nouveau en mariage, s'il pouvait la surprendre dans un moment de faiblesse.

Arrivé à la porte de l'appartement privé du Rutledge, Leo frappa pour la forme et entra. Poppy sortit en courant du salon.

— Est-ce que tu… commença-t-elle avant de s'interrompre. Leo ! Je me demandais quand tu rentrerais. Je ne savais pas où tu étais, sinon j'aurais envoyé quelqu'un te…

— Que se passe-t-il ? coupa-t-il, conscient que la situation était sérieuse.

Poppy semblait désespérée. Ses yeux paraissaient immenses dans son visage pâle.

— Catherine n'est pas venue déjeuner ce matin. J'ai supposé qu'elle voulait dormir tard. Quelquefois, ses cauchemars…

— Oui, je sais. Abrège, Poppy.

— Il y a une heure, j'ai envoyé une servante dans sa chambre pour voir si elle n'avait besoin de rien. Elle n'y était pas, et il y avait ça sur sa table de nuit…

D'une main tremblante, elle lui tendit les nouvelles lunettes en argent de Catherine.

— Et… et il y avait du sang sur le lit.

Il fallut un instant à Leo pour réprimer une vague de panique. Elle laissa dans son sillage une vertigineuse envie de meurtre.

— On est en train de fouiller l'hôtel, entendit-il Poppy expliquer alors que le sang lui rugissait aux oreilles. Et Harry et M. Valentine interrogent les garçons d'étage.

— C'est Latimer, lâcha Leo d'une voix rauque. Il l'a fait enlever. Je vais lui arracher les entrailles, à cet immonde fils de pute, et je le pendrai avec…

— Leo, murmura-t-elle en portant la main à sa bouche, l'air effrayé par ce qu'elle lisait sur son visage. Je t'en prie.

Son soulagement fut manifeste quand son mari entra dans l'appartement.

— Harry, a-t-on trouvé quelque chose ?

— L'un des garçons d'étage dit que, la nuit dernière, il a vu un homme vêtu comme un employé – il a supposé que c'était un nouveau – qui descendait un sac de linge par l'escalier de service. Il l'a remarqué parce que, d'ordinaire, ce sont les femmes de chambre qui se chargent du linge, et jamais à cette heure de la nuit.

Il posa une main apaisante sur l'épaule de Leo, qui la rejeta aussitôt.

— Ramsay, gardez la tête froide. Je sais ce que vous supposez et vous avez probablement raison. Mais vous ne pouvez pas vous précipiter comme un fou. Il faut que nous...

— Essayez donc de m'arrêter ! riposta Leo d'une voix gutturale.

Rien ne pouvait contrôler ce qui se déchaînait en lui. Il disparut avant que Harry puisse ajouter un mot.

— Seigneur, murmura ce dernier en fourrageant dans ses cheveux. Va trouver Valentine, dit-il à Poppy en lui jetant un coup d'œil distrait. Il est toujours en train de s'entretenir avec les garçons d'étage. Demande-lui d'aller voir l'inspecteur en chef Hembrey et de le mettre au courant. La police peut d'ores et déjà envoyer un homme chez lord Latimer. Que Valentine l'avertisse qu'un meurtre va être commis.

— Leo ne va pas tuer lord Latimer ! s'écria Poppy en blêmissant.

— S'il ne le fait pas, répliqua Harry avec une froide détermination, ce sera moi.

Catherine se réveilla en proie à une étrange apathie, mais heureuse d'échapper à ses cauchemars. Sauf que, lorsqu'elle ouvrit les yeux, elle découvrit que le cauchemar continuait. Elle se trouvait dans une pièce aux fenêtres obscurcies par de lourdes tentures, embrumée par un voile de fumée d'une douceur écœurante.

Il lui fallut un long moment pour reprendre ses esprits. Elle avait la mâchoire douloureuse et la bouche abominablement sèche. Que n'aurait-elle donné pour un verre d'eau et une bouffée d'air frais ! Elle était à demi allongée sur un canapé, en chemise de nuit, les poignets attachés derrière le dos.

Malgré l'absence de lunettes, Catherine reconnut la pièce. Elle reconnut aussi la vieille femme assise à côté d'elle, très maigre et vêtue de noir. Semblable à la pince d'un insecte, la main de celle-ci porta à ses lèvres un mince tuyau de cuir relié à un narguilé. Elle aspira une bouffée, la retint, puis expira un long nuage de fumée blanche.

— Grand-mère ? articula Catherine d'une voix éraillée, la langue pâteuse.

La femme se pencha, approchant son visage tout près de celui de Catherine. Une figure poudrée de blanc, des lèvres vermillon, des yeux durs, familiers, cernés de khôl.

— Elle est morte. C'est ma maison, à présent. Mon affaire.

Catherine fut saisie d'horreur. Althea ! Une version cadavérique d'Althea, dont les traits autrefois séduisants étaient creusés, comme pétrifiés, et recouverts d'un lacis de rides qui donnaient à son visage l'aspect d'une porcelaine craquelée. Elle était encore plus effrayante que ne l'avait été Grand-mère. Et ses yeux exorbités, d'un bleu vitreux comme ceux d'un oisillon, évoquaient un état de démence avancée.

— William m'a dit qu'il t'avait vue, reprit-elle. Alors moi, je lui ai dit : « Nous devons aller la chercher, parce que ça fait longtemps qu'elle nous doit une petite visite, non ? » Il lui a fallu un peu de temps pour mettre la chose au point, mais il s'en est bien sorti.

Elle jeta un coup d'œil dans un coin obscur de la pièce.

— Tu es un bon garçon, William.

Il répondit par un murmure inintelligible. Inintelligible en tout cas pour Catherine, dont le pouls irrégulier lui tambourinait aux oreilles. C'était comme si le système interne de son corps avait été réarrangé et qu'elle ne parvenait pas à en assimiler la nouvelle disposition.

— Puis-je avoir un peu d'eau ? souffla-t-elle.

— William, donne un peu d'eau à notre invitée.

Ce dernier alla remplir un verre avec des gestes maladroits, puis l'approcha de la bouche de Catherine, qui but avec précaution. Ses lèvres parcheminées, l'intérieur de sa bouche, de sa gorge absorbèrent l'eau instantanément. Elle lui parut saumâtre, poussiéreuse, mais peut-être était-ce juste le goût de la substance qui imprégnait son bâillon qui subsistait.

William se rencogna dans l'ombre, et Catherine attendit pendant que sa tante tirait pensivement sur son narguilé.

— Mère ne t'a jamais pardonné de t'être enfuie, finit par lâcher Althea. Lord Latimer nous a harcelées pendant des années en exigeant de récupérer son argent… ou toi. Mais tu te moques des ennuis que tu as causés. Tu n'as jamais pensé un instant à ce que tu nous devais.

Catherine lutta pour redresser sa tête, qui ne cessait de retomber sur le côté.

— Je ne vous devais pas mon corps.

— Tu te croyais trop bien pour ça. Tu voulais éviter de connaître mon sort. Tu voulais avoir le choix.

Althea s'interrompit un instant, comme si elle attendait une confirmation. Quand rien ne vint, elle reprit avec une véhémence contenue :

— Mais pourquoi l'aurais-tu eu, et pas moi ? Ma propre mère est venue dans ma chambre une nuit. Elle m'a dit qu'elle avait amené un gentil monsieur pour me border dans mon lit. Mais, d'abord, il allait me montrer quelques nouveaux jeux. Après cette nuit-là, il ne restait plus une once d'innocence en moi. J'avais douze ans.

Une autre longue inhalation du narguilé, un autre nuage de fumée empoisonnée… Catherine n'avait aucun moyen de s'abstenir de l'inhaler. Elle eut l'impression que la pièce tanguait doucement, comme le ferait sans doute le pont d'un navire en haute mer. Elle flottait sur les vagues tout en écoutant les marmottements d'Althea. Comme le reste de ses émotions, la pointe de compassion qu'elle ressentit à son endroit ne remonta pas jusqu'à la surface.

— J'ai pensé à m'enfuir, continua sa tante. J'ai demandé de l'aide à mon frère – ton père. Il vivait avec nous, à l'époque. Il allait et venait à son gré. Il utilisait les putains sans jamais les payer, et elles n'osaient pas se plaindre à Mère. «Je n'ai besoin que d'un petit peu d'argent, lui ai-je dit. J'irai loin, à la campagne.» Mais il est allé trouver Mère et lui a tout raconté, et après ça, on ne m'a plus laissée sortir de la maison pendant des mois.

Du peu que Catherine se souvenait de son père, un individu brutal et impitoyable, cette histoire était facile à croire. Néanmoins, elle s'entendit demander d'une voix distante :

— Pourquoi ne vous a-t-il pas aidée ?

— La situation lui plaisait telle qu'elle était – il avait tout ce qu'il voulait sans lever le petit doigt –, et ce salaud égoïste se moquait bien de me sacrifier pour conserver son train de vie. C'était un homme, tu comprends. C'est ainsi que je suis devenue une putain. Et pendant des années, j'ai prié pour qu'on vienne à mon secours. Mais Dieu n'entend pas les prières des femmes. Il ne se soucie que de ceux qu'Il a créés à Son image.

De plus en plus étourdie, Catherine dut faire un effort surhumain pour aligner des pensées cohérentes.

— Ma tante, commença-t-elle avec circonspection, pourquoi m'avez-vous fait emmener ici ? Si on vous a infligé cela... pourquoi me l'infliger aussi ?

— Pourquoi devrais-tu y échapper alors que moi, je n'ai pas pu ? Je veux que tu deviennes moi. Tout comme je suis devenue Mère.

C'était l'une des craintes de Catherine, la pire de toutes : au cas où elle se retrouverait dans un environnement malsain, la vilenie de sa nature intime ne prendrait-elle pas le dessus sur tout le reste ?

En vérité... non.

Son cerveau embrumé s'empara de cette idée et la tourna en tous sens pour l'étudier. Non, le passé n'était pas l'avenir.

— Je ne suis pas comme vous, déclara-t-elle lentement. Je ne le serai jamais. Ce que vous avez subi m'emplit de tristesse, ma tante, mais je n'ai pas fait le même choix.

— Le choix, c'est maintenant que tu l'as, ma chérie.

Malgré le détachement provoqué par l'opium, le ton caressant d'Althea arracha un frisson à Catherine.

— Soit tu es prête à honorer l'engagement conclu il y a longtemps avec lord Latimer, soit tu recevras les clients du bordel, comme moi-même je le faisais. Alors ?

— Peu importe... ce que vous faites, balbutia Catherine, intraitable. Rien ne changera ce que je suis.

— Et qui es-tu ? rétorqua Althea d'une voix suintant le mépris. Une femme convenable ? Trop bien pour cet endroit ?

La tête de Catherine était devenue trop lourde pour qu'elle parvienne à la tenir droite plus longtemps. Elle s'affaissa sur le canapé.

— Une femme... qui est... aimée, articula-t-elle.

C'était la pire réponse, la plus blessante, qu'elle puisse offrir à Althea. Et c'était la vérité.

Incapable d'ouvrir les yeux, Catherine perçut vaguement un froissement d'étoffes près d'elle, la main d'Althea qui lui agrippait le menton comme un tentacule, le mince tuyau du narguilé qu'elle lui glissait entre les lèvres. Quand elle lui pinça le nez, Catherine fut obligée d'inspirer. Une bouffée de fumée froide, âcre, lui emplit les poumons. Elle se mit à tousser. On l'obligea à tirer de nouveau sur le tuyau, jusqu'à ce qu'elle se recroqueville sur le flanc, pratiquement inconsciente.

— Porte-la là-haut, William, ordonna Althea. Dans son ancienne chambre. Nous l'emmènerons au bordel plus tard.

— Oui, m'dame, répondit William en soulevant Catherine avec précaution. M'dame… je peux détacher ses mains ?

Althea haussa les épaules.

— Dans l'état où elle est, elle ne va certainement pas aller où que ce soit.

Après avoir transporté Catherine à l'étage, William l'étendit sur le petit lit moisi de son ancienne chambre, et lui délia les poignets. Il lui arrangea les bras, les mains posées sur le ventre, dans la position d'un corps dans un cercueil.

— Désolé, mam'zelle, murmura-t-il. J'ai personne d'autre qu'elle. J'suis obligé de faire ce qu'elle dit.

30

Lord Latimer vivait dans un nouveau quartier, à l'ouest de Londres. Des maisons au fronton orné de stuc s'alignaient dans un environnement calme et boisé. Leo s'y était rendu à plusieurs reprises, quelques années plus tôt. Même si la rue et la maison étaient bien tenues, l'endroit était souillé d'un si grand nombre de souvenirs répugnants qu'un taudis de l'East End aurait ressemblé à un presbytère en comparaison.

Leo mit pied à terre avant même que son cheval se soit immobilisé, fonça vers la porte d'entrée et la martela de ses poings. Ses pensées suivaient deux courants parallèles. Le premier, c'était de retrouver Catherine avant qu'on ait eu le temps de lui faire du mal ou, si quelque chose lui était déjà arrivé – plût au ciel qu'il n'en soit rien ! –, de l'aider à se rétablir. Le deuxième avait pour unique but de réduire Latimer en chair à pâté.

Aucun signe de Harry. Leo était certain qu'il n'était pas loin derrière, mais il n'avait aucune envie de l'attendre.

Le majordome qui ouvrit la porte avait l'air troublé. Leo força l'entrée d'un coup d'épaule.

— Monsieur…

— Où est votre maître ?

— Je vous demande pardon, monsieur, mais il n'est pas…

Le domestique s'interrompit avec un cri étouffé quand Leo l'empoigna par les revers de sa veste et le plaqua contre le mur le plus proche.

— Mon Dieu ! Monsieur, je vous en supplie…

— Dites-moi où il se trouve !

— Dans… dans la bibliothèque… Mais il n'est pas bien…

— J'ai de quoi le guérir ! répliqua Leo avec un sourire mauvais.

Comme un valet de pied pénétrait dans le vestibule, le majordome l'appela à l'aide en bredouillant. Mais Leo l'avait déjà relâché. En quelques secondes, il atteignit la bibliothèque. Il y faisait sombre, et un énorme feu y maintenait une chaleur suffocante. Latimer était affalé dans un fauteuil, le menton sur la poitrine, une bouteille à moitié vide à la main. Le reflet des flammes sur son visage bouffi le faisait ressembler à une âme damnée. Quand il leva avec difficulté un regard vague sur Leo, celui-ci comprit qu'il était ivre mort. Ivre à ne pas voir un trou dans une échelle. Il avait dû boire régulièrement pendant des heures pour être dans cet état.

Un désespoir mêlé de fureur s'empara de Leo. Parce que s'il y avait pire que de trouver Catherine avec Latimer, c'était de ne pas l'y trouver ! Il se rua sur l'homme prostré, referma les mains autour de sa gorge épaisse et le hissa en position debout. La bouteille tomba sur le sol. Les yeux exorbités, Latimer se mit à cracher tout en essayant d'écarter les mains de Leo.

— Où est-elle ? siffla Leo en le secouant un grand coup. Qu'avez-vous fait de Catherine Marks ?

Il relâcha son étreinte juste assez pour permettre à Latimer de parler.

Le salaud se mit à tousser en le fixant d'un regard stupéfait.

— Espèce de... pauvre couillon ! Qu'est-ce que vous racontez ?

— Elle a disparu

— Et vous pensez que c'est moi qui la détiens ? fit Latimer avec un ricanement incrédule.

— Essayez de me convaincre du contraire, rétorqua Leo en resserrant son étreinte autour de son cou, et je vous laisserai peut-être vivre.

Le visage bouffi de Latimer s'empourpra.

— Je... je n'ai pas besoin de cette femme ou de n'importe quelle autre catin vu le... le pétrin dans lequel vous m'avez fourré ! éructa-t-il. Vous saccagez mon existence ! Des enquêtes, des convocations... des alliés qui menacent de s'en prendre à moi. Vous savez combien d'ennemis vous êtes en train de vous faire ?

— Pas autant que vous, loin de là.

Latimer se tordit pour essayer de se libérer de sa poigne impitoyable.

— Ils veulent ma mort, bon sang !

— Quelle coïncidence, gronda Leo entre ses dents serrées. Moi aussi.

— Qu'est-ce qui vous prend, Ramsay ? glapit Latimer. Ce n'est qu'une femme, que diable !

— S'il lui arrivait quoi que ce soit, je n'aurais plus rien à perdre. Et si je ne la retrouve pas dans l'heure, vous le paierez de votre vie.

Quelque chose dans le ton de Leo lui fit écarquiller les yeux de panique.

— Je n'ai rien à voir avec cette histoire.

— Parlez ou je vous garrotte jusqu'à ce que vous soyez aussi gonflé qu'un crapaud.

— Ramsay !

La voix de Harry Rutledge fendit l'air comme une épée.

— Il prétend qu'elle n'est pas ici, marmonna Leo sans quitter Latimer des yeux.

Il y eut un double cliquetis métallique, puis Harry appuya le canon d'un pistolet au milieu du front de Latimer.

— Lâchez-le, Ramsay.

Leo s'exécuta.

Dans le silence sépulcral qui suivit, Latimer laissa échapper un son étranglé.

— Vous vous souvenez de moi ? lui demanda Harry d'une voix douce. J'aurais dû faire ça il y a huit ans.

Apparemment, le regard glacial de Harry effraya encore davantage Latimer que celui de Leo.

— Je… je vous en prie, souffla-t-il, la bouche tremblante.

— Je vous donne cinq secondes pour me fournir des renseignements sur l'endroit où se trouve ma sœur ou je vous troue la tête. Cinq !

— Je ne sais rien, plaida Latimer.

— Quatre.

— Je le jure sur ma vie ! s'écria-t-il, les larmes aux yeux.

— Trois… Deux…

— Pitié, je ferais n'importe quoi !

Harry hésita. Après avoir évalué Latimer d'un regard perçant, il jugea qu'il disait la vérité et abaissa son arme.

— Bon Dieu, murmura-t-il en se tournant vers Leo, tandis que Latimer s'effondrait sur le sol, secoué de sanglots. Ce n'est pas lui qui l'a enlevée.

Ils échangèrent un regard atterré. Pour la première fois, parce qu'ils partageaient un moment de désespoir à cause de la même femme, Leo se sentit proche de Harry.

— Qui d'autre pourrait s'intéresser à elle ? marmonna Leo. Personne n'a de lien avec son passé… à l'exception de sa tante.

Il fit une pause avant de reprendre :

— Le soir de la pièce de théâtre, Catherine a vu un homme qui travaillait au bordel. Un certain William. Elle l'a connu enfant.

— Le bordel se trouve dans Marylebone, lâcha Harry, qui fonça vers la porte en faisant signe à Leo de le suivre.

— Pourquoi sa tante l'aurait-elle enlevée ?

— Je l'ignore. Peut-être qu'elle a bel et bien perdu la tête, et qu'il n'y a aucune raison particulière.

La bâtisse qui abritait le bordel était dans un piteux état, avec des moulures cassées, repeintes des dizaines de fois avant d'être finalement laissées à l'abandon. Les fenêtres étaient noircies par la suie, et la poutre qui surmontait la porte d'entrée commençait à s'affaisser. La maison voisine était beaucoup plus petite, comme voûtée – une enfant maltraitée à l'ombre de sa grande sœur aux mœurs dépravées.

Lorsque la prostitution était une affaire familiale, les propriétaires du bordel vivaient en général dans un lieu séparé. Leo reconnut la maison d'après la description de Catherine. C'était là qu'elle avait vécu en jeune fille naïve, ne se rendant pas compte que son avenir lui avait déjà été volé.

Ils empruntèrent une rue perpendiculaire pour se retrouver derrière le bordel, dans une ruelle sordide bordée d'écuries délabrées.

Deux hommes se tenaient devant la porte de l'établissement. L'un d'eux possédait le physique massif qui le désignait comme l'homme de main de la maison. Dans le monde de la prostitution, il était chargé de maintenir la paix, et de régler les disputes entre putains et clients. Son compagnon était petit, mince, sans doute un colporteur quelconque, car il avait un tablier à poches noué autour de la taille et gardait la main posée sur une charrette couverte.

Remarquant l'attention que les nouveaux venus portaient à l'entrée du bordel, le grand costaud leur lança d'un ton affable :

— Les d'moiselles sont pas encore au travail, m'ssieurs. Faudra revenir à la tombée de la nuit.

Au prix d'un effort surhumain, Leo parvint à s'adresser à lui d'un ton aimable :

— J'ai une affaire à régler avec la patronne.

— Elle voudra pas vous voir, j'suppose… Mais vous pouvez demander William.

Le geste désinvolte, mais le regard aigu, l'homme de main indiqua la maison délabrée.

Leo et Harry se dirigèrent vers la porte d'entrée. Il ne restait du heurtoir que les trous des clous dans le bois vermoulu. Réprimant son envie de la démolir d'un coup de pied, Leo se contenta de quelques coups du plat de la main.

Le battant finit par s'ouvrir avec un grincement, et le visage hâve de William apparut. Ses yeux s'agrandirent d'effroi quand il reconnut Leo. Il aurait pâli s'il n'avait été déjà livide. Comme il essayait de refermer la porte, Leo l'en empêcha d'un coup d'épaule.

Il agrippa le poignet de William pour examiner le bandage taché de sang qui lui entourait la main. Le sang sur les draps… À la pensée de ce que cet homme avait pu faire à Catherine, une rage si violente s'empara de lui qu'elle balaya tout le reste. Il cessa complètement de penser. Une minute plus tard, il était sur le sol, écrasant William sous son poids et le bourrant impitoyablement de coups de poing. À peine avait-il conscience que Harry criait son nom et essayait de le retenir.

Alerté par le fracas, l'homme de main entra en trombe et bondit sur Leo, qui l'envoya s'écraser au sol avec une telle force que la charpente de la maison en trembla. L'homme se releva, brandissant des poings comme des jambons. Leo l'imita et sauta en arrière. Il se mit en garde, puis lui décocha un direct du droit qu'il bloqua aisément. Cependant, Leo ne se battait pas en gentleman. Il flanqua un coup de pied dans la rotule de son adversaire et, comme celui-ci se courbait en deux avec un grognement de douleur, exécuta un fouetté qui l'atteignit à la tête. Le costaud s'effondra sur le sol, aux pieds de Harry.

Tout en songeant que peu de personnes se battaient de manière aussi déloyale que son beau-frère, Harry l'invita d'un mouvement de la tête à le suivre.

À part les appels lancés par les deux hommes, il régnait un silence de mort dans la maison. Une odeur d'opium flottait dans toutes les pièces, dont les fenêtres étaient d'une saleté telle qu'elle tenait lieu de rideaux. De la poussière partout, des toiles d'araignée, des tapis maculés de taches, des lattes de parquet cassées…

Quand Harry aperçut un rai de lumière filtrant sous une porte, au premier étage, son cœur se mit à battre à grands coups. Il gravit les marches quatre à quatre.

Dans une pièce obscurcie par une épaisse fumée, il trouva une vieille femme recroquevillée sur un canapé. Les larges plis de sa robe noire ne parvenaient pas à dissimuler la maigreur de son corps, noueux comme le tronc d'un pommier sauvage. Elle paraissait n'être qu'à demi consciente, et caressait de ses doigts osseux le tuyau de cuir d'un narguilé comme s'il s'agissait d'un serpent apprivoisé.

Harry s'approcha et, posant la main sur sa tête, il la repoussa en arrière pour voir son visage.

— Qui êtes-vous ? demanda-t-elle d'une voix éraillée.

Le blanc de ses yeux était jaunâtre, comme s'ils avaient mariné dans du thé. Harry dut prendre sur lui pour ne pas reculer devant son haleine fétide.

— Je suis venu chercher Catherine. Dites-moi où elle est.

La femme le regarda fixement.

— Le frère...

— Oui. Alors, où est-elle ? Ici ? Au bordel ?

Althea lâcha le tuyau de cuir et referma les bras autour d'elle.

— Mon frère n'est jamais venu pour moi, dit-elle d'une voix plaintive, les larmes et la sueur se mêlant à la poudre sur son visage pour former une pâte blanchâtre. Vous ne pouvez pas la reprendre.

Mais son regard dévia sur le côté, en direction de l'escalier menant au second étage.

Galvanisé, Harry se rua hors de la pièce et gravit les marches au pas de course. Un agréable courant d'air frais et un rayon de lumière naturelle lui parvinrent d'une des deux chambres donnant sur le palier. Il y pénétra, et découvrit un lit en désordre et la fenêtre grande ouverte.

Il se pétrifia, la poitrine percée d'une douleur brutale. Son cœur avait cessé un instant de battre.

— Catherine ! s'entendit-il hurler alors qu'il se précipitait vers la fenêtre.

N'osant respirer, il baissa les yeux vers la rue, deux étages plus bas.

Dieu merci, il n'y avait pas de corps désarticulé, pas de sang, rien d'autre que des ordures et du fumier.

À la périphérie de sa vision, une palpitation blanche, tel le battement d'aile d'un oiseau, attira son attention. Il tourna la tête vers la gauche, et prit une brusque inspiration. Catherine était là, vêtue d'une chemise de nuit blanche.

Elle était assise dans l'angle que formait le pignon perpendiculaire de la maison voisine, à environ trois mètres de lui. Elle avait parcouru cette distance sur une corniche incroyablement étroite qui surplombait le premier étage. Les bras refermés autour des genoux, elle tremblait violemment. Ses cheveux détachés voletaient sur le ciel gris. Un coup de vent, un geste inconsidéré, et ce serait la chute.

Son absence d'expression était encore plus préoccupante que sa position précaire.

— Catherine, l'appela doucement Harry.

Elle tourna le visage dans sa direction, mais ne parut pas le reconnaître.

— Ne bouge pas, lui recommanda-t-il d'une voix rauque. Reste tranquille, Catherine.

Il rentra la tête à l'intérieur de la chambre le temps de crier «Ramsay!», puis s'adressa de nouveau à sa sœur:

— Catherine, ne bouge pas un muscle. Ne cligne même pas des yeux.

Elle ne dit pas un mot. Elle tremblait toujours, et son regard était vide.

Leo arriva derrière Harry et passa à son tour la tête par la fenêtre. Harry entendit son souffle s'étrangler dans sa gorge.

— Sainte mère de Dieu!

Prenant la mesure de la situation, Leo sentit un grand calme descendre en lui.

— Elle est abrutie d'opium, dit-il. Ça ne va pas être une mince affaire.

31

— Je vais emprunter la corniche, déclara Harry. Je ne suis pas sujet au vertige.

— Moi non plus, répliqua Leo. Mais les poutres qui la soutiennent ne supporteront pas votre poids ou le mien. Celles qui sont au-dessus de nous sont pourries, ce qui signifie qu'elles le sont probablement toutes.

— Y a-t-il une autre manière de l'atteindre ? Par le toit ?

— Cela prendrait trop de temps. Continuez de parler avec elle pendant que j'essaie de trouver une corde.

Leo disparut, et Harry se pencha davantage par la fenêtre.

— Catherine, c'est moi, Harry. Tu me reconnais, n'est-ce pas ?

— Évidemment que je te reconnais.

Elle laissa retomber la tête sur ses genoux pliés et oscilla.

— Je suis tellement fatiguée.

— Catherine, attends ! Ce n'est pas le moment de dormir. Lève la tête et regarde-moi.

Il continua de lui parler en l'encourageant à rester immobile et éveillée, mais elle réagissait à peine. Plus d'une fois, elle changea de position, et le cœur de Harry cessa de battre.

À son vif soulagement, Leo ne tarda pas à revenir avec une importante longueur de corde. Son visage était luisant de sueur et il soufflait comme un bœuf.

— Vous avez fait vite, dit Harry en s'emparant de la corde qu'il lui tendait.

— Nous sommes à côté d'une maison spécialisée dans les prestations perverses. Je n'ai eu que l'embarras du choix.

Harry mesura deux longueurs de corde avec les bras et commença à faire un nœud.

— Si votre intention est de l'inciter à revenir vers la fenêtre, dit-il, ça ne va pas marcher. Elle ne réagit absolument pas à ce que je lui dis.

— Occupez-vous du nœud. Je me charge de lui parler.

Jamais Leo n'avait éprouvé une pareille peur, pas même quand Laura était morte. Sa perte avait été un lent processus, sa vie s'écoulant comme le sable dans un sablier. Là, c'était encore pire. Il avait l'impression d'atteindre le dernier cercle de l'enfer.

Penché à la fenêtre, Leo observa la silhouette recroquevillée de Catherine. Il connaissait les effets de l'opium, la confusion de l'esprit, la sensation de vertige, cette impression d'avoir les membres trop lourds pour bouger et, en même temps, d'être si léger qu'on pourrait s'envoler. À quoi s'ajoutait le fait que Catherine n'y voyait rien.

S'il parvenait à la récupérer saine et sauve, il l'enfermerait à jamais entre ses bras.

— Eh bien, Marks, lança-t-il d'une voix aussi normale qu'il le put. De toutes les situations ridicules où nous nous sommes trouvés, toi et moi, celle-là remporte la palme.

Elle leva la tête et regarda dans sa direction, les yeux plissés.

— Leo?

— Oui, je vais t'aider. Ne bouge pas. Naturellement, il a fallu que tu te débrouilles pour rendre mon sauvetage héroïque aussi difficile que possible.

— Je n'y suis pour rien.

Elle s'exprimait d'une voix pâteuse, mais avec une pointe d'indignation familière qui lui parut de bon augure.

— J'essayais de... m'échapper.

— Je sais. Et dans une minute, je vais te ramener à l'intérieur pour que nous puissions nous disputer tranquillement. En attendant...

— Je veux pas.

— Tu ne veux pas rentrer? demanda Leo, déconcerté.

— Non, je veux pas... me disputer.

Baissant de nouveau la tête sur ses genoux, elle laissa échapper un sanglot étouffé.

Leo faillit se laisser submerger par l'émotion.

— Seigneur... Mon amour, s'il te plaît, nous ne nous disputerons pas. Je te le promets. Ne pleure pas.

Il prit une inspiration tremblante quand Harry lui tendit la corde, à l'extrémité de laquelle il avait formé une boucle parfaite.

— Catherine, écoute-moi... Redresse la tête et baisse un tout petit peu les genoux. Je vais te lancer une corde, mais il est très important que tu n'essaies pas de l'attraper. Tu comprends? Reste assise sans bouger et laisse-la tomber sur tes genoux.

Elle obéit et se tint parfaitement immobile, à l'exception de ses paupières qui ne cessaient de battre.

Leo balança la boucle à plusieurs reprises pour apprécier son poids et estimer la longueur de corde à lancer. Il la jeta d'un mouvement lent et mesuré, mais elle rata de peu sa cible et glissa sur les bardeaux aux pieds de Catherine.

— Il faut que tu lances plus fort, dit-elle.

Malgré le désespoir et l'anxiété qui le taraudaient, il dut se mordre la lèvre pour ne pas sourire.

— Est-ce que tu cesseras un jour de me dire ce que je dois faire, Marks ?

— Je ne crois pas, répondit-elle après un instant de réflexion.

Il ramena la corde à lui, puis la relança. Cette fois, elle arriva pile sur les genoux de Catherine.

— Je l'ai !

— Bravo, la félicita Leo, s'efforçant de s'exprimer avec calme. À présent passe les bras dans le cercle et lève-le au-dessus de ta tête. Je veux que la boucle t'entoure la poitrine. Ne va pas trop vite, fais attention de ne pas perdre l'équilibre...

Sa respiration s'accéléra quand il la vit se débattre avec la corde.

— Oui, comme ça. *Oui*. Seigneur, je t'aime !

Il laissa échapper un soupir de soulagement lorsque la corde fut en place sous ses aisselles, juste au-dessus des seins. Il tendit l'autre extrémité à Harry.

— Ne la lâchez pas.

— Il n'y a pas de risque, répondit Harry en l'attachant aussitôt autour de sa propre taille.

Leo reporta son attention sur Catherine qui lui criait quelque chose, l'air renfrogné.

— Qu'y a-t-il, Marks ?

— Tu n'avais pas à dire ça.

— À dire quoi ?

— Que tu m'aimes.

— Mais c'est la vérité.

— Non. Je t'ai entendu dire à Winnifred que...

Elle s'interrompit. Elle avait visiblement des difficultés à rassembler ses souvenirs.

— … que tu n'épouserais qu'une femme que… tu serais certain de ne jamais aimer.

— Je dis souvent des trucs idiots, fit valoir Leo. Il ne me viendrait jamais à l'esprit que quiconque puisse m'écouter.

Une fenêtre du bordel voisin s'ouvrit soudain, et une femme se pencha à l'extérieur.

— Y a des filles qu'essaient de dormir là-dedans, aboya-t-elle. Faudrait peut-être arrêter de beugler à réveiller les morts !

— Nous avons bientôt fini, cria Leo. Retournez vous coucher.

— Qu'est-ce que vous fichez avec cette fille sur le toit ? continua la prostituée en se tordant le cou.

— Ça ne vous regarde pas, rétorqua Leo.

D'autres fenêtres s'ouvrirent, d'autres têtes apparurent et des exclamations fusèrent.

— Qui c'est celui-là ?

— Elle va sauter ?

— Ça va être une vraie boucherie !

Les yeux toujours rivés sur Leo, Catherine ne semblait pas remarquer le public qu'ils avaient attiré.

— Tu le pensais vraiment ? demanda-t-elle. Ce que tu as dit ?

— Nous parlerons de cela plus tard, répondit-il en s'installant à califourchon sur la fenêtre. Pour le moment, je veux que tu poses la main contre le mur de la maison et que tu descendes sur la corniche. Tout doucement.

— Tu le pensais vraiment ? répéta Catherine sans bouger.

Leo lui jeta un regard incrédule.

— Pour l'amour du ciel, Marks, il faut vraiment que tu fasses ta tête de mule maintenant ? Tu veux que je me déclare devant un chœur de prostituées ?

Catherine hocha la tête avec vigueur.

L'une des catins cria :

— Allez, dis-lui, mon grand !

Les autres renchérirent avec enthousiasme :

— Allez, chéri !

— Vas-y, qu'on t'entende, beau gosse !

Harry, qui se tenait juste à côté de Leo, secoua lentement la tête.

— Si cela peut la faire descendre de ce fichu toit, dites-le, bon sang.

Leo se pencha un peu plus.

— Je t'aime, déclara-t-il d'un ton brusque.

Tandis qu'il contemplait la petite silhouette frissonnante de Catherine, il sentit le sang lui monter au visage, et son âme s'ouvrit, en proie à une émotion plus profonde que tout ce qu'il imaginait ressentir un jour.

— Je t'aime, Marks. Mon cœur t'appartient entièrement, complètement. Mais, malheureusement pour toi, le reste de ma personne vient avec.

Leo s'interrompit. Il peinait à trouver les mots, lui qui ne manquait jamais de repartie. Mais il fallait que ce soient les mots justes. Ils signifiaient tant.

— Je sais que je ne suis pas une bonne affaire. Mais je te supplie de m'accepter quand même. Parce que je veux avoir une chance de te rendre aussi heureuse que tu me rends heureux. Je veux construire ma vie avec toi. Je t'en prie, viens vers moi, Catherine, continua-t-il en luttant pour raffermir sa voix, parce que je ne pourrais pas te survivre. Tu n'as pas à m'aimer en retour. Tu n'as pas à être à moi. Laisse-moi simplement être à toi.

— Oooh… soupira l'une des prostituées.

Une autre s'essuya les yeux.

— Si elle en veut pas, j'le prends.

Avant même que Leo ait terminé, Catherine avait posé les pieds sur la corniche.

— Je viens.

— Doucement, l'avertit Leo en resserrant son étreinte sur la corde, les yeux fixés sur ses pieds nus. Fais exactement comme tu as fait tout à l'heure.

Le dos au mur, elle avançait vers lui à tout petits pas.

— Je ne me rappelle pas l'avoir fait tout à l'heure, dit-elle, le souffle court.

— Ne regarde pas en bas.

— Je n'y vois rien, de toute façon.

— C'est tout aussi bien. Continue d'avancer.

Au fur et à mesure de sa progression, Leo raccourcissait la corde, comme s'il halait Catherine. Plus près... Encore plus près... jusqu'à être à portée de main. Leo tendit le bras à s'en déboîter l'épaule, les doigts tremblants. Un dernier pas, et il put enfin refermer le bras autour d'elle et la tirer à l'intérieur.

Des hourras jaillirent du bordel, puis les fenêtres commencèrent à se refermer.

Leo se laissa tomber à genoux sur le sol, le visage enfoui dans les cheveux de Catherine. Des tremblements de soulagement le secouaient, et il laissa échapper un soupir qui ressemblait à un sanglot.

— Je t'ai. Je t'ai ! Oh, Marks ! Tu viens de me faire passer les deux minutes les plus atroces de toute ma vie. Il te faudra des années pour te racheter.

— Ce n'était que deux minutes, protesta-t-elle.

Il eut un rire étranglé.

Après avoir fouillé dans sa poche, il en sortit ses lunettes et les lui plaça avec précaution sur le nez. Le monde retrouva sa clarté et sa netteté.

Harry s'accroupit à côté d'eux et posa la main sur l'épaule de Catherine. Elle se retourna, l'entoura de ses bras et le serra contre elle avec force.

— Mon grand frère, chuchota-t-elle. Tu es venu de nouveau à mon secours.

Elle sentit Harry sourire contre ses cheveux.

— Toujours. Chaque fois que tu auras besoin de moi.

Il releva la tête et, jetant un regard ironique à Leo :

— Tu ferais mieux de l'épouser, Catherine. Un homme prêt à s'infliger *cela* vaut probablement la peine que tu le gardes.

Ce fut avec la plus grande réticence que Leo confia Catherine à Poppy et à Mme Pennywhistle quand ils regagnèrent l'hôtel. Les deux femmes l'emmenèrent dans sa chambre, et l'aidèrent à se baigner et à se laver les cheveux. Épuisée, désorientée, Catherine leur fut infiniment reconnaissante de leurs attentions. Après avoir revêtu une chemise de nuit propre et un peignoir, elle demeura assise devant le feu pendant que Poppy lui démêlait les cheveux.

La chambre avait été nettoyée et remise en ordre, les draps changés, le lit refait. Une fois la gouvernante partie, les bras chargés de linges humides, Catherine et Poppy se retrouvèrent seules.

Il n'y avait aucun signe de Dodger. En se souvenant de ce qui était arrivé au vaillant petit furet, Catherine sentit sa gorge se serrer de chagrin. Elle poserait la question demain. Pour le moment, elle en était incapable.

En l'entendant renifler, Poppy lui tendit un mouchoir. Puis elle recommença à lui peigner doucement les cheveux.

— Harry m'a recommandé de ne pas t'ennuyer avec ça ce soir, murmura-t-elle. Mais, si j'étais à ta place, je voudrais être au courant. Quand Leo et toi êtes partis, Harry est resté dans la maison de ta tante pour attendre l'arrivée de la police. Quand ils sont montés, elle était morte. Ils ont trouvé une boulette d'opium pur dans sa bouche.

— Pauvre Althea, souffla Catherine en se tamponnant les yeux.

— Tu es vraiment gentille d'éprouver de la compassion pour elle. Je suis sûre que j'en serais incapable.

— Et William ?

— Il s'est enfui avant qu'ils puissent l'arrêter. J'ai entendu Harry et Leo en discuter : ils vont engager un détective pour le retrouver.

— Je ne veux pas, protesta Catherine. Je veux qu'on le laisse tranquille.

— Je ne doute pas que Leo fera ce que tu lui demandes, répondit Poppy. Mais, pourquoi ? Après tout ce que cet homme t'a fait…

— William était une victime tout autant que moi, déclara Catherine avec véhémence. Il essayait seulement de survivre. La vie a été d'une brutalité injuste envers lui.

— Et envers toi. Pourtant, tu as réussi à en faire quelque chose de beaucoup mieux que lui.

— J'avais Harry. Et je vous avais, ta famille et toi.

— Et Leo, fit remarquer Poppy, un sourire dans la voix. Je dirais sans hésiter que tu l'as aussi. Pour un homme si déterminé à regarder la vie en observateur, il se retrouve immergé dedans jusqu'au cou. Grâce à toi.

— Cela t'ennuierait-il si je l'épousais, Poppy ? demanda-t-elle presque timidement.

Poppy enlaça Catherine par-derrière et posa brièvement la tête sur la sienne.

— Je suis sûre de parler au nom de tous les Hathaway en te disant que nous te serions éternellement reconnaissants si tu l'épousais. Je ne vois pas qui d'autre oserait se charger de lui.

Après un souper léger, Catherine se coucha et ne tarda pas à s'assoupir. Mais elle se réveilla à plusieurs reprises dans un sursaut de frayeur. Chaque fois, elle fut rassurée de découvrir Poppy en train de lire dans un fauteuil, à côté de son lit.

— Tu devrais retourner dans ton appartement, finit par marmonner Catherine, qui ne voulait pas ressembler à une enfant qui a peur du noir.

— Je vais rester encore un peu, répondit Poppy d'une voix douce.

Quand Catherine se réveilla, la fois suivante, Leo était assis dans le fauteuil. Un peu hébétée, elle laissa son regard s'attarder sur son beau visage et ses yeux graves. Les premiers boutons de sa chemise étaient défaits, révélant sa peau bronzée. Soudain avide de se blottir contre son torse dur, rassurant, elle tendit la main vers lui sans mot dire.

Leo vint aussitôt à elle. Il s'assit, le dos contre les oreillers, et la prit dans ses bras. Catherine se gorgea de son odeur, de sa présence.

— Il n'y a que moi, chuchota-t-elle, pour se sentir tellement en sécurité dans les bras de l'homme le plus insupportable de Londres.

— Tu les aimes insupportables, Marks, répliqua-t-il avec un grognement amusé. Une femme comme toi ne ferait qu'une bouchée d'un homme ordinaire.

Elle se blottit plus étroitement contre lui, les jambes raidies sous le drap.

— Je suis affreusement lasse, et pourtant, je n'arrive pas à dormir.

— Tu te sentiras mieux demain matin, je te le promets.

Il posa la main sur sa hanche, par-dessus les couvertures.

— Ferme les yeux, mon ange, et laisse-moi prendre soin de toi.

Catherine s'efforça d'obéir. Mais au fil des minutes, une agitation grandissante, une irritation nerveuse, s'emparèrent d'elle, accompagnées d'une sensation de sécheresse qui s'infiltrait jusque dans ses os. Sa peau exigeait d'être touchée, grattée, frottée, alors même que le plus délicat frôlement du drap lui donnait l'impression d'être à vif.

Leo se leva et revint avec un verre d'eau qu'elle but d'un trait, la fraîcheur du liquide provoquant un picotement agréable dans sa bouche.

Après lui avoir repris le verre vide, Leo éteignit la lampe et revint vers le lit. Elle tressaillit quand son poids creusa le matelas, et toutes les sensations éparpillées que distillaient ses sens se concentrèrent en un besoin unique mais impérieux. Quand la bouche de Leo, tendre et douce, trouva la sienne dans l'obscurité, elle ne put réprimer une réaction exagérée. Il referma alors la main sur son sein, dont la pointe déjà dressée tendait la mousseline de sa chemise de nuit.

— Cela arrive parfois quand on fume de l'opium, expliqua Leo tranquillement. Ensuite, avec l'habitude, cela diminue. Mais quand on en prend pour la première fois, il peut agir de cette manière. Au fur et à mesure que les effets refluent, tes nerfs en réclament davantage, et le résultat… c'est la frustration.

Tout en parlant, il dessinait du pouce de petits cercles autour du bout durci de son sein. Des torrents de feu jaillirent au creux de son ventre, puis déferlèrent dans ses membres. Elle se mit à haleter et à se tordre, trop désespérée pour se sentir embarrassée par ses propres cris étouffés quand il glissa sa main entre les draps.

— Du calme, mon cœur, chuchota Leo en lui caressant le ventre. Laisse-moi te soulager.

Ses doigts jouèrent un instant avec sa chair gonflée, s'insinuèrent entre les replis secrets, et glissèrent facilement dans l'enfonçure humide. Catherine creusa les reins, imprimant à son corps avide des ondulations qui invitaient à une caresse plus vigoureuse et plus profonde.

Leo inclina la tête pour lui embrasser la gorge. L'extrémité de son pouce reposait juste au-dessus du petit bouton à la sensibilité exacerbée et le titillait avec délicatesse tandis que ses autres doigts s'enfouissaient en elle. Des spasmes de jouissance presque douloureux la secouèrent, lui arrachant un gémissement, et elle referma les poings sur la chemise de Leo jusqu'à sentir l'étoffe fine commencer à se déchirer. Le souffle court, elle la lâcha et bégaya une excuse. Leo la fit taire d'un baiser, avant d'ôter sa chemise ruinée.

La main déployée à l'enfourchure de ses cuisses, il la taquina avec une habileté exquise, et elle laissa échapper un nouveau gémissement en se raidissant. Une autre explosion de feu, une succession de tremblements violents, et elle s'ouvrit à la pénétration de ses doigts. Quand les derniers spasmes eurent cessé, alors qu'elle reposait lourdement entre les bras de Leo, l'épuisement eut raison d'elle.

Au milieu de la nuit, Catherine se pressa furtivement contre lui, son désir ranimé. Il se hissa alors au-dessus d'elle, lui demandant dans un murmure de se détendre, lui assurant qu'il l'aiderait, qu'il prendrait soin d'elle, et elle sanglota ouvertement quand elle le sentit dessiner un chemin de baisers vers son ventre. Il lui souleva les jambes et les cala sur ses épaules, puis lui empoigna les fesses. Sa bouche la fouailla doucement, sa langue s'insinua dans le tendre calice, et il joua avec elle, la suçant, la léchant, l'agaçant jusqu'à ce que le plaisir déferle en vagues brutales, et qu'elle crie son soulagement.

— Prends-moi, chuchota-t-elle lorsqu'il se rallongea près d'elle.

— Non, répondit Leo avec tendresse, c'est hors de question cette nuit. Il nous faudra attendre que tu recouvres tes esprits. Demain, la plus grande partie de l'opium aura été éliminée. Si tu me veux encore à ce moment-là, je serai prêt et consentant.

— C'est maintenant que je te veux, protesta-t-elle.

Mais il la maintint sur le lit et lui donna une nouvelle fois du plaisir avec sa bouche.

Quand Catherine s'éveilla, quelques heures plus tard, le ciel se teintait d'une couleur pourpre qui annonçait l'aube. Elle était couchée sur le flanc, Leo pressé contre son dos, l'un de ses bras glissé sous son cou, l'autre la ceinturant. Elle adorait le sentir ainsi tout contre elle, sentir sa chaleur, son corps musclé.

Elle s'appliqua à ne pas bouger, mais Leo s'agita en marmonnant.

Avec précaution, elle s'empara de sa main et la posa sur sa poitrine. Leo commença à la pétrir avant même d'être réveillé. Il lui effleura la nuque de ses lèvres. En le sentant se durcir contre ses fesses, elle se pressa davantage contre lui. Il glissa la main jusqu'aux boucles fines de sa toison.

Elle sentit la douce pression de son sexe à l'orée de sa féminité. Il commença à s'introduire en elle, puis s'immobilisa. Sa chair intime, gonflée par les excès de la nuit, peinait à l'accueillir.

Son chuchotement amusé lui chatouilla l'oreille.

— Mmm… Tu dois faire un effort, Marks. Nous savons tous les deux que tu peux faire mieux que cela.

— Aide-moi, l'implora-t-elle dans un souffle.

Avec un murmure compréhensif, il lui souleva la jambe et rectifia sa position. Elle ferma les yeux quand il la pénétra sans effort.

— Voilà. C'est cela que tu veux?

— Plus… plus fort…

— Non, mon amour… Laisse-moi être doux avec toi. Juste pour cette fois.

Il se mit à aller et venir avec une lenteur délibérée tout en glissant de nouveau la main entre ses cuisses. Il prenait son temps, et elle n'avait d'autre choix que de se soumettre. Une onde brûlante se répandit en elle, accompagnée d'un flot de sensations que ses caresses ne faisaient qu'intensifier. Murmurant des mots d'amour contre sa nuque, il s'enfonça plus profondément en elle. À peine eut-elle crié son nom, au plus fort de la jouissance, qu'elle posa une main tremblante sur sa hanche pour le retenir.

— Ne me laisse pas. Je t'en prie, Leo.

Il comprit. Tandis que le fourreau humide continuait de palpiter spasmodiquement autour de sa virilité, il donna quelques ultimes coups de reins et s'abandonna. Enfin, Catherine éprouva la sensation de son plaisir qui jaillissait en elle, sentit la manière dont son ventre se tendait, et le tremblement qui, à cet instant paroxystique, rendait si vulnérable un homme puissant.

Ils demeurèrent unis aussi longtemps que possible, regardant la lumière de l'aube s'infiltrer peu à peu dans la chambre.

— Je t'aime, chuchota-t-elle. Je t'aime tellement. Mon Leo.

Il sourit et l'embrassa. Puis il se leva pour aller enfiler son pantalon.

Pendant qu'il se rafraîchissait le visage, Catherine chaussa ses lunettes. Son regard tomba sur le panier vide de Dodger, près de la porte, et son sourire s'effaça.

— Pauvre belette, murmura-t-elle.

Revenu vers elle, Leo s'inquiéta aussitôt de lui voir les yeux pleins de larmes.

— Qu'y a-t-il ?

— Dodger, renifla-t-elle. Il me manque déjà.

Leo s'assit sur le lit et l'attira contre lui.

— Tu voudrais le voir ?

— Je ne crois pas que je le supporterais.

— Pourquoi ?

Avant qu'elle puisse répondre, un frôlement bizarre se produisit de l'autre côté de la porte. Intrigué, Leo alla l'entrebâiller. Un corps effilé, poilu, se contorsionna dans l'interstice pour forcer l'ouverture. Catherine cligna des yeux sans oser esquisser un geste.

— *Dodge ?*

Le furet se précipita vers le lit en gloussant, les yeux brillants.

— Dodger, tu es vivant !

— Bien sûr qu'il est vivant, fit Leo. Nous l'avons laissé dans l'appartement de Poppy la nuit dernière pour que tu puisses te reposer.

Il sourit quand le furet bondit sur le matelas.

— Malicieux petit démon ! le gronda-t-il. Comment as-tu réussi à venir jusqu'ici ?

— Il est venu me saluer.

Catherine tendit les bras et Dodger grimpa sur elle pour se blottir contre sa poitrine. Elle le couvrit de caresses en lui murmurant des mots affectueux.

— Il a essayé de me protéger, tu sais. Il a mordu au sang la main de William.

Elle posa le menton sur sa fourrure et chuchota :

— Tu es un bon petit furet de garde.

— Bien joué, Dodger, le félicita Leo tout en fouillant dans les poches de son manteau. Je suppose qu'il faut que je te pose la question, Marks... En t'épousant, est-ce que je gagne aussi un furet ?

— Tu crois que Beatrix me laisserait le garder ?

— Ça ne fait aucun doute, répondit Leo en revenant s'asseoir près d'elle. Elle a toujours dit que sa place était avec toi.

— Ah bon ?

— Eh bien, cela me semble évident si l'on considère sa fascination pour tes jarretières. Et on ne peut certainement pas la lui reprocher.

Leo prit la main de Catherine.

— J'ai autre chose à te demander, Marks.

Elle se redressa vivement, laissant Dodger s'enrouler autour de son cou.

— Je n'arrive pas à me rappeler s'il s'agit de ma cinquième ou de ma sixième demande.

— Seulement la quatrième.

— J'en ai fait une hier. Tu la comptes, celle-là ?

— Non, ce n'était pas tant « Veux-tu m'épouser ? » que « Vas-tu descendre de ce toit ? ».

Leo haussa un sourcil.

— Faisons donc les choses dans les règles.

Il lui glissa une bague à l'annulaire de la main gauche. Catherine la contempla, le souffle coupé. C'était une splendide opale gris perle, traversée de flammes bleues et vertes en son cœur. Au moindre mouvement, elle scintillait de manière presque irréelle. Elle était entourée de petits diamants étincelants.

— Quand je l'ai vue, j'ai pensé à tes yeux, avoua Leo. Mais elle est loin d'être aussi belle.

Il s'interrompit, le regard intense.

— Catherine Marks, amour de ma vie… veux-tu m'épouser ?

— Je veux d'abord répondre à une autre question, lui dit-elle. Quelque chose que tu m'as demandé avant.

Il sourit et appuya son front contre le sien.

— Celle au sujet du fermier et de ses moutons ?

— Non… Celle au sujet de ce qui se passe quand une force irrésistible rencontre un objet inamovible.

Un rire bas roula dans la gorge de Leo.

— Donne-moi ta réponse, mon cœur.

— La force irrésistible s'arrête. Et l'objet inamovible bouge.

— Mmm, ça me plaît, décréta-t-il avant d'effleurer sa bouche de la sienne avec tendresse.

— Leo, je préférerais ne plus jamais me réveiller en tant que Catherine Marks. Je veux être ta femme le plus tôt possible.

— Demain matin?

Catherine acquiesça d'un signe de tête.

— Encore que... ça me manquera que tu ne m'appelles plus Marks. Je m'y étais habituée.

— Je continuerai à t'appeler Marks de temps en temps, promit-il. Durant les moments de passion débridée. Essayons voir.

Baissant la voix, il ajouta d'un ton charmeur :

— Embrasse-moi, Marks...

Et elle s'exécuta en souriant.

Épilogue

Un an plus tard

Le vagissement d'un nouveau-né brisa le silence.
Leo tressaillit et leva la tête.

Ayant été banni de la chambre où Catherine accouchait, il attendait avec le reste de la famille dans le salon. Amelia était auprès de Catherine et du médecin, et sortait de temps à autre pour s'entretenir brièvement avec Winnifred ou Beatrix. Quant à Cam et à Merripen, ils faisaient preuve d'un calme exaspérant, leurs épouses ayant toutes deux mis des enfants au monde sans difficulté.

La famille Hathaway se révélait remarquablement fertile. En mars, Winnifred avait donné le jour à un garçon robuste, Jason Cole, surnommé Jàdo. Et deux mois plus tard, c'était au tour de Poppy d'avoir une petite fille aux cheveux roux, Elisabeth Grace, qui rendait Harry et tout le personnel de l'hôtel Rutledge absolument gâteux.

À présent, c'était au tour de Catherine. Et même si mettre un enfant au monde était un événement parfaitement ordinaire pour les autres, c'était pour Leo l'expérience la plus nerveusement éprouvante qu'il eût jamais connue. Les souffrances de sa femme lui étaient d'autant plus intolérables qu'il ne pouvait rien faire pour les soulager. Peu lui importait de savoir que l'accouchement se déroulait magnifiquement... Des heures et des heures de douleurs n'avaient rien de magnifique à ses yeux !

Cela faisait huit heures qu'il se morfondait dans le salon, la tête entre les mains, silencieux, inquiet et inconsolable. Il avait peur pour Catherine, et pouvait à peine supporter d'être séparé d'elle. Comme il l'avait prédit, il l'aimait comme un fou. Et, comme elle l'avait affirmé un jour, elle était de taille à l'affronter. Ils étaient très différents, et pourtant, grâce à ces différences ou malgré elles, ils étaient faits l'un pour l'autre.

En conséquence, leur mariage était remarquablement harmonieux. Ils se divertissaient avec des chamailleries comiques et acharnées entrecoupées de longues conversations sérieuses. Lorsqu'ils étaient seuls, ils s'exprimaient souvent dans une sorte de langage codé que personne d'autre n'aurait été capable d'interpréter. C'était un couple plein de vivacité, passionné et affectueux. Joueur, aussi. Mais la véritable surprise de cette union était la gentillesse qu'ils manifestaient l'un envers l'autre... eux qui s'étaient autrefois heurtés avec tant d'âpreté.

Leo ne s'attendait pas que la femme qui, auparavant, réveillait ce qu'il y avait de pire en lui, fasse à présent ressortir ce qu'il y avait de meilleur. Et il n'aurait jamais imaginé que son amour pour elle prendrait de telles proportions qu'il n'y avait aucun espoir de le contrôler ou de le restreindre. Devant un amour aussi profond, un homme ne pouvait que rendre les armes.

Si quelque chose arrivait à Catherine... Si l'accouchement tournait mal...

Leo se leva lentement, les poings serrés, quand Amelia entra dans le salon avec un nouveau-né emmailloté dans les bras. Elle s'arrêta près de la porte tandis que la famille se rassemblait autour d'elle en s'exclamant à voix basse.

— Une petite fille parfaite, annonça-t-elle avec un grand sourire. Selon le médecin, sa couleur est excellente et ses poumons sont vigoureux.

Elle apporta le bébé à Leo. Trop effrayé pour esquisser un geste, il regarda Amelia et demanda d'une voix enrouée :

— Comment va Catherine ?

Sa sœur comprit aussitôt.

— Parfaitement bien, assura-t-elle d'une voix douce. Tu peux monter la voir, à présent. Mais, d'abord, dis bonjour à ta fille.

Leo laissa échapper un soupir tremblant et prit gauchement le bébé des bras d'Amelia. Émerveillé, il contempla le minuscule visage plissé, la bouche en bouton de rose. Dieu qu'elle était légère... Il était difficile de croire qu'il tenait un être humain entier dans ses bras.

— Il y a beaucoup de Hathaway en elle, fit remarquer Amelia avec un sourire.

— Eh bien, nous ferons ce que nous pourrons pour corriger cela, déclara Leo qui se pencha pour embrasser le fin duvet brun sur la tête de sa fille.

— As-tu choisi un prénom ? s'enquit Amelia.

— Emmaline.

— Un prénom français. C'est très joli.

Pour une raison qu'il ne s'expliqua pas, Amelia laissa échapper un petit rire avant de lui demander :

— Comment aurais-tu appelé un garçon ?

— Edward.

— Comme papa ? C'est une délicate attention. Et je crois que cela lui va bien.

— À qui ? demanda Leo, toujours en contemplation devant sa fille.

Posant la main sous son menton, Amelia l'obligea à regarder vers la porte, devant laquelle Winnifred se tenait avec un autre paquet emmailloté qu'elle montrait à Merripen, à Cam et à Beatrix.

Leo écarquilla les yeux.

— Mon Dieu ! *Des jumeaux ?*

Cam s'approcha de lui en souriant jusqu'aux oreilles.

— Tu as un beau garçon. Tu entres dans la paternité en fanfare, *phral* !

— En plus, Leo, ajouta Beatrix, tu as un héritier juste à temps. Il ne restait plus qu'un jour !

— À temps pour quoi ? demanda Leo, perdu.

Il rendit sa fille à Amelia, et prit son fils des bras de Winnifred. Quand il baissa les yeux sur le visage du nouveau-né, l'amour le frappa une seconde fois en quelques minutes. C'en était presque trop pour son pauvre cœur submergé de bonheur.

— La clause du testament, bien sûr, répondit Beatrix. Les Hathaway vont pouvoir garder Ramsay House, désormais.

— Comment peux-tu penser à une chose pareille à cet instant ? s'indigna Leo.

— Pourquoi pas ? intervint Merripen, dont les yeux sombres pétillaient. Personnellement, je suis soulagé de savoir que nous pourrons tous rester à Ramsay House.

— Vous vous inquiétez tous de cette fichue maison alors que je viens d'endurer huit heures de martyre !

— Je suis désolé, Leo, fit Beatrix en affectant d'être contrite. Je ne pensais pas à l'épreuve que tu venais de traverser.

Leo embrassa son fils et le rendit avec précaution à Winnifred.

— Je vais voir Marks, à présent. Ça a probablement été difficile pour elle aussi.

— Transmets-lui nos félicitations, lança Cam d'une voix qui frémissait d'un rire contenu.

Après avoir gravi l'escalier quatre à quatre, Leo entra dans la chambre où Catherine reposait. Elle paraissait très frêle sous les couvertures. Son visage était pâle, ses traits tirés. Elle esquissa un sourire las en le voyant.

Il s'inclina sur elle et posa sa bouche sur la sienne.

— Que puis-je faire pour toi, mon ange?

— Rien du tout. Le médecin m'a donné un peu de laudanum pour la douleur. Il revient dans un instant.

Toujours penché sur elle, Leo lui caressa les cheveux.

— Je t'en veux de ne pas m'avoir permis de rester, chuchota-t-il contre sa joue.

Il sentit qu'elle souriait.

— Tu effrayais le docteur, dit-elle.

— Je lui ai simplement demandé s'il savait ce qu'il faisait.

— Avec vigueur, souligna-t-elle.

Leo se tourna pour fourrager parmi les objets posés sur la table de nuit.

— Simplement parce qu'il avait ouvert une trousse d'instruments qui semblaient plus indiqués pour un inquisiteur qu'un médecin accoucheur.

Il dénicha un pot de baume et en appliqua un peu sur les lèvres desséchées de Catherine.

— Assieds-toi à côté de moi, murmura-t-elle.

— Je ne veux pas te faire mal.

— Tu ne me feras pas mal, assura-t-elle en tapotant le matelas d'un geste d'invite.

Leo s'assit avec d'extrêmes précautions pour éviter de la secouer.

— Je ne suis pas du tout surpris que tu aies donné naissance à deux enfants d'un coup, déclara-t-il en lui prenant la main pour lui embrasser le bout des doigts. Tu es d'une efficacité terrifiante, comme d'habitude.

— À quoi ressemblent-ils? voulut-elle savoir.
Je ne les ai pas vus après qu'on les a lavés.

— Les jambes arquées, avec des grosses têtes.

Catherine gloussa, puis fit une grimace.

— S'il te plaît… ne me fais pas rire!

— En vérité, ils sont magnifiques. Mon amour…
Je n'avais jamais vraiment pris conscience de
ce qu'une femme supportait durant un accouchement. Tu es la personne la plus valeureuse et la
plus forte qui ait jamais vécu. Une guerrière.

— Pas vraiment.

— Oh, si! Attila, Gengis Khan, Saladin… Tous
des mauviettes, comparés à toi.

Leo s'interrompit et lui adressa un grand sourire.

— Tu as bien joué en t'assurant qu'un des bébés
serait un garçon. La famille se réjouit, bien sûr.

— Parce que nous pouvons garder Ramsay
House?

— En partie. Mais je soupçonne que ce qui les
transporte vraiment de joie, c'est que je vais être
aux prises avec des jumeaux. Ce seront des petits
diables, sûrement.

— J'y compte bien. Sinon, ce ne seraient pas les
nôtres.

Comme Catherine se lovait contre lui, il attira
doucement sa tête sur son épaule.

— Devine ce qui va se passer à minuit? chuchota-
t-elle.

— Deux nourrissons affamés vont s'éveiller en
même temps en hurlant?

— À part cela.

— Je ne vois pas.

— La malédiction Ramsay sera brisée.

— Tu n'aurais pas dû me le dire. Maintenant, je
vais être terrifié pendant les prochaines…

Leo tourna la tête pour consulter la pendule sur
la cheminée.

— ... sept heures et vingt-huit minutes.

— Reste avec moi. Je veillerai sur ta sécurité.

Elle bâilla et laissa sa tête reposer plus lourdement contre lui.

Leo sourit en lui caressant les cheveux.

— Tout ira bien, Marks. Nous venons juste de commencer notre voyage... Et nous avons encore tant à faire.

Remarquant que sa respiration était devenue calme et régulière, il ajouta dans un chuchotement :

— Repose-toi contre mon cœur. Laisse-moi veiller sur tes rêves. Et sache que demain matin, et tous les matins qui suivront, tu t'éveilleras au côté de quelqu'un qui t'aime.

— Dodger ? marmonna-t-elle, et il sourit.

— Non, ton maudit furet devra rester dans son panier. Je parlais de moi.

— Oui, je sais.

Catherine leva la main pour lui caresser la joue.

— Uniquement toi, souffla-t-elle. Toujours toi.

*Découvrez les prochaines nouveautés
de nos différentes collections J'ai lu pour elle*

AVENTURES & PASSIONS

Le 24 août :

Inédit **L'insolente de Stannage Park**
Julia Quinn
Lorsque le riche et séduisant William Dunford hérite de Stannage Park, il découvre que la succession comprend la responsabilité d'Henriette Barrett, une jeune fille effrontée qui est déterminée à le chasser. Il en est hors de question et, d'ailleurs, Dunford va transformer ce garçon manqué en une jeune fille bien éduquée ! Mais, alors qu'une irrésistible passion enfièvre leurs cœurs, chacun doit se résoudre à baisser les armes...

Inédit **Trois destinées - 2 — L'aventurière**
Tessa Dare
Fuyant un mariage sans amour et le poids de la haute société, Sophia Hathaway embarque sur *L'Aphrodite*, sous une fausse identité. Elle y rencontre Benedict Gray, un dangereux corsaire sans foi ni loi. Alors que le navire vogue vers les eaux tropicales, la passion devient irrépressible. Auprès de Sophia, l'impénitent séducteur rachètera-t-il ses péchés ? Et si le secret de l'héritière en fuite avait raison de leur seule chance d'aimer ?

Le 31 août :

Les frères Malory - 7 — Voleuse de cœur
Johanna Lindsey

Jeremy Malory requiert les services d'un habile pickpocket. Dans une sordide taverne, il fait la connaissance de Danny, une jeune et belle orpheline, qui devient très vite sa complice et, plus encore, sa protégée. Peu à peu la passion s'éveille en eux mais, lorsque l'on tente d'assassiner la jeune femme, celle-ci réalise que pour vivre pleinement son amour avec Jeremy, il lui faut élucider le secret de sa naissance.

Tant d'amour dans tes yeux   Karen Ranney

Fuyant la Révolution française, Jeanne du Marchand se réfugie en Écosse où elle retrouve par hasard son ancien amant, Douglas MacRae, qui l'a autrefois lâchement abandonnée. Jadis fière aristocrate, Jeanne n'est désormais qu'une simple domestique et, démunie, elle accepte le poste de gouvernante que Douglas lui propose… sans savoir qu'elle est tombée dans un terrible piège, car il n'aspire qu'à exercer la vengeance qu'il prépare depuis des années.

Le 24 août :

FRISSONS

Du suspense et de la passion

Inédit   ***Les enquêtes de Joanna Brady - 4 — Preuves
mortelles***   **J. A. Jance**

Lorsque le vétérinaire du comté de Cochise est retrouvé mort,
tous les soupçons se portent vers Morgan, dont la femme a été
tuée dans un accident de voiture alors que le vétérinaire était
soûl. Seule Joanna Brady croit en son innocence. Mais son juge-
ment professionnel n'est-il pas troublé par son récent veuvage ?
Entre un contexte familial difficile, ses sentiments naissants et la
recherche du vrai coupable, elle a du pain sur la planche...

Inédit   ***One last breath***   **Laura Griffin**

Lorsque l'ancienne cheerleader Feenie Malone accepte un travail
de pigiste pour le journal local du Texas où elle vit, elle ne sait pas
encore qu'elle va tomber sur un scoop susceptible de lancer sa
carrière – si elle n'est pas assassinée auparavant – et qu'elle va
rencontrer le très macho détective Marco Juarez... aussi inquié-
tant que sexy.

Le 31 août :

*P*assion intense

Des romans aux tons légers e

Ami, amant, tout autant /alker

Douce, jolie et talentueuse, Lauren a tout ... reuse et pourtant, depuis cinq ans, elle nourrit en se ... ar impossible pour Dave, un séducteur impénite ... ltiplie les conquêtes. Lauren doit s'y résoudre, elle n'a ... que le rôle de confidente et de meilleure amie. Pourtant ... ette nuit-là Dave porte sur elle un regard embrasé par la passion et le désir, Lauren succombe au trouble qui l'envahit...

Dans la chaleur des tropiques **Erin McCarthy**

Lorsque son patron lui demande de l'accompagner aux Caraïbes, Mandy Keeling ne peut refuser, surtout qu'il s'agit de l'autoritaire Damien Sharpton, surnommé le « Démon ». Mandy devrait se réjouir de cette parenthèse sous les tropiques sauf que, depuis deux mois, elle s'ingénie à cacher un léger détail : elle est enceinte et ce qu'elle dissimule sous son strict tailleur sera beaucoup moins discret en bikini sur la plage...

Et toujours la reine du roman sentimental :

Barbara Cartland

« Les romans de Barbara Cartland nous transportent dans un monde passé, mais si proche de nous en ce qui concerne les sentiments.
L'amour y est un protagoniste à part entière : un amour parfois contrarié, qui souvent arrive de façon imprévue.
Grâce à son style, Barbara Cartland nous apprend que les rêves peuvent toujours se réaliser et qu'il ne faut jamais désespérer. »
Angela Fracchiolla, Rome, Italie

Le 24 août :
L'amour joue et gagne

Le 31 août :
L'aube de la passion